Barro la vida, barro la ilusión

# 丽塔·海华丝的背叛

[阿根廷] 曼努埃尔·普伊格 著

吴彩娟 译

贵州出版集团
贵州人民出版社

La traición de
Rita Hayworth

Manuel Puig

来自潘帕斯草原的梦幻骑士——普伊格

阿根廷作家曼努埃尔·普伊格（Juan Manuel Puig，1932—1990）出生于阿根廷潘帕斯草原区的比耶加斯将军镇（General Villegas）。从小在中产阶级的环境中成长。他的父亲巴多梅洛（Baldomero）是当地的红酒经销商，母亲玛蕾（Malé）则是一直在药房工作的职业妇女。他的母亲即来自本小说里提到的拉普拉塔，念过大学，在当时来说，算一位知书达礼的女性。从小说里米塔这个角色可以很清楚地看出来，普伊格是以他母亲作为创作原型的。

普伊格从小就很黏母亲，一直到离世前都跟母亲相依为命。小时候，他母亲最大的生活乐趣就是经常带着普伊格到电影院去看星期三下午场的电影。因为他喜欢跟着妈妈去看文艺爱情片，加上他从小喜欢玩过家家，普伊格在学校经常遭到班上同学的取笑和欺负。他父亲为了能让他的个性变得更有男子气概些，开始禁止他每个星期都去看电影，只准他每个月去一次。所以普伊格从小就跟他父亲比较有距离感。尽管普伊格提到他父亲时，总是含蓄地说："他其实是个好人。"

拉丁美洲著名小说家略萨在一篇评普伊格的文章中提到，对任何一位敏感的男孩而言，生活本身必定是个很残忍的世界。特别是在一个充满大男子主义且充斥着偏见的拉丁美洲南方小镇。[1]

对普伊格做过相当深入研究的传记作者苏珊娜·吉尔·莱文（Suzanne Jill Levine）则表示："普伊格从小就学会了一种逃避现实世界中的残忍、悲惨的方法。他系统地建构了属于自己的虚构世界，直到变成他自己的真实为止。"而他的虚构世界并非从书本而来，而是跟母亲去电影院看电影得来的。另外，普伊格是长大之后才发现自己是一位同性恋者的。在母亲下意识的保护下，他更是狂热地爱上了电影的世界，于是根本就不想活在真实世界里，而且会尽最大的可能活在电影梦幻世界里。

普伊格经常会快乐地回忆起他第一阶段的童年。只是这个备受保护的童年在他十岁时就消失了。因为1934年，他的弟弟刚出生不久就不幸早夭。从小说里关于早逝小孩的描写，可看到作者对弟弟早夭的不舍与怀念。十五岁的时候，一个男同学还曾试图强暴他，从此他幸福的童年时光就提前结束了。

普伊格和小说中的主角多多一样，是个功课非常好

---

[1] Mario Vargas Llosa, "Disparen sobre el novelista", Clarín, Domingo 7 de enero de 2001.

的学生。由于比耶加斯将军镇没有中学,后来他被送到布宜诺斯艾利斯郊区的一所中学去读寄宿学校。他自己倒是很高兴能够到首都去念书,因为这样周末就可以去看电影首映、轻歌剧、歌剧,逛博物馆,看戏和散步,等等。这样的活动在他童年所居住的小镇根本就是不可能的奢求。

所以普伊格从十八岁离开家乡之后,就再也没有回去过。甚至连故土阿根廷都没有回去过。直到他1990年在墨西哥过世,他的弟弟为了让他能与一辈子相依为命的母亲相伴,决定把他的骨灰带回阿根廷,他都没有再踏进国门。[1] 在1989年的一次媒体访谈中,记者问到他为何不像其他作家一样,在阿根廷军政权垮台之后返乡?普伊格回答道:"或许是因为我的作品在全世界都获得了广大的反响,而阿根廷的媒体却始终对我进行封杀且只字不提伤透了我的心吧!"[2]

小说情节发生的背景科罗奈尔巴列霍斯(Coronel Vallejos),几乎就是普伊格童年成长的故乡比耶加斯将军镇的真实翻版。而横跨小说、影评界的古巴作家因凡特则认为,其实普伊格真正的出生地是在电影里,也就是

---

[1] Daniel Molina Clarín, "Manuel Puig: La maldición, la fama y el exilio", Domingo 02 de julio de 2000.

[2] Giovanna Pajetta, "Entrevista a Manuel Puig", Crisis, N°41, abril de 1986.

说,他其实生于梦幻之家。普伊格对电影如痴如醉,以至于一生都宁愿流连于电影银幕中。电影也为他打开了一扇通往梦幻世界之门。电影是他的私密空间,也是他自我保护的永恒秘密花园。

为了把这位20世纪40年代的红发尤物,也是好莱坞电影女明星丽塔·海华丝[1]的名字写入他的小说书名,普伊格曾写信给她本人,信里他如此介绍自己的小说:

> 这部小说中的故事发生于1933到1948年的阿根廷,地点是个从首都得坐十二小时的火车才能到的潘帕斯草原小镇。住在那个小镇,对外唯一的真实就是活在电影的世界里。只有当电影开演、灯光亮起,还有电影明星的名字打在银幕上时,小男孩的生命才鲜活起来,然而这些璀璨貌美的女明星也成为他内心世界冲突的开始……[2]

小说里的男孩多多,从小就是个电影迷,并且与母亲形影不离,这其实就是普伊格自己真实生活的反映。普伊格也从来没有否认他这部处女作的自传性质。有一

---

[1] 丽塔·海华丝(Rita Hayworth,1918—1987),美国著名女演员,20世纪40年代红极一时,有"爱之女神"之称。

[2] Guillermo Cabrera Infante, "Sueños de cine, historias de Novella", Clarín, Domingo 7 de enero de 2001.

次他接受法国同性恋杂志《面具》(Masque)的专访,被问到小说里这个从小敏感的男孩,普伊格慵懒地一个字一个字地以法语缓缓说出"Toto, c'est moi"("多多,就是我")。

普伊格成名后,各种邀约不断。卡布列拉是他的多年文友,曾奉劝普伊格最好找个经纪人来处理他在电影、戏剧、文学等各个领域的繁忙邀约。普伊格不以为然地回答道:"我才不需要什么经纪人呢!我天生就是个专业的管家婆!"普伊格还跟他拍胸脯保证,他的守护天使总是会帮他读那些写得密密麻麻的合约条文。

卡布列拉还提道:"普伊格彻底地活在自我的世界当中,尽管他一生都'为情所苦',但他的性格其实是幽默且极端自嘲的。在写信给友人时,他时常称自己是萨莉(Sally),也就是影星丽塔·海华丝的电影《不是冤家不聚头》(*My Gal Sal*, 1942)中的女主人公。因此,如果大家想了解普伊格自称为萨莉的个人世界,那么阅读《丽塔·海华丝的背叛》这部小说是最佳选择。"

普伊格一生情史不断,但都不持久。过世前不久,他还哀怨地跟友人说自己总是"遇不到好丈夫"。他也认为自己从来没有必要"出柜",因为他早在"柜子"造好之前就出生了。虽然生为男儿身,但他一生宁为女人。对普伊格而言,女人不仅仅比男人更优秀,而且有着男人没有的美丽灵魂。总之,他和作家田纳西·威廉斯一样，都是男人，也都是作家，但都不想活在真实世界中。

小说家略萨在前面提到的文章中也说："在所有我认识的作家当中，普伊格是对于文学谈论最不感兴趣的。他从来不会在聊天中引述哪位作家或是哪部文学作品。每当文学的话题出现在聊天中，他都会变得不耐烦，并且转移话题。"

一如苏珊娜·吉尔·莱文在她写的普伊格的传记中所证实的那样，普伊格某一段人生中的确曾奋力阅读文学经典名著，然而他自己的创作主题却好像与这个事实互相矛盾，也就是说，他的创作中经常充斥着各种电影、影星、表演、流行音乐和八卦新闻等。大部分时候，他就算提到了文学，也只是略提及作者，而不谈他们的作品。

莱文另一个有趣的发现是：据说一位年轻的阿根廷作家曾造访普伊格在里约热内卢的家。他惊奇地发现，在普伊格的公寓里，大约有三千多部影片典藏，却只有很小一部分的书籍。而且，除了一些他自己的作品和各国译本，其他都是电影制片、导演或演员传记方面的书籍。

在生活方面，他每隔一段时间就会搬到不同的国家居住，对于在一般人看来煞费周章的跨国搬家，他却像是搬到隔壁一样不以为意。他一生住过阿根廷、意大利、墨西哥、法国、美国、巴西，也经常在全世界各处旅行。他离世前居住的最后一个城市是墨西哥城。

有趣的是，在翻译这部《丽塔·海华丝的背叛》的一整年时间里，我个人也刚好从亚洲回到欧洲。因此译稿是历经欧亚两地咖啡香气的熏染才告完成的。不管是在亚洲，还是在欧洲，工作的时候，我的耳畔总是音乐缭绕。似乎音乐与文字，最能即刻带着我进入作者文本中的情绪。而且在这部小说的翻译过程中，我的"工作音乐"始终是拉丁音乐：从探戈到波莱罗，古巴老乐人的吟唱与乐器演奏，等等。

还记得翻译这部小说的前半段，多数是在台湾中部的一个咖啡馆进行的，对面刚好是一座天主教堂，教堂外墙是一大片马赛克彩色瓷砖，上面有幅高达三层楼的人物壁画和巨幅《圣经》金句："流泪撒种的，必欢呼收割。"时常，这句话宛如某种力量激励着正在两种语言和文化之间"翻山越岭"的我继续往前迈进。许多时候，当我被小说里大量的阿根廷流行方言、俚语困住时，总会抬头凝神思考对面教堂墙上的话语，然后再低头工作。至于一些百思不得其解的当地黑话，还得等到来了欧洲，请教阿根廷人之后才得以解码。

翻译过程中，我不时会惊叹普伊格写作的想象力是如此旖旎瑰丽，也时常乘着作者想象的翅膀，与他一同翱翔在绮丽的想象星球之上。每当译到作者纵情描写故乡阿根廷潘帕斯草原的辽阔场景的段落时，思绪仿佛也随着他的文字神游了广阔的南美大地，那里有草原、绿树、花香及日光美景。许多时候，我也因着翻译小说人物无尽的独白、低语而感同身受，甚至浑然忘我地融入他们的内心世界。

译者仿佛是在用另一种语言临摹文学大师的鬼斧神工。而让译者愿意挑战文学翻译这种超级任务的前提是，原创作品至少必须是一部佳作或经典，这样才能说服并吸引译者为之呕心沥血，推敲再三。尽管要完美地以中文表达原作并且贴近作者的语言风格，是一件几近不可能的任务，但是我已经尽力挑战自己的极限，无论是在体能与智力方面，还是在语言技术方面。终于，这份译稿将要付梓。想象着读者与文本相遇之后，或欣喜对话，或赞叹，或评论，我内心尽管忐忑，却仍是喜悦的。

最后，我要向巴塞罗那的阿根廷建筑师友人亚历杭德罗·贝塞罗（Alejandro Beceyro）为我解答布宜诺斯艾利斯地区特有的方言、黑话等用法方面的疑惑致上谢意。

目 录

来自潘帕斯草原的梦幻骑士——普伊格　i

主要人物表　xi

第1章　米塔父母家，拉普拉塔市，1933年　003

第2章　贝尔托家，巴列霍斯，1933年　021

第3章　多多，1939年　035

第4章　乔利给米塔打电话，1941年　059

第5章　多多，1942年　089

第6章　黛黛，1942年冬天　127

第7章　德利娅，1943年夏天　153

第8章　米塔，1943年冬天　179

第一部分

第 9 章　埃克托尔，1944 年夏天　207

第 10 章　小芭姬，1945 年冬天　233

第 11 章　小可博，1946 年春天　261

第 12 章　埃斯特尔的日记，1947 年　291

第 13 章　年度作文比赛　325

第 14 章　致乔治·华盛顿中学教导主任的匿名信，
　　　　　1947 年　351

第 15 章　埃米莉亚的心情笔记本，1948 年　355

第 16 章　贝尔托的信，1933 年　385

Segunda Parte

第二部分

主要人物表

本书中的人物按出现顺序依次标出，主要人物没有标注章节。其他出场或被提及的人物中，只对影响情节的做了简要介绍，并以（）标出了所在的章节。

注：书中很多人物均以昵称的形式出现，比如小芭姬、小可博。

多多：本书小主人公，在第 11 章以后也以"卡萨尔斯"出现，大名"何塞·卡萨尔斯"。

米塔：多多的母亲，老家在拉普拉塔，如今与丈夫、儿子一起生活在巴列霍斯，爱好文学和电影，在医院药房上班。

贝尔托：多多的父亲，开着乳制品店，不喜欢睡午觉时被吵醒。

埃克托尔：多多的堂哥，利托的儿子，寄养在多多家。

米塔的父亲：生活在拉普拉塔。（1）

米塔的母亲：生活在拉普拉塔。（1）

阿黛拉：米塔的妹妹。（1）

比奥莱塔：米塔在拉普拉塔的朋友。（1）

比奥莱塔的父亲：鞋匠。（1）

安帕罗：多多家的保姆，有个外甥女叫伊内丝。（2）

费丽萨：多多家的女仆。（2）（3）（5）（6）

利托：贝尔托的哥哥，埃克托尔的父亲，贝尔托在信中称呼过他为"海梅"。（1）（16）

乔利：米塔的朋友，化妆品推销员，丈夫豪雷吉已经过世，独自抚养孩子。（3）（4）（7）（8）

庞查·贝雷斯：多多的童年玩伴，家里有乐高玩具。（3）

爱丽西塔：多多的同年级女同学，多多觉得她长得最漂亮，受老师宠爱，大表姐在林肯修女学校念书。（5）

爱丽西塔的阿姨：身体不好，动不动就生病。（5）

爱丽西塔的姨父：有张电影明星的脸，多多幻想他成为电影中的角色。（5）

路易斯·卡斯特罗：四年级男学生，他妈妈和爱丽西塔的妈妈是朋友。（5）

拉罗：多多会和他一起玩贴瓶子的游戏。（5）

黛黛：多多的远房堂姐，常为生病的妈妈祈祷，爸爸之前在小镇报社工作，后来改做酒生意。（6）（8）（9）（10）

埃米莉亚舅妈：黛黛的舅妈，儿子叫古奇。（6）

＊区别于第15章的埃米莉亚。

塞莉亚：埃米莉亚舅妈的妹妹，裁缝助手，死于肺结核。（10）

芭姬：多多的女孩玩伴，爸爸是个裁缝。（5）（6）（10）（15）

劳尔·加西亚：伐木工，与爸爸、哥哥生活在一起，与芭姬幽会过。（5）（9）（10）（15）

修女克拉拉：修女学校的年轻修女，长得漂亮，心地善良。（5）

修女梅赛德斯：修女学校的修女。（5）

查韦斯家的女孩：头发脏兮兮的，比多多矮。（5）

冈萨雷斯家的女孩：与爱丽西塔是朋友，会一起画画、聊心事。其中的小女儿开过庆生会。（5）

米兰家的女孩：正在服丧，有双胖腿。（5）

一年级的老师：已婚，喜欢穿极高的高跟鞋。（5）

修女安塔：林肯修女学校的修女。（6）

神父：警告过黛黛"犯奸淫"是很严重的罪。（6）

帕尔多家的女孩：（6）

卡塔尔迪家的男孩：（6）

游泳教练：教多多游泳的教练。（6）

安图内斯家的女孩：（7）

派斯家的女孩：（7）

德利娅：米塔一家人的朋友，因与亚米尔宗教信仰

不同而不为其父母接受。(7)(15)

亚米尔·曼苏尔：土耳其人，与德利娅相恋的人。(7)(11)

小劳拉：未婚夫为加罗法洛医生。(7)

* 区别于第 11 章出现的小劳拉。

洛佩斯：德利娅曾经喜欢过的人。(7)

埃斯特拉：德利娅要举行婚礼的女性朋友。(7)

皮鲁拉：女仆，和埃克托尔发生过关系。(7)

奇乔、胖子门德斯：两人均为球队成员。(8)

波丘：多多的同学，打过多多。(8)

玛丽：埃克托尔的女朋友之一，在乡下教书。(8)

尼娅塔：埃克托尔的女朋友之一，爱读书；父亲抛下她和母亲，与一个女人私奔了。(8)

卷毛儿：卷毛儿为其外号，埃克托尔的女朋友之一，上修女学校。(8)

肥仔：家里养了一条棕毛狗。(9)

古利小子：乞丐，有一条狗会一直跟着他。(9)

诺西格利亚：小混混，会欺负比自己年纪小的男孩，如**曼西利亚家的男孩、埃查格家的男孩**。(9)

贝拉多·洛佩斯：埃克托尔的同学，也会欺负小男孩。(9)

可博·乌曼斯基：梅洛镇乔治·华盛顿私立中学的学生，老家在巴拉那镇。父亲去世，哥哥开着一家商

店。（11）

乔：外号"冷血乔"。（11）

科隆博：小可博的同学。（11）（14）

韦格：外号"巴拉圭小子"，可博的同学，女朋友是来自意大利的**卡梅拉**。（11）

玛丽妮、巴托利：（11）

教导主任：外号"大胡子"，被可博称为"精神之父"，妻子外号"瘦皮猴"。（11）

舍监：外号"大头目"，一开始在准备念法学院，后来马上要拿到学位。（11）（12）（15）

埃斯特尔·卡斯塔尼奥：与姐姐和外甥小达尔多住在一起，出身贫寒，成绩优秀，暗恋埃克托尔。（12）

克拉勒家的女孩：（12）

格拉谢拉：埃斯特尔的同学，家庭条件优越，迷恋过亚德玛尔，又迷恋埃克托尔。（12）

小劳拉：埃斯特尔的同学，家庭条件优越，喜欢沙鲁阿。（12）

亚德玛尔：胸肌发达，与克拉勒家的女孩交往过，多多羡慕他的肌肉，希望能变成他的样子。（12）（14）

沙鲁阿：1947年为二十岁。（14）

黄油球：埃斯特尔的文法老师。

埃米莉亚：钢琴老师，因哮喘病而生活在巴列霍斯。（15）

Primera Parte / ❦ 第一部分 ❦

Uno

EN CASA DE LOS PADRES DE MITA, LA PLATA 1933

第1章 | 米塔父母家,拉普拉塔市[1],1933年

1　拉普拉塔市，是阿根廷布宜诺斯艾利斯省省会，距首都布宜诺斯艾利斯较近，始建于1882年。——编者注（如无特别说明，本书正文脚注均为编者注）

——米色的亚麻布面绣棕色十字绣,难怪你的桌布会这么好看。

——这块桌布可比那一式八件套的绣花布垫费功夫……要是我那些客户都能付个好价钱,我就可以请个女仆到家里帮忙,那我就能投入更多时间工作赚钱了。你不觉得吗?

——针线活倒不累人,只不过几个小时做下来,背就有点儿酸了。

——米塔要我帮她小宝宝的摇篮缝一条床罩,得用鲜艳的颜色,因为卧室里光线比较暗。毗邻的三个房间通向有大窗子的门厅,那些窗子都装着可拉式帆布窗帘。

——要是腾得出时间,我会给自己做一条床罩。你知道最累人的是什么吗?就是在我办公室那张高桌子上打字,那才累人呢!

——要是我住在这栋房子里,得空就会坐在光线好的窗边帮米塔绣床罩。

——米塔家的家具好看吗？

——妈妈说这栋房子各样现代家电一应俱全，只可惜米塔现在还没法过来住，是不是？

——当初米塔找到那份工作时，我就有预感这一年她会很难熬。我以为她顶多待一年，没想到如今却留在那里了。恐怕她会在那儿待一辈子吧。

——她应该每年会回拉普拉塔度两次假，不是只回来一次。

——日子过得可真快。第一天不会觉得时间过得快，总觉得有好多事要忙，可接下来的日子飞也似的不见了。

——妈，你也不要指望我会在这栋房子里常住！

——我想你的孩子跑到鸡棚里去了。

——克拉拉，你应该每天下午都带孩子过来，他们不会碰那些植物的。那些鸡快把外公搞疯了。

——现在鸡的价钱多少？

——你写信给米塔的时候，记得叫她别急着买家具。我怕她要是买了家具，就会一直在那个镇子住下去。赶快给你妹妹写信，她总盼着我们的消息呢。

——这屋子里的新家具全是您买的吗？

——要是米塔被录用的时候，房子已经整修好了，而且我们也搬过来了，我想米塔就不会舍得独自去那个镇子工作了。

——科罗奈尔巴列霍斯真的有米塔说的那么土吗？

——一点也不，比奥莱塔。我还蛮喜欢那儿的，没那么土，妈！你不觉得没那么土吗？我刚下火车的时候，第一印象糟透了，没有什么高楼，感觉都是矮房。那一带非常干燥，看不到很多树木。火车站停着一些马车，不是出租车。镇中心离火车站只有两个半街区远。有稀稀疏疏的几棵枯树，但任何地方都不见有什么草地。米塔种过两次英式草皮，照理说4月就该长出来了，不过都没成功。

——但是由于她每天都非常努力地浇水，草坪上终于长出了一些好看的植物，小庭院正对着厨房、每天吃饭用的小餐厅，还有前厅大门。

——所以，巴列霍斯没那么土喽？

——刚到的时候，我也觉得巴列霍斯土，但那里的生活很平静。米塔找了一位女仆帮她打扫做饭，还有另一位保姆在她去医院上班的时候帮忙带孩子。巴列霍斯镇的穷人都很喜欢米塔，因为她总是不吝于送给他们棉花、消毒水或零售货物。

——那是一家很漂亮的新医院吗？

——米塔前面的那位负责实验室的药剂师很小气，好像所有东西都是他自己的，不是医院的。

——我看过卡洛斯·帕劳的新电影了。

——电影在巴列霍斯上映时，米塔铁定会去看的。

——米塔跟卡洛斯·帕劳交往多久了？

——我们从来都没想到卡洛斯·帕劳会有出人头地的一天。

——事实上，米塔没跟卡洛斯·帕劳交往过，他会邀请她跳舞，但我总是会待到舞会结束再把女孩们送回家。

——他那时只是在镇上的那家剧院跑龙套。

——他是阿根廷影坛唯一的好演员。

——我常说米塔的先生长得跟卡洛斯·帕劳简直一个样。

——有一些像，但也不至于一个样啦。

——卡洛斯·帕劳的家人，有一些还住在原来那个小区。

——但我从来都不觉得米塔会住得惯小镇。

——那些鸡都是先把剩饭吃了再吃玉米。

——外公，星期天你要杀哪只鸡？

——今天我要先杀一只鸡送给比奥莱塔她爸，千万别跟外婆说，免得她不高兴。

——外婆跟妈妈和比奥莱塔在厨房。她们现在看不到你。

——我要杀这只鸡送给比奥莱塔她爸，准备给他一个惊喜。

——外公，你养鸡和比奥莱塔她爸爸帮人家修鞋子相比，谁赚的钱多？

——克拉拉，在你妈面前，不要提办公室里发生的事。他是那种越陷越深的男人。他跟我表白了。

——你怎么能说他跟你表白？那是一个男人想求婚的时候说的话，一个已经结了婚的男人不会向你表白。他只是在跟你求欢，比奥莱塔。你可别混淆视听，不然我宁可你什么都不跟我讲。

——好男人的特质他的确一项也没有，但一接触就是会让人喜欢上。

——要是你想绣床罩，现在正是一年里最好的季节，白天越来越长，下了班之后还有几个小时太阳才会落山，在自然光线下做刺绣活可以事半功倍。你运气真好，可以那么早下班。

——可怜的阿黛拉！

——她在办公室从早上就得开着灯。

——我得先走一步，没机会见阿黛拉了。

——你不知道她工作到这么晚吗？

——阿黛拉现在需要有张文凭，那样就不用当秘书了。

——唉！现在一些有文凭的人，反而不需要。

——米塔她先生的生意做得怎么样？

——他卖了一栋房子，然后买了几头小牛。妈妈希望我能给米塔绣一条床罩，但我估计做不了。我会把式样寄到巴列霍斯，她可以自己做。她有两个女仆呢。别跟人讲，我爸爸想杀只鸡让你带回去，给你爸爸一个惊喜。

——我觉得她嫁到那么远的小镇，没有留下来帮你妈实在是很不应该。毕竟她为供米塔念书牺牲了那么多。

——阿黛拉新眼镜的镜框是真玳瑁的。

——不好意思，我没办法帮您杀鸡，因为那实在是太可怕了，不过相信我老爸一定会由衷感谢您的。

——我杀鸡的时候，米塔也不敢看，但每次她都吃个精光。

——最小题大做的还是米塔的同系同学，那位教授的女儿。

——索菲娅·卡瓦路斯？

——她结婚了吗？

——住在巴列霍斯，米塔一定很想念这里的生活。

——自米塔搬走后，索菲娅再也没来过家里。我已经几个月没见过她了。

——我同事跟我说，索菲娅她爸爸说她很不受管束，经常不去上课。其实索菲娅只喜欢在家看书。你很久没见过她，是因为她一直把自己关在家里看书。

——等阿黛拉回来了再走吧。

——真想看看她的新眼镜。

——那副眼镜几乎花掉了她半个月的薪水!

——前些日子没眼镜戴,她还一直犯头痛。

——外婆,为什么比奥莱塔要把她的眼睛画得那么黑?

——她早就跟她的新老板混到一起了。

——她爸爸吃到鸡肉一定会很高兴。不知道他们多久没尝过鸡肉的味道了。

——我实在是不想责备她,但要是什么都不说,让她继续跟那个男人鬼混,情况只会更糟。

——她那可怜的妈妈,要是地下有知,大概会死不瞑目。

——比奥莱塔一定察觉到我们都不找她爸爸补鞋了。

——每次去拿鞋子都是白跑一趟。明明说星期二可以拿,但星期二去又说还没好,哪怕只是补个鞋跟。他整天心不在焉的,客人都跑了。

——他们晚上不再去意大利协会的那个场地排练了,没用,唱歌剧真难,要是没天分,听起来就会很滑稽。

——今天这个朋友请他喝一杯,明天那个朋友又请他喝。连你爸都帮他付过几次酒钱,他打死都不承认,但我确定你爸帮他付过钱。

——米塔和索菲娅·卡瓦路斯排练时一直忍不住大

笑，人家就请她们离开。

——今天晚餐该做什么呢？

——你最好先把菜圃里的生菜割回家，不然叶子末端都开始变成深紫色了。

——我可以煎些牛排，做一大盘沙拉。如果还不够，你爸可以把中午剩下的蔬菜炖肉汤吃一吃。他干吗要给那个补鞋的一整只鸡？

——比奥莱塔她爸收到的从意大利寄来的信比我们收到的还多。

——我该回家了，晚餐就做炸牛奶火腿丸子，孩子们都爱吃，要是我摆上桌什么都不说，连利托都会吃。

——搞不懂他怎么不去看医生。

——老爸，星期天可以帮我杀只鸡吗？

——我什么都吃，肚子都没事。

——怎么那么死脑筋！你以为全世界的人都跟你一样，胃口大得像牛一样吗？真是死脑筋！

——利托的胃不行了，应该让他多多注意。

——他哥哥胃也不好，估计是受遗传的影响，他们家的人胃都不好。

——才不是遗传呢！都是他嫂嫂把利托的胃搞坏的。我们交往的时候就常听他抱怨消化不良。我每次问他吃了什么，他总说：重口味食物。

——利托还跟他哥住的时候，就经常抱怨肠胃消化不好。

——我看我嫂嫂到现在都还在做那些很难吃的炖菜。她每次都喜欢猛放胡椒,好像这样食物才够味。

——那女人呀,一天到晚在外头逛,哪儿来的时间好好在家做饭?

——一锅好炖菜要细火慢熬,还得在一旁看着。老妈你不知道院子里种了菜有多好。要是家里什么都没有,你就得花钱买那些比较清淡的青菜和配菜:家里得有罗勒、迷迭香和大量的欧芹等。她厨房里什么调料都没有,最后只能往锅里猛放胡椒。她会花很多钱买瘦肉,但还是会把每道菜都搞得口味很重。

——不知道米塔是怎么做菜的,贝尔托的胃也不太好。

——什么都能吃,只要慢慢吃。米塔说这是精神紧张的关系,其实贝尔托的肠胃没有利托差。

——外公说要把鸡拿去给比奥莱塔她爸爸了。妈咪,我可以跟外公一起去吗?

——他穿着那件灰色围裙就出门了,要是米塔看到他穿着那件灰色围裙出门,一定会气疯的。

——克拉拉,你爸唯一的乐子就是穿那件围裙到处晃悠。

——米塔要是知道比奥莱塔怎么说她,就不会再处处护着她了。

——妈咪,外公已经过街了,所以我没跟上。

——不过阿黛拉视力这么差很难好好读书。记得她经常会喊头痛吧。

——她在那个地方的工作时间很长,而且上班的时候都得开着灯。

——要是米塔回拉普拉塔生活,不知道会不会恢复对工作的热情?索菲娅的父亲倒可以帮她在学校找到一份助理之类的工作。

——真想看看米塔的小宝贝。

——不,其实贝尔托最希望的是,一等他把自己的事打理得更好一点,米塔就不要出去工作了。

——今天真是累坏了。

——比奥莱塔以为你上班时间是早上九点到下午六点,她还得回家帮她爸做晚饭。她跟你问好。

——她交代了什么事吗?

——她刚刚跟克拉拉提起一位男同事。

——我想跟比奥莱塔聊聊。她爸爸得自己做饭,天晓得比奥莱塔跑哪儿去了。

——她七点以前就走了,说是得帮她爸做晚饭。

——妈咪,我真的累坏了。你今天下午怎样?

——本来想把楼梯的地毯清干净,但是克拉拉刚好过来,我们就坐下来做了些针线活。

——你有没有说服她帮米塔做床罩?

——她打算把所有款式都寄给她。真想见见米塔的小宝贝！

——地板上了蜡以后，镶嵌在地板上的马赛克瓷砖就变得更美了。我在玄关等你开门的时候，可以看到大厅尽头，灿烂的阳光从玄关洒落进大厅深处。

——克拉拉说得对，但等地板没了光泽，我不想让她再帮忙打蜡了，她光是照顾自己的家、小孩和丈夫就够忙的了。她丈夫喜欢吃炸丸子，可是又不能吃油炸食物。所以克拉拉费了不少心，会特地帮他先把肉蒸熟再剁碎，用迷迭香和奶酪调味之后，放进烤箱烤一会儿，等肉丸烤成金黄色，看起来就像真的炸丸子：能够骗过眼睛，吃起来还不伤胃。

——要是你下次星期六要给地板打蜡，我一整个下午都有空，可以帮你忙。

——比奥莱塔不晓得你每天都忙到那么晚。

——今天事情特别多。

——比奥莱塔还抱怨她的打字机桌子太高了，害她容易累。

——她办公室的活不及我的一半呢！

——她的眼睛涂得像个吉卜赛女人，八成又去找那个男人了。

——要是那个男人已经结婚了，这时候应该在家里吃晚饭。

——那她一定是在跟别的男人约会。

——你能让她怎样呢？待在家里也只能跟她老爸大眼瞪小眼。

——有时候我在想，要是妈妈们从棺材里爬出来了，看到这种情况不知道会做何感想？

——一定要先扫地，然后再用抹布把地板擦干净才好打蜡，接下来给抹布沾上蜡，但不能整个浸湿，最后在马赛克瓷砖上面均匀地打上一层，等稍微晾干以后，最累人的部分才开始，就是用脚踩着抹布在地板上走，这样才能把地板擦得锃亮。

——她妈要是还活着，事情一定不会变成这样。

——到了夏天，不但可以从玄关那儿看到大厅里闪闪发亮的马赛克瓷砖地板，大厅通往庭院的门一般都敞开着，所以从门口可以一路看到庭院那头所有的马赛克瓷砖。

——米塔说她不喜欢装修屋子，一方面是因为房子老旧了，另一方面也因为房子是租来的。

——在巴列霍斯，最糟糕的是，要费很多心血，庭院里的植物才能长得好。

——这栋房子面积很大，这一点不错，可是要保持清洁也很费工夫。

——可怜的米塔一直没机会住在这栋大房子里。

——除了去鸡棚，我不想再看到你穿这件围裙到处乱跑了。

——老爸，来摆桌子吧！我累坏了，腰酸背痛。

——我们多久没收到意大利来的信啦？

——昨天收到了米塔的信，不过再没别的了。我想给在意大利的他们寄一张这栋房子的照片。

——克拉拉带走的那一包是什么？

——是需要磨碎的硬面包。

——你还没把房子的照片寄去意大利？快寄一张给他们，他们挂念得很。

——我会写的，虽然都没收到他们的来信。

——等他们剪完苜蓿芽就会写信来。

——米塔说最让她担心的就是巴列霍斯的春天，因为那里一到春天风沙就很大。

——阿黛拉，写封信给你姐姐吧！你们不了解，出门在外的人总是非常挂念家人。

——我要跟她写些什么？

——别跟她说我又穿那件灰色围裙出门了，就叫她快点回家，我们很想看看外孙。

——也记得帮我问候贝尔托。

——告诉她，如果他们回拉普拉塔，可以跟我们一起住，家里地方够大，只是我们可能得帮贝尔托找份好差事才行。

——老爸你别那么死脑筋了，他早说过他不想上班帮人干活。

——你就撒个小谎，说你碰到了索菲娅·卡瓦路斯。

——每次都想打个电话给她，然后一忙就忘了，我明天上班就打通电话给她。

——告诉她，索菲娅·卡瓦路斯说她爸可以帮她安排一份大学的工作，给教授当助理什么的。

——比奥莱塔又说什么八卦啦？

——她今天都在讲米塔，说不晓得她当初为什么要主修自己不喜欢的药学系，然后跑老远去当药剂师，嫁了人，之后又不打算从事这一行了。

——我想给米塔写封信告诉她，她如果回拉普拉塔，最理想的情况是能在大学里找到工作，那样就可以在她最喜欢的文学系修课了。

——别再提念书了，要念到什么时候才算念够啊？

——老爸你少吃一点，你肚皮都快撑破啦！

——你不要给克拉拉太多硬面包，不然我就不够喂鸡了。

——我已经准备好一整罐做炸猪排的面包碎了，这个星期剩下的干面包你都可以拿去喂鸡。

——每餐吃那么多，还一天到晚抱怨面包不够，不晓得你到底有几个胃。

——卡洛斯·帕劳的电影在哪个电影院上映？

——首轮在精选剧院上映。

——等票价便宜些我再去看。

——在报纸上登的那张照片上,他看起来跟贝尔托一模一样。

——比奥莱塔今天不停地批评米塔,就因为米塔很迷电影。

——我觉得是因为比奥莱塔给米塔写信了,但米塔没回信。

——所以她才跟米塔有心结。

——米塔在上封信结尾说:"这封信也是写给比奥莱塔的。"

——但是比奥莱塔希望米塔能直接给她写信。

——她说了什么?

——她说米塔被电影迷得不行,说她总是随心所欲,还说她嫁给贝尔托是因为他长得像个电影明星。

——不吃点东西,你会生病的。

——我真的累到没胃口了。今天眼镜还掉到地上了,吓得我半死。

——掉在哪儿?

——掉在路上,万一再摔坏一次,我真的不想活了。

——你什么时候再去看眼科?

——如果不是为了看卡洛斯·帕劳,我才舍不得耗眼力去看电影呢!

——他和贝尔托的外形真的还蛮像的，尤其是侧脸看。

——如果米塔真能在学校找到工作，那我们就可以约在我办公室门口见面。每次经过图书馆的窗子，我总是会想到米塔。

——想到她都读好几个小时的书了，却还是会想跟索菲娅去图书馆。

——真是越读越有劲呢，幸好米塔视力好得很。

——她特爱读小说!

——我总是会在图书馆看到一些老面孔，那里灯光昏暗。天花板上的吊灯熏得又黑又脏，玻璃灯罩看起来像一件件薄纱裙，白色的玻璃也沾满乌漆墨黑的煤垢。其实只要在抹布上蘸点松节油，不消一分钟就可以把灯和灯罩擦干净，那样图书馆就会明亮得多。

Dos

EN CASA DE BERTO, VALLEJOS 1933

第2章 | 贝尔托家，巴列霍斯，1933年

——因为我们是仆人，他们就觉得可以掀我们的裙子，对我们为所欲为。

——我是小宝宝的保姆，可不是仆人。

——那是因为你现在还小，长大了也会给人家帮佣的。

——你讲话不能小声点吗？孩子会被你吵醒的。

——对了，晚上千万别一个人走黄土路回家。

——医院的护士都住在黄土路附近，而且晚上都是一个人走回家。

——那些护士就是一群贱人。

——有个护士没结婚就生孩子了。

——你最好小心提防，因为她们看你是个女仆，就会咒骂你，即便你才十二岁。住在你家附近的那些黑人，说不定其中哪个也会去骚扰你。

——他们牙齿很黄，像被海水侵蚀过一样。

——想必他们都在骂你。

——他们骂的是你才对。

——你还是小心的好，他们早听说了你姐就是因为未婚生子才被你爸赶出家门的。

　　——快睡吧，小多多，快睡吧。你乖乖再回去睡哦。对，就这样……这个贱人以为我跟她一个德行。

　　——你最好比以前谨慎。你已经来月经了，要是被他们骗失身，怀孕是分分钟的事。

　　——那个婊子，随她去说吧！我的小多多，等你长成了大男孩，一定不会说脏话对吧，我的小宝贝！你命可真好，可不像伊内斯，她的命可真不好，是个没有父亲的小可怜。我姐到哪儿去了？你觉得她死了吗？我还这么小，就已经做阿姨了，今晚我打算让伊内斯睡在我床上，就在我跟贝露莎中间，这样伊内斯就能暖暖地睡在两个阿姨中间。要是你爸爸喝得醉醺醺的，回到家就把皮带抽出来，你一定会给吓坏的。他拿皮带抽了我一顿。小多多，我跟上帝祈祷，你长大以后，你爸爸永远不会拿皮带抽你。伊内斯那个小笨蛋又开始哭叫了，她这样只会更讨打。我多希望你长大了能娶她，她比你大一些，不过这不要紧，伊内斯已经会叫妈妈和爸爸了。你要到什么时候才会叫妈妈和爸爸呢？

　　——我得去准备做肉卷冷盘了，安帕罗，别想偷懒，去把地板擦干净，别笨手笨脚的，太太早嘱咐过你，要把小宝宝弄脏的地方清洗干净。

　　——我才不是懒鬼呢，你倒是说说谁的围裙更干净,是你的还是我的?

——你们家从不扫地吗?我们家虽然只是间农舍,不过我们会清扫地面。就算没有瓷砖地板,我们也总会把泥土地面清扫干净。

——我们家也是泥土地面,不过我们不会因为是泥土地面就不打扫。

——我家地面是用灰浆压实的。每天打扫过后,得洒点水,免得起灰尘。

——在我家,我妈都是往地板上洒石灰水。你怎么都不睡,你这个流鼻涕的小魔头!

——贝尔托先生可以听见你在说什么。

——安帕罗,快哄小孩,别让他闹了!我这可是在工作呀。

——先生正在饭厅记账。

——小多多,不是所有人都像你一样命好,奶瓶随时都是热的。可怜的伊内斯夜里常常饿醒,但也只能喝冷牛奶。因为妈妈光是下床生火帮她热牛奶,前后就得花将近一小时。伊内斯饿得直哭,爸爸就拿皮带抽她,她哭得就更惨了。小多多,还好你爸爸没把医院主任打死。

——安帕罗,过来!

——是,先生!

——他要我把墙上那只蜘蛛打死,可我够不到。

——是大蜘蛛吗？我们家有粉红狼蛛躲在茅草屋顶，我老是抓不到。

——我们家的蜘蛛都躲在砖缝里。老妈在外面大水槽洗东西的时候，我会把伊内斯抱出来，然后提一整桶水往墙壁上倒。砖缝里布满蜘蛛网，等我把水倒进去之后，躲在里面的臭蜘蛛就会跑出来。我对着墙壁一脚踩上去，它们顷刻就血肉模糊了。

——倒了石灰水之后，地面效果不错吧？

——才不呢！妈妈倒的是米塔太太给她的消毒水。倒了一整桶之后，地上就会留下一块块白斑。

——安帕罗！

——先生，宝宝又睡着了。

——你帮他换套漂亮的衣服，我们六点钟要去医院门口接太太。

——我会帮他换上阿黛拉阿姨从拉普拉塔带来的小裤子和小披肩。

——先生骂你了吗？

——他今天没睡午觉，还在饭厅记账。幸好他那一拳没把医院主任打死。

——不然的话，他可能就进监狱了。也不可能被放出来。太太不是说要带你去拉普拉塔？你干吗要抱怨？

——要不是她的假期泡汤了，她就会带我去。

——拜托，帮我把地板拖干净！

——幸好先生没把那个主任打死。

——你们要几升的牛奶?

——我不是跟您说过,午睡时间不要敲门吗?我要两升半。

——门铃按不响啊。

——是我们把电铃关掉了,免得吵醒先生。你们直接进来就好,不用敲门。

——幸好他今天没睡午觉。要是铃声把他吵醒了,你们可就得吃不了兜着走。

——你们雇主已经不止一次幸免于难了,他最好还是安分点。

——你要知道,干旱害得我们先生养的小牛全都死了。要是下次来还敢敲门,您的奶牛一定都会死光光。

——我只有四头牛,都是自己照料。那些养很多牛的就遭殃了。

——赶快离开我的厨房,回去照顾你的奶牛吧!等你回到家,搞不好有些牛已经死了。

——不跟你聊了!对了,安帕罗,你的围裙真好看呢!

——是偷来的。这个小女贼,参加完第一次领圣餐仪式之后,就再也没有把修女借给她的围裙还回去。

——你们要不要把这星期二十升牛奶的钱付给我?

——等一下,安帕罗去问先生拿了。

——我在外面门廊等着，免得我的马跑了。

——先生说下星期再付给您。

——安帕罗，你要小心费丽萨，听说她是个不要脸的人。

——你可别信费丽萨的嘴巴讲的话，我第一次参加领圣餐仪式的时候，修女把这件衣服送给我了。她们在仪式结束之后都会把衣服分送给穷人。米塔太太说我可以留着，其实裙摆的绳边都破了，所以她把下面修短了一点。

——米塔太太跟我说过，等你大一点要教你医护知识，这样你就可以去医院当护士。

——我才不要。她们都是一群不要脸的女人。

——费丽萨比她们还糟。

——护士的工作服又破又旧，而且根本没浆洗过。

——但是总比当仆人好多了。

——我们先生逃过了什么灾难？

——差点被一位戴绿帽的丈夫打死。

——可先生如果不是跟太太一起，几乎都不出门呀。

——没错，但结婚前，他可不止一次差点被打死呢！安帕罗，还是当护士吧。

——可是有个护士还未婚生子呀。

——你姐姐不也未婚生子。你干吗大惊小怪的？

——你怎么这么快又醒了，你这个流鼻涕的小鬼，我真想拿皮带抽你一顿，但我要一直照顾你，直到你长大。等你妈咪下定决心买了家具，我就可以留在你们家过夜了。要是能为我准备一张床，我就能整晚照顾你。到底是一张床比较贵，还是一头小牛比较贵？如果你爸爸和莫拉·梅嫩德斯的爸爸一样有钱，我就可以一直留在你们家，就跟莫拉·梅嫩德斯的保姆一样……别哭别哭，我来帮你换尿布，我帮你把湿尿布换成干净的尿布。要是你能乖乖安静一会儿，我就帮你把尿布熨一熨，这样尿布就会又柔软又暖和。看看你这个小可怜，小屁股都湿透了。莫拉·梅嫩德斯现在已经是个亭亭玉立的淑女了，她的保姆还待在她家里。那保姆有个乡下出身的男朋友，他来看她的时候，两个人就在客厅会面。莫拉还没有男朋友，不过等她交了男朋友以后，你觉得她跟她男朋友会在客厅会面，而让她的保姆去厨房约会吗？

　　——安帕罗，等会儿把我这封信拿去邮局寄。我的小家伙还好吗？帮他打扮得帅一点，安帕罗，这样我们待会儿就可以带他去找他妈妈了。

　　——先生，我把小宝宝带着，一起到邮局去。

　　——安帕罗，记住你向我发过誓绝不告诉任何人。

　　——我没跟任何人说，骗你我就不得好死。

　　——千万别告诉米塔我们之间有个秘密。

第2章 | 贝尔托家，巴列霍斯，1933年

——我不会的,先生,不过太太问过我手臂上为什么有瘀伤。

——哪儿来的瘀伤?

——就是您发现我看见您正躲在门后偷听她们说话的时候。

——你哪条胳膊有瘀伤了?

——先生,就是您无意间用力抓住我的手臂,直到我发誓绝不会对米塔太太泄露半个字。

——阿黛拉没有问你什么吗?

——有啊!太太和那位年轻的淑女问我胳膊上怎么会有瘀伤。可我什么都没说,因为我已经对您发过誓,一定不会告诉她们我看到您躲在门后偷听她们说话。

——再发一次誓,你绝不会告诉米塔或任何其他人。

——是的,先生。我对着眼前这盏灯发誓,如果违背誓言,我马上变成瞎子。

——你要是违背誓言,上帝一定不会饶过你。

——可是上主日学校的时候,老师说发誓是一种罪,永远不可以发誓。

——那你是怎么回答她们关于你手上瘀伤的询问的?

——我说是教堂里那位神父推搡我造成的。有一回,我把教堂里发生的事告诉了米塔太太。我告诉她教堂里的神父赏了从罗尔丹区来的那个女孩一记耳光，害得她跌倒在地。她站起来以后，整个人都晕头转向不知往何处逃，最后躲进了放圣器的房间里。神父一把抓住她的手臂将她甩向墙壁！就因为她不知道怎么吞圣饼，而是嚼了起来。因为吞不进去，差点噎住，这是首次圣餐仪式最后一场排练中发生的事。

—— 那个罗尔丹区来的女孩是谁？

—— 她住在铁路后面的那个农场，游行时老跟在我后头。

—— 米塔信了你说的话吗？

—— 先生，我不知道您刚才在写信，还以为您在记账。您要去买家具吗？

—— 安帕罗这个脏兮兮的懒鬼，害得我不得不自己洗地板。

—— 我不用去邮局了，因为贝尔托先生把他刚才写的信撕了。

—— 去甜品店买硬包面碎回来。知道吗？晚餐我准备做意式沾粉炸牛排，在你家你顶多只能吃你母亲中午做的剩菜杂碎汤。

—— 小多多，你命真好，可不像伊内斯。你知道吗？伊内斯不是我妹妹。要是你知道就好了，可怜的伊内斯是我大姐的私生女，所以我是她阿姨。这样说来，等她长大一点，我还可以打她呢……贝露莎是我小妹，要是我拉她的头发，她可是会用猫爪般的尖指甲抓我的。至于你，我可打不得，因为你老爸有钱，他付钱雇我来照顾你。可你要是不乖，等没人在看的时候，我还是会好好修理你，小鬼！你最好听我的，给我乖乖躺好！你要知道小贝露莎可从来没吃过沾面包粉炸牛排。那天晚上雨下得那么大，我根本没办法自己回家。晚餐费丽萨做了沾面包粉炸牛排，吃完饭后，先生开车送我回家。睡觉的时候，我跟小贝露莎说我晚餐吃了沾面包粉炸牛排。小贝露莎掀开我的上衣，把她冰冷的双手放在我肚子上，想摸一摸炸牛排在哪里。希望老天保佑你爸爸能赚大钱买很多家具。莫拉的保姆命真好……她男朋友一来按门铃，她就帮他开门，而且可以把围裙脱下来……幸好你爸爸没被关进牢里。可是你那可怜的妈妈，假期突然被主任给取消了，害得她没法回拉普拉塔，不过先生把主任打到趴在地上只剩半条命了。

——你买了什么？

——我买了一公斤炸牛排用的面包粉。

——现在一包面包粉比以前要贵五分，为什么你还剩五分钱？

——我叫面包师傅不要算我太贵，因为米塔太太在医院时会免费送他擦小脓包的药膏。

——你干吗这样照看住你老板的钱包呢？

——他们干吗要置先生于死地呢？

——我听说他们冲他开过枪，之后又发生过一次。

——那些女人全都爱上先生了吗？

——难道你不觉得先生长得就跟电影明星一样帅吗？

——多多，现在我帮你把头发梳好，然后你爸爸会开车送我们去医院等你妈咪下班。手不要一直动好吗！别踢我的肋骨啊！我可怜的肋骨！小贝露莎睡着时，她那瘦得像竹竿的手臂整晚都紧紧压着我，压得我痛死了。她都不爱吃蔬菜炖肉汤，整个人瘦巴巴的。要是你们今晚有剩余的粉炸牛排，明天早上我就跟你妈要，我想她会送给我的。小贝露莎从没吃过粉炸牛排呢！你还太小，没法吃粉炸牛排。不过今天吃晚餐的时候，你可要说你想吃。唉！你太小了，不然你还能帮我藏一份，这样明早我就能拿给小贝露莎吃。但你还是个长头虱的小子，连话都不会讲呀！

——安帕罗，你梳得真好看。不过你最好拿走这些脏尿布，别把小宝宝的脏尿布扔在这儿，那可不关我的事。

——费丽萨，我昨天看到太太在哭。

——你千万别在先生面前提这件事，太太只在先生没看到的时候才一个人哭。

——小多多，可别把你的头发弄乱了！手别到处乱抓。真是的，那个死要钱的面包师傅又要涨价了，我

第 2 章 | 贝尔托家，巴列霍斯，1933 年

们得省着点花啊。小多多，这样你爸爸才能买家具，我才能在你们家睡新床过夜呢。等下雨了，牧草就能再长起来，这样小牛就有东西可以吃了。不过我运气可真背呀！因为下再多的雨，也救不回你爸爸那些死去的小牛。让我来照顾你吧，照顾到你长大。

Tres

TOTO, 1939

第3章 | 多多，
1939年

这里有三个男孩娃娃，还有那个古典的贵妇娃娃，她头上的巨大假发梳得高高的，蓬蓬裙还是最贵的真丝料子。那三个男孩娃娃的丝质灯笼裤下面都穿着长及膝盖的白色袜子，那些女孩娃娃穿着一身丝质衣服，而小男孩娃娃也穿着一身丝质衣服。妈咪，那些男孩娃娃身上穿的白色工作裙跟你的一样，小小的蕾丝，白色的假发，他也是陶瓷材质的，就摆在橱柜上，都是对门家男孩的妈妈收藏的。他们都很硬，不能吃，穿得跟那些一脸蠢相的娃娃一个样子。他们看起来很善良，齐齐望向一个坐在吊床上的女孩娃娃。女孩画在你的针线盒面上，而针线盒就存放在桌布和餐巾旁边的抽屉里，针线盒以前装的是糖果。有一次大家穿同样的服装去参加第三小学的慈善演出，高年级的同学穿得跟陶瓷娃娃一样，表演加沃特舞，那是第三小学最优秀的演出节目。妈咪！你怎么没来看表演？跟爸爸一起，是不是因为要去药房值班，所以错过了学校所有的演出？一个男孩娃娃和一个女孩娃娃，一棵小树和一栋小房子，都用牙签插在了核桃蛋糕上,是不是?还是焦糖蛋糕?妈咪你吃掉了一个娃娃,而我吃了另一个戴绿色帽子的娃娃,谁吃了头呢?那些娃娃会痛吗?费丽萨吃了那棵小树,也是焦糖做的,上面涂了各种颜色。爸爸不喜欢吃甜食,可是住在对门的那个二年级男孩,他的金丝雀不见了。我来帮忙换水吧,但是对门那个男孩说"不用,不用",就因为我只去幼儿园待了一个星期吗?那天学校慈善表演,上了一整年幼儿园的低年级小朋友表演了一个小矮人节目,我不喜欢那个节目。有一天我参加排练的时候,所有低年级的小朋友一个接一个地排成一列,老师开始一边弹钢琴一边唱"米——法——索——索——索——拉",这时所有小朋友都要抬起一条腿,并且向同一边低头,我抬错了腿,之后就不想去幼儿园了。我才不信什么"金丝雀唱歌是因为它心情很好"呢,难道它那天过生日吗?对门那个男孩的妈妈把蛋糕放进烤箱了吗?妈咪,蛋糕应该还没烤好吧?我先用牙签插进去看看,如果牙签拔出来时非常干净,就表示蛋糕已经好了。可是它还没好,还热乎乎的,放凉之后才能切来吃,并且把焦糖放进去,从烤箱里飘来的香味溢满了整间屋子,金丝雀应该会闻到吧?香气触碰它的小嘴,它情不自禁地唱起歌来,从此远走高飞,对门男孩失去了他的金丝雀。对门男孩和他妈妈都告诉我:其实都是猫咪的错。猫咪会做菜吗?它会做土豆吗?大蒜和香菜呢？对门男孩说："我去找鸟食袋子，帮金丝雀换了水，却忘记把鸟笼门关好，鸟没有飞走，之后却听到一阵声响，猫咪从桌上跳进鸟笼，一爪子捉住金丝雀并把它吞进了肚子里，当我回过神来时，就再也没见到我的金丝雀了。"一整只吗？猫咪把整只金丝雀都给吞了吗？"猫咪吞了整只金丝雀，而且立刻吞进了肚子里，所以才会看起来胖乎乎的，不信你摸摸它的肚子。"妈咪！你不要看它！我也不看，我只想远远地望，他们没打电话叫警察吗？那男孩家让猫咪睡在客厅里。还有，幼儿园我一共只去了三天，再也不去了。对门男孩说："一年级有加减乘除课，要是你太笨，又不好好学，老师就会用教鞭打断你的骨头。"市政大厅第三小学举办的慈善演出里，小矮人行军是最难看的表演，我们很早就到了活动大厅，爸比问："服务生，你们的套餐是什么？"在舞蹈开始前，他们会供应美味的黄色蛋黄酱，爸比点的餐来了，上的是小沙丁鱼吗？我却只能吃绿橄榄和黑橄榄，我一点也不喜欢！爸比，你不打算吃那些沙丁鱼吧？那就给我吃吧！爸比！我得去尿尿！"你可以自己去。"可是我够不到灯呀！妈咪！电影院中场休息时灯都会亮起来呀！妈咪说："我们趁中场休息去尿尿！"我们到女卫生间上厕所，因为女士不进男卫生间。万一妈妈不想尿尿，小男孩们和小女孩们就会在电影院的后院尿。一个大姐姐穿着一件浆得硬邦邦的薄纱裙子，会扎手，她尖刺的裙子，宛如白雪公主故事中巫婆后妈的鹰钩鼻，她就坐在隔壁桌，爸比！不要，什么都不要跟她说！"亲爱的，你能陪我的小孩上卫生间吗？""爸比，那个看起来像坏人的大姐姐不会带我去男卫生间的。""没关系，就带他上女卫生间好了！"不要啦！你带我去嘛！"妈咪跟你去看电影时都带你上哪种卫生间？"市政大厅里，穿过一条廊道就会有一扇锁上的门，要是门没有关着，我就能溜去广场对面的药房，妈妈你就在那里。对吧，费丽萨？有一个看起来很坏很坏的吉卜赛人，他脸色黝黑，手臂也毛茸茸的，专门拐跑出家门且穿高档衣服的小男孩。有一回我就自己一个人跑出家门，到广场上去玩。廊道上那扇门打开了，但我探头一看发现不是卫生间，是年纪最大的一群小孩正在盛装打扮准备跳加沃特舞，我够不到挂钩上的粉红色面具，到底哪个小孩会戴上那个面具？是男孩还是女孩？女卫生间的灯亮着，跟家里的浴室一样，只是没有浴缸，女孩的手够得到灯吗？灯已经亮了，女孩没把门关上，我可以逃走，费丽萨，那个吉卜赛坏人会躲在门后面吗？吉卜赛人把小孩装进袋子里，这样就不会被街上的人发现，可有个警察要把他关进牢里，因为警察知道那人是个吉卜赛人，没错，就是这样，但那个吉卜赛人戴上粉红面具，说"袋子里装的是一只有狂犬病和疥疮的猫"。要是小孩这时尖叫，吉卜赛人会把他放走吗？吉卜赛人的帐篷会搭在哪里呢？"吉卜赛人早就离开巴列霍斯了，只有一位偷小孩的留了下来。"他会躲在哪里呢，费丽萨？"就在市立公园中的池塘后面，那里有个马厩，他的脸黑得像煤炭。"他会用鞭子打小孩，就像鞭打马儿一样。老师会用教鞭打人，但不打那些上幼儿园的小孩。我去排演过"小矮人"，但还没学会，万一明年上一年级要演小矮人，我是不是就没办法参加慈善表演？那个大姐姐还没等我小便完就伸手把灯关了，爸比还对她说"亲爱的，谢谢你带他去小便"，然后在她额头上亲了一下，没有被她坚硬的裙子扎到，又说"快谢谢人家"。我只好躲了起来！我把头藏在爸比的裤管之间！但还是远远不如躲在你的裙子下面好，因为要是爸比的腿张开了，人家就会看到我。那个吉卜赛人经过家门时会把坏坏的大姐姐抓走。你们想吃什么点心？有点缀了一颗樱桃的奶油蛋糕，奶油上面铺满碎核桃粒。"不了，服务生，我不要蛋糕。"爸比！把它给我！我要把你的蛋糕和我自己的都吃掉，在从巴列霍斯开往拉普拉塔的卧铺车上，妈咪就把她的蛋糕给了我，因为她不想发胖，爸比说："你要乖！我们现在不是在家里。"爸比，我想要你的那份蛋糕，因为我的没有樱桃。"别跟我说谎，你知道说谎的小孩会像猴子一样长尾巴的。"这时灯光熄灭了。"要是你不乖乖听话，我们就马上回家，不看表演了！"要是我跟爸比说实话，说我根本就没尿尿，直接从卫生间出来了，那他会在表演开始前就

第 3 章 | 多多，1939 年　041

带我回家，巨大的幕布逐渐升起，舞台上面有个帽徽，因为"华金·罗西小朋友将为我们朗诵弗朗西斯哥·拉斐尔·卡伊瓦诺美丽的诗篇《祖国》"。爸比！别叫那个女孩啦！女卫生间的灯很亮，我敢自己一个人去，另一个房间里一个人都没有，里面挂满了衣服，我爬到椅子上面，去够那个粉红色的面具，要是这时幼儿园老师进来，我就跟她说，有狗在追我，所以我才爬到椅子上，这样它才咬不到我，那我该戴粉红色面具去上卫生间吗？这样吉卜赛人就会以为我是别人。我爬到了椅子上，"你在这里干吗？在乱摸什么？"是一个打扮成中国人模样的大男孩！他穿的不是跳加沃特舞的服装，只有最善良的男孩才有资格穿！你没看到一条狗吗？年纪小的孩子不该说谎，因为他们会像小猴子一样长出长长的尾巴，这样一来，吉卜赛人就可以轻而易举地抓到我，他只要抓我的尾巴就行了。"你在这里乱摸什么？"我不能对他说有关狗的谎言，便说我刚刚去了男卫生间。幼儿园可不是一座花园，而是一间有一张桌子的房间，桌子是由湿沙子堆成的。可爸比不愿点我想要的那种有一颗樱桃的蛋糕。那一套酒瓶有着好看的彩色盖子，就像是一颗颗樱桃，可惜那是玻璃做的。妈咪，今天看完电影我们去逛商店橱窗嘛，你保证会带我去吗？我在玩具店橱窗前面看了好久，橱窗里有画在木板上的小母牛和用金属线缠成的一棵树，纸板做的房子不好看，也更便宜。

费丽萨做晚餐慢吞吞的，我们可以晚些回家，那就可以趁机去看那些笑脸吗？橱窗里摆满了摄影师拍的天主教领圣餐的照片，妈咪，你会不会流口水？那个甜品店师傅每天都会更换橱窗摆设：我过生日时，我们吃过巧克力口味的，你还知道怎么做肉卷，但是你说过白色奶油蛋糕让你反胃，对吧？最贵的是上面有冰激凌和蜜饯水果的那种，中间有一块好大的绿色水果，看起来就像你胸针上的绿宝石。你要去哪里？现在是午觉时间了吗？你今天不用去医院上班，要去哪里呢？要去烤蛋糕吗？妈咪！不要丢下我一个人，我还想玩一会儿！为什么你不烤个蛋糕给我吃？妈咪没有去厨房而是去了卧室，她是去找那本有所有菜名的食谱了吗？爸比在叫她，可妈咪得进去睡午觉了。我遮起来的只有嘴巴，不想用围巾把鼻子遮住，我不想听爸比的话，天气一点也不冷，爸比穿了安第斯式样的披肩，是过世的佩里科叔叔留下来的。慈善表演结束后天气好冷，时间又很晚了，如果要经过玩具店会绕远，但是妈咪带我回家时总会先经过玩具店：站在路灯底下那个街角的是个门卫，不是吉卜赛人，我不要走那条路！我们去看橱窗啦！"已经凌晨一点了，不要大声吵闹！"橱窗的灯都关了。"我早跟你说过灯已经关了，都怪你出的瞎主意，害我们多走了三个街区！"他们把昨天的玩具换掉了吗？也看不到，挂在橱窗里的玩具好像跟昨天的一样，光线很暗，橱窗仿佛一面镜子，能从玻璃上看清楚的东西只有街道对面的房子，还有人行道上的树木，全都黑压压一片，橱窗倒影里的树木和人脸都黑得像煤炭，樱桃瓶盖是玻璃做的，不然我会把它吃掉，是谁在橱窗玻璃上看着自己呀？可不是，那条丑死了的披肩是佩里科叔叔的，幸好妈咪和费丽萨会让家里的灯全亮着等我们，因为妈咪晚上自己在家会怕，所以她会开着灯等爸比和我看完慈善表演回家。不过，她现在在睡午觉，安帕罗去首都布宜诺斯艾利斯之后就再也没有回来，埃克托尔跑去跟年纪大一点的孩子们玩。邻居男孩说："埃克托尔是你哥哥吗？"妈咪会打我耳光，但没那么疼，她也打埃克托尔，但他比我大，跑得比我快，妈咪抓不到他，邻居男孩说："你爸爸最好了，比我爸爸好。"因为他从不打我屁股，也不打埃克托尔，有一次我因为太无聊在午觉时间把妈咪吵醒了，爸爸就说："我从来没打过你屁股，但要是哪天我动手打你，你就死定了！"我正在想一部我最喜欢的电影，因为妈妈告诉我，去想一部电影，这样午觉时间就不会那么无聊了。《罗密欧与朱丽叶》是一部爱情电影，有个很哀伤的结局，最后他们都死了；这是我最喜欢的电影之一。诺尔玛·希拉[1]一直是一个很棒的女演员。妈咪会打我耳光，

---

[1] 诺尔玛·希拉（Norma Shearer, 1902—1983），美国女演员，1930年凭电影《弃妇怨》获得第3届奥斯卡金像奖最佳女主角。

可是不会很痛,但爸比一动手就能把人打残。在埃克托尔领圣餐的仪式上,有个圣像长得跟诺尔玛·希拉一样,是一位穿着雪白衣服、手上捧着一束白花的修女。我有好多从杂志上剪下来的照片,有一脸正经的,有大笑的,还有侧脸的,其中有好多是我都还没看过的电影。费丽萨说:"跟我说说歌舞片里都有些什么?"我跟她讲的都是我自己编的,因为在跳舞的不仅仅是他们,一阵风轻轻吹起她的裙摆和他燕尾服的后摆,这时缓缓飞来几只小鸟,跟她被吹起的裙摆和他的燕尾服后摆一同跳起了舞,伴随着音乐,金格尔·罗杰斯和弗雷德·阿斯泰尔[1]在空中起舞,空气把他们和小鸟一齐带到高处,托着他们翩翩起舞,越旋转越轻盈。那朵花好漂亮哦!我觉得金格尔想要那朵花,一朵在高高的枝头绽放的白花,她在请小鸟衔来给她吗?小鸟假装没听见她的呼唤。每次我想喂小鸟面包屑时,它们都很害怕,我只得离它们远远的。它们很怕我吗?它们也怕妈咪吗?不过其中有一只最善良的小鸟,趁金格尔没看到的时候……飞上枝头,摘下树上那朵花,然后把花儿插在

---

[1] 金格尔·罗杰斯(Ginger Rogers,1911—1995),美国电影女演员,1941年因电影《女人万岁》获第13届奥斯卡金像奖最佳女主角。弗雷德·阿斯泰尔(Fred Astaire,1899—1987),美国电影演员,舞者、剧场艺术演员、编舞家与歌手。两人经常一起合作。

她金黄色的头发上,这时弗雷德·阿斯泰尔对着她唱起歌来,赞美她戴着花儿好漂亮,她看着镜子里的自己,看到自己想要的那朵花就插在头发里,就像一个发夹,她将那只好鸟儿唤到手边,抚摸着它,因为是鸟儿将这份令人惊喜的礼物带给了她。费丽萨居然什么都信,我其实是胡乱编的,《白雪公主》中的鸟儿都是友善的,因为那是一部卡通片,要不是卡通片,他们就没办法让那些鸟儿飞到人们的手上,因为鸟儿会怕,乔利的鸽子不怕人,不过我还是觉得鸟儿最漂亮。那只鸽子飞到梨树上之后再回来,在空中盘旋转圈,就像《白雪公主》中那样,因为乔利没法带它一起上火车,乔利一去不回,永远地住在了布宜诺斯艾利斯。"她是我在巴列霍斯唯一的朋友。"可是她走了。妈咪没别的朋友了,那只鸽子在花园里一间高而没门的小屋里,吃睡都在那里。小鸟会从天空中飞下来吃费丽萨为它们准备的面包和牛奶,它们大多时候会一起飞向屋顶或停在树上,不一会儿又会飞下来,每次都只衔一小块面包屑,不过我只能远远地看着它们。费丽萨,猫咪应该爬不进鸽子的小窝吧?"不管是猫还是卡拉鹰都碰不到它。"妈咪不得不跟我保证它们都碰不到,卡拉鹰是什么呀,费丽萨?"一种难看的大鸟。"它们长什么样子?"很大只,全身漆黑,有钩状的喙。"大到什么程度?不,不,不是跟猫咪一样大,"是跟猫咪差不多大"。妈咪!小鸽子一定要跟我睡！到了晚上，花园里那间连一扇门都没有的小鸽笼前，有一只黑色卡拉鹰，钩状嘴巴长长的——猫咪也有大大的嘴巴，鹰把小鸽子吃掉前会不会用钩状嘴把它们的毛都扯掉？不会，小鸽子不会让自己被逮到，它们会飞得很快，比那些身体沉甸甸的、吃得肚子鼓胀的大黑鸟飞得还快……肚子里是金丝雀吗？等妈咪午睡起来，她一定要跟我保证没有任何人会碰那只小鸽子一根汗毛，小鸽子可以自在地时而飞去这里，时而飞去那里。妈咪掷彩带比谁都好，她的彩带一掷出去就不停地在空中旋转，触碰地面之前，转的圈比小鸟还多。金格尔·罗杰斯在一间大屋子里转一个大圈，屋子里铺有大型马赛克瓷砖地板，所有家具都必须挪开，这样金格尔才不会撞到东西，她知道该怎样移动脚步跳舞而不刮坏地板。以前她演的电影中喜剧偏多。星期六我们看了金格尔·罗杰斯演过的最好看的电影，是一部歌舞片，结局很悲伤，因为弗雷德·阿斯泰尔上战场去打仗了，结果因飞机失事而死，金格尔一直在等他，只是他不会回来了。有一个慈善表演的场景，很混乱，大家都在等他们俩开始跳舞，之后她便从那个胖乎乎的朋友那里得知了坏消息。他望着她，眼泪几乎要夺眶而出，于是她明白了，泪水在她双颊上滴落，她望着没有人的空旷舞台，终于明白他再也不会回来了，因为他死了。她看见自己和他都变成了透明人，她想象人们死后继续跳着舞,一直跳舞,在舞池里跳舞转圈,越跳越远,身影越来越小,最后旋转到树梢后面,直到消失不见。他们去哪儿了,妈咪?"他们变透明了,意思是她继续爱着他,就像他们在一起跳舞时一样,尽管他已经去世了。"金格尔很伤心吗?"并没有,他们在回忆里永不分离,现在没有什么可以拆散他们了,无论是战争,还是任何其他事。"埃克托尔不是我哥哥,妈咪说他是堂哥,他妈妈生病了,所以埃克托尔才住我们家,可是他不跟我玩,也不玩电影画卡。我有所有《罗密欧与朱丽叶》的剧情画卡,我先用黑色蜡笔描边,再用彩色蜡笔画下整部电影的情节,妈妈也在画卡上画罗密欧,然后在另外一张上画朱丽叶,接着画阳台和罗密欧,他正攀着绳子爬上阳台,朱丽叶在等他。她昨天又完成了另外一部电影的画卡,那部有金格尔·罗杰斯和那个死去男人的电影。妈咪说要是我在她午睡的时候不吵不闹,她就帮我画另外一部电影,那是最美妙的一部歌舞片,这个星期四会上映,妈咪说她看过一些剧照,布景之豪华,胜过她看过的所有电影。那部电影叫《歌舞大王齐格飞》[1],幸好妈咪这个星期四可以看这部电影,她不用去药房值

---

1 《歌舞大王齐格飞》(*The Great Ziegfeld*),1936年上映的传记歌舞片,讲述了美国20世纪初知名的歌舞剧《齐格飞富丽秀》制作人小弗洛伦兹·齐格飞的一生。

班。埃克托尔不想跟我玩，他坐在前排，电影院前三排是小朋友的座位，他们看电影的时候喜欢偷偷欺负坐在前排的小朋友，坐在前排的小朋友只能哑巴吃黄连，因为坐前排的人没法看到是后面的谁打的，便找坐在他后面的人报仇，而事实上是坐在旁边的人打的，不是后面的人。埃克托尔和其他小朋友总在电影明星唱歌的时候放声大笑，还有一个小孩竟然在女角色死去的时候故意用嘴巴发出放屁的声响。爸爸不喜欢让妈妈落单，所以我都和妈妈一起坐后排比较贵的好位子。跟我读同一所幼儿园的一个小男孩坐在前排。庞查·贝雷斯今年十二岁。"午睡的时候来我家，我把耶稣在马厩降生的乐高玩具借给你玩。"看完《罗密欧与朱丽叶》准备走出电影院时，恰巧庞查、她妈妈和她阿姨都坐在后排，这时妈咪说："我在布宜诺斯艾利斯看过《罗密欧与朱丽叶》舞台剧。"我会找一天的午睡时间，再次单独跟庞查玩，因为她就住在转角，我不必过马路。"庞查！去跟那个小男孩玩吧！这样我们可以跟米塔聊一会儿。"看完《罗密欧与朱丽叶》后，庞查给我看她的耶稣降生组合玩具。"什么都别碰！""能不能让我摸摸那只小母牛？"因为不用过街，有一天我在睡午觉的时间去庞查家找她玩；她头上卷着黑色发卷，穿着一件绿色小碎花裙，她有两件款式一模一样的裙子：一件是绿色小花，另一件是蓝色小花。她阿姨正坐在缝纫机前。"庞查，你知道

第 3 章 | 多多，1939 年　049

吗？看电影时有个坐在我们前排的小老太太在哭呢！"庞查笑得很大声，庞查好坏呀！"可怜的小老太太哭得可伤心哪！"我看到罗密欧和朱丽叶死的时候都哭了，所以才去找她玩耶稣降生组合玩具：玩具摆满了餐厅，钢琴放在客厅，她会让我弹的。"可是我们不能玩耶稣降生乐高组合玩具，也不能弹钢琴，因为大家都在睡午觉，我们来玩'你是小孩我是老师'的游戏吧。"不要！"这样你才能学会数数。"我不要！庞查！你什么时候借我玩耶稣降生乐高组合玩具？"不准打开！"午睡时间过去很久了，我得跟妈咪去看电影了。"你年纪太小，我们不能一起玩，你什么都不会。"我会，我什么游戏都会玩。"你年纪太小。"才不是呢，我会跟妈咪一起玩，我们一起画电影画卡。"那我们来玩睡午觉。"怎么玩？"假装我睡在屋顶上，身上盖着一床棉被，但没穿内裤。你是个大男孩，你来到我身边……然后对我做了什么。"做了什么？"这就是玩这个游戏的意义，你得猜！"要是我猜了，能让我们玩耶稣降生乐高组合玩具吗？跑到屋顶的男孩到底想干吗呢？妈妈低下了头，这部讲谋杀案的电影很可怕，有人走进一间昏暗的房间，凶手就躲在门后，妈咪和我都低下了头，因为这是部可怕的电影，在放这部长片之前，他们放了一部短片，是关于海底世界的。妈咪低下头，因为有一株植物在清澈的海底移动，像五彩纸卷一样漂浮在海水中，向四处延伸。"不要看!"我还是看了,当彩色小鱼游过来,经过海底那些肉食植物时,我没有办法听话不看。"你敢拿你妈妈发誓,说你不知道大男孩们会干什么吗?"我发誓。"我睡觉的时候,男孩爬到屋顶,他会掀开我的棉被,然后干我。""干"是什么意思?"是不可以做的坏事,你只能假装在玩,因为要是哪个小女孩做了,她就失了身,她的一生就完蛋了。"叫我别看,我还是看了,因为在清澈的海底,那些像彩带一样摆动的毛发一等小鱼游近就会突然聚拢,然后将它们捕获。"别再问了,我才不告诉你!"坏庞查不想跟我说那些长了毛的男孩到底在干吗。"要是你不知道那是什么意思,我们就不能玩,你太小了!"庞查快跟我说"干"是什么意思嘛。"我们不能玩这个,要等你的香肠长毛,变成大男孩才可以。"我没有告诉她,我看过一部电影,讲海底那些长满了毛的植物,会把色彩鲜艳的鱼儿吃掉,庞查,不然我们可以假装我是小女孩,你是大男孩,因为我不知道怎么干,这样我就能学,庞查说"好呀"。然后我就躺在地毯上,假装正在屋顶熟睡着,那天庞查穿的是绿色碎花裙子,从后面蹑手蹑脚走了过来。是谁在门边的小缝偷看呢?是庞查的阿姨,她在取笑我!她头上卷着发卷,我问她"干"是什么意思。"庞查,你真够恶心的。"阿姨说完就回到了厨房。"跟我玩你年纪太小了。"我打不过庞查,我个子比较小,不然我会拿给明星剪头发的剪

第 3 章 | 多多,1939 年　051

刀把她的发卷剪下来，然后硬塞到她嘴里让她吃下去。然后我会跟她说："庞查，把这块糖果吃下去！"其实我给她吃的是街上捡来的已经发硬的狗屎，就是因为她，我才被费丽萨打。如果不是因为现在是午睡时间，我就可以玩耶稣降生乐高玩具了，而不是窝在庞查这里。她不告诉我"干"到底是什么意思，长了毛的男孩会跟她干吗。"那个男孩会把他的香肠往我尾巴部位的小洞里塞，还不让我走，我完全动弹不得，这时他会趁机'干'我。"她就是不想跟我讲"干"她是什么意思。在那部关于海底世界的电影里，就是那些长毛海藻把小鱼给吃掉的。一开始，那些长长的毛婀娜多姿地在清澈见底的海水里摆动，接着那些小鱼游了过来，对不对？"多多，头低下来！"现在再也看不到那些小鱼了！因为都被长长的毛发般的海藻给吃掉了。女孩子一旦失了身，就会永远完蛋，那个大男孩走过来，慢慢靠近，看见庞查正在睡觉，就慢慢掀开她那件绿色碎花裙子，而庞查忘了穿内裤！然后她动弹不得，那个男孩就把他的香肠往她尾部的小洞里塞，他的毛就会缠住她整个身体，要是庞查像小鱼那样一动也不动的话，那个男孩的毛就会开始吃她的屁股，然后是她的肚子，然后是心脏，然后是耳朵，然后一点一点地把她吃光光。那条小小的金项链、蝴蝶结、鞋子和袜子、那件绿色碎花裙子和她的内衣全在地上，可是庞查不在那里。庞查失了身，她这辈子永远完蛋了，再也见不到她了。另一件蓝色碎花裙子还挂在衣橱里。啪！费丽萨突然打了我一巴掌，她从没打过我。柴火正在厨房炉灶上燃烧着，木柴上有纸片，我拿一根火柴靠近，火柴立刻燃烧起来，柴火把南瓜糖烤了，我好想吃哦！我用小刀把煤炭堆拨了一拨，南瓜糖开始裂成碎片。有火花冒了出来。"你会烧到自己的！"费丽萨不想让我拨灶里的柴火。"我说过你别乱动。"妈咪在药房值班，爸爸在办公室记账，费丽萨拿走我手里的刀子。"费丽萨，干！"然后她打了我一巴掌。妈咪！"是谁教你那个字的？""太太，这孩子越来越不乖了！""我不会去跟庞查她妈说什么，不过一定要好好教训庞查一顿。贝尔托，这个孩子越来越不听话了。""没错，星期天早晨有儿童足球训练营。"我不想去！"这孩子太不听话了！我要送他去儿童足球训练营，让他跟其他男孩一起玩。""他一天到晚净惹我们生气。""跟他讲什么都不听。"因为佩里科叔叔死了。我再也不想去幼儿园了，我开始玩电影画卡，不过自佩里科叔叔去世那天起，我就不再玩那部有小鱼被吃掉的海底世界的电影了。"多多，别玩了，佩里科叔叔刚刚过世。"《罗密欧与朱丽叶》是最漂亮的电影画卡，我把它们沿着客厅的地砖一字排开，可是爸爸说："可怜的佩里科叔叔死了。过来把衣服穿好，你要安静，不要大声讲话或唱歌。"妈妈低着头时没法描画那部关于海底世界的电影的画卡。佩里科叔叔经常在酒吧里和那些农人一起喝酒,去小牛市场赶完集之后,他们会一起打牌,他们从未去过电影院,海底植物把色彩缤纷的小鱼都给吃掉了,真可惜,它们应该吃掉坏蛋鱼,还有那些看起来像章鱼和鲨鱼的老鱼。妈妈说在所有的电影画卡里,《歌舞大王齐格飞》的场景最为豪华,这部电影终于要在星期四上映了。"我叫你别再玩了!佩里科叔叔去世了,你都不难过吗?你实在是太不听话了,都给宠坏了,最糟的是你谁也不爱!"他们没打我屁股,要是爸爸动手打我,我会被他打断腿。对门男孩的妈妈会脱他的裤子打他屁股,但佩里科叔叔去世的时候我没哭。秀兰·邓波儿还很小,但她是个女演员,而且总是演得很好,每个人都很爱她。她的坏祖父有一头长长的白发。在一部电影里,他总是抽烟斗,一开始他看都不看她一眼,但没多久他就开始很喜欢她了,因为她真的很乖,而且从不说谎。那些不听话的小孩子不会长驴耳朵,说谎的小孩子会长尾巴。要是对门男孩的叔叔死了,我想他不会长驴耳朵。不过要是吉卜赛人抓走小男孩,他妈妈一定会认不出来,因为他全身都会被煤炭涂得黑黑的。学校拿着教鞭的老师会用教鞭打那些不会从一数到一百的小孩子的耳朵,那个小男孩在镜子里看见自己的耳朵越长越长,变成驴耳朵。要是我对老师说"老师你一脸干",她一定会再拿起教鞭,只是这一次铁定会把我打死，我想从教室的窗户跳出去，无奈被老师的腿给绊住了。每当我说我上的是市政大厅的男卫生间时，我就会长出长长的尾巴！现在我的尾巴长得好长，害得我没办法跳窗出去。老师拿着教鞭朝我越走越近！要是费丽萨进了厨房再赏我一巴掌，我会跳出窗户逃走的。她手上没有教鞭，我会大步跨出窗户，这样就不会掉进市立公园的池塘里，我得小心池底可能会有干人的植物。我终于一跃而出……几乎飞了起来……吉卜赛人的马厩在池塘的另外一边，我会掉进去吗？我会变成一只小鱼，会掉进鱼缸里，咕嘟，咕嘟，咕嘟，我叫得很大声，妈咪正在找我，因为该去看电影了吗？妈咪在找我，却找不到，后来她跑到电影院的卫生间找我，但我没在女卫生间，可她又不能进男卫生间！他们正在放一部美妙的电影，她便坐下来看，然后她听见小鱼在很远的地方大叫，妈咪就说："真是一条坏小鱼，他谁也不爱，他叔叔过世了，那条小鱼一滴眼泪也没流，还继续在玩。"我不再大声喊叫了，因为一扇门开了；吉卜赛人进门来，踮着脚尖，他正抓着一个被绑架的小女孩。他正在打她？他把她的裤子脱下来打她屁股？不，那个吉卜赛人很坏，他脱下他的长裤和内裤，把他的香肠塞进小女孩后面的小洞里，然后当那个小女孩动弹不得的时候，他就用他的毛把小女孩的全身缠住，一点一点把她整个吃掉，先是吃掉她的一条腿，接着是她的手,最后是另一条腿和她屁股上的小肥肉。秀兰·邓波儿被绑在靠近那几匹马的马车上。我才不是坏小鱼呢,我是一只好小鱼,我帮秀兰·邓波儿解开了绳子,她就逃离了魔掌。我会跟秀兰一样棒。学校的窗户都很高,但是我要跟妈咪说,当她出门买东西路过学校的时候,只要踮个脚尖就能看到我在教室里面,她一定要每天都来,我要妈咪答应我,我会跟她保证我会很乖,放学后她一定要来接我。生日那天,我们买蛋糕庆祝,接着我们会去电影院看一部歌舞片,要是我想尿尿,她就会带我去上女卫生间。我说了谎!我其实去的是男卫生间,我不能去女卫生间,不然会长出小尾巴。幸好男孩可以在电影院后院尿尿,没人会说什么,虽然会尿出一个坑,使得后院到处都是水洼,这样妈咪走路就得小心,免得踩到水洼而弄湿双脚,我就在那里尿尿……要是那个穿着硬邦邦裙子的大女孩不在那里的话……她很坏……她可能会从水洼里挖起一把湿泥巴,把我的脸涂得黑黑的……但我躲在女卫生间,那个坏女孩逮到了我,我进了女卫生间,为了罚我,她要我穿上小裙子……妈咪!电影开始放映了吗?电影院里面很黑是吗?妈咪一定已经坐在位子上等我了,于是我开始大声喊叫,这样她就会来救我了!"那个叫个不停的黑人小女孩是谁呀?昨天有一条逃出来的小鱼也叫喊个不停,然后又跑掉了。它的主人来了,把它抓回了鱼缸里。现在他们捉到了这个逃走的黑人小女孩,她必须去照顾昨天那只小鱼,他们俩会一起哭一整晚,所以我最好把窗子关好,不然会把贝尔托吵醒,噪声会把他弄得神经紧张!"黑人小女孩和小鱼正在吉卜赛人的马厩里,他们这么黑,是因为身上沾满地上的土、泥巴和马尾巴的毛。门都用钥匙和门闩锁起来了。歌舞片已经开始,妈咪很伤心,因为我要错过它了,第一幕通常不是最好看的,一场踢踏舞而已,最豪华的节目在片尾,最豪华的节目到底是什么样子呢?幕布升了起来,背后还有另一张闪闪发亮的幕布,这张幕布升起来,还剩最后一张,这表示最豪华的那个节目就要开始了。我一定不能错过这场好戏。好强劲的风啊!风吹开了门,于是黑人小女孩和小鱼逃走了,运气真好呀。他们尽可能轻手轻脚地逃跑,因为吉卜赛人在后面追,黑人小女孩和小鱼得跳过市立公园又宽又黑的大池塘,他们跳不过去,都太小了,所以掉了进去。吉卜赛人没看见他们,因为他们掉进黑水池子里了,但是吉卜赛人还是一直追一直追,直到谁也看不到他了。所有的舞者一字排开,这代表最后一幕就要开始了,这些场景都会被画在电影画卡上。这些是整套画卡里最豪华的场景,可妈咪难过得离开了电影院,因为我没在她身边。妈咪有一次哭了,那时我们两人走在街上,但是我不记得她为什么哭了。什么时候?妈咪,你为什么哭了呢?她没

第 3 章 | 多多,1939 年　　057

告诉我。黑人小女孩和小鱼死了，尸体浮在池面上，好在飞机失事后金格尔·罗杰斯和弗雷德·阿斯泰尔在回忆里变得透明，一起翩翩起舞，谁都无法再拆散他们了；不论是战争，还是其他任何事。等妈咪午睡起来的时候，我会跟她说我不吵闹了，我会很乖的。费丽萨也没有再打我耳光，因为我很乖。小鱼和黑人小女孩死去以后也会在天堂里变得透明，但我不希望妈咪把他们画在画卡上，他们那么脏，他们一定会变成难看的透明色。小鸟更漂亮吗？有些小鸟已经死了吗？是对门男孩的金丝雀吗？不要！妈咪不要画那只鸟！画另外一只吧！留存在记忆里的那一只，在天堂里变得透明的那一只。妈咪明白它已经死了，每次看完电影回家的路上，我们会抬头看看梨树树梢，跟它说电影里面演了些什么，谁主演，歌舞场面如何，这样它们就不会因为想看却看不到而觉得遗憾了。从云端往下看巴列霍斯，所有的东西都变得很小，那个吉卜赛人已经不在马厩里了。最棒的是，每天可以在云端和金格尔的鸟儿一起玩，从云端往下看，学校里拿着教鞭的老师也变得好小，而庞查正在她阿姨家的厨房里。只有鸟儿可以飞上云端，它们吃费丽萨为它们留的蛋糕屑，没有别的了吗？没有，没有那些长得跟猫一样大的有钩状嘴的黑色大鸟，我让妈咪跟我保证没有。

Cuatro

DIÁLOGO DE CHOLI CON MITA, 1941

第4章 | 乔利给米塔打电话，1941年

——米塔,你有这样的孩子真该感到高兴。他长得真是俊美无比。

——

——不,我敢保证,他长大之后就会变丑,会有男人粗犷的脸,我就是这样想的。

——

——我也有一样的担心!他不会一直这样俊美下去。都快八岁了,我觉得他真是讨人喜欢。"妈咪,带我去乔利家嘛,她们家有楼梯呢。"在这个脏乱的小镇,我们家的楼梯对他来说仿佛是皇宫的豪华楼梯。

——

——像他外婆家!他以为自己在那儿,跟外婆及阿姨住在拉普拉塔。不过,我没外婆那么老吧,还是看起来跟她差不多?看到孩子们都长这么大了,让我不得不感叹岁月。

——

——我看起来年轻十岁,是因为保养得宜。

——

——你说得对，那不成理由。他从来都没想到自己会这么早走。

——

——他会发火的，因为我又是画眼线，又是把头发放下来。在他看来，爱打扮都是些肤浅的事情。

——

——你运气很好，这可是万中选一。

——

——那是因为你什么都说好。每次只要想到跟他在一起的这十二年，十二年！我竟然跟这个死没良心的过了绝望的十二年！

——

——还不都是为了我的孩子，要不然，这十二年可真是付诸流水了。

——

——一早起来就穷聊有什么不对吗？反正豪雷吉是那种不想听时，就左耳进、右耳出的男人。

——

——我花了一小时跟他说，我把他夹克上一个口袋弄得没法用了。我在那里挖了个洞，是为了去掉污渍；他走过来跟我要过夹克之后直接穿在了身上，因为他根本没注意听我说夹克被我弄出了一个洞。

——

——你怎么受得了那个醋坛子？夏天那么热还穿长袖。当然，他不会盯着别的女人看。豪雷吉可是什么女人都看。他都快五十岁了，一直那么不堪。

——

——我一整天都蓬头垢面的，但是到了傍晚，一旦孩子开始忙着做功课，我一定会好好泡个澡，整理一下仪容，这样至少可以到阳台上去透透气。

——

——你不注重打扮，是因为贝尔托不喜欢你太过引人注目。

——

——你也知道他是个宅男。家里离他的店才两步远，他才会那么宅。话说在巴列霍斯这个小地方，他还能去哪儿呢？

——

——不，刚开始在布宜诺斯艾利斯时更不开心，不管店里的环境多么高档漂亮，当店员的日子其实很窝囊。

——

——你多久没有去了？

——

——你妈呢？

——

——他其实也不喜欢看电影，不是吗？不过他至少也该偶尔陪你去看场电影呀。

——

——安眠药！你是学这个的，应该比我清楚。总是看报看到那么晚，搞不好这就是他精神紧张的原因呢！你太宠他了，不要读报给他听了。还让人笑话他赚那么多钱，都不会抽空陪你去看一两场电影，而是让你每天独自被多多拖累在家。

——

——在这里，从来没有人看到过我邋里邋遢地出门，当然这里也没什么有意思的人可以倾诉。每次我进厨房做晚餐，都会先换衣服，或是围上头巾、穿上围裙，不然衣服就会沾上污渍，还会有油烟味。只要我稍微打扮一下，他就会嘲笑我，一副"你何必呢？"的表情。

——

——我出差时，没有一个人不对我说："你真是个有意思的人呀，乔利！"

——

——我是个有意思的人，那种让大家忍不住想"她到底是谁呀？"的人。

——

——是因为涂抹了眼影,你不觉得吗?

——

——为了男人,她们什么疯狂事都会做,沦为小偷,偷珠宝,在边境走私行抢。那些间谍呢?我不觉得她们是为了钱。她们从事起间谍的行当,是因为有人在背后指使。

——

——戴头巾。深色头巾让我看起来独具一格。身为好莱坞化妆品公司的监管人员,所有产品都随手可得,我是说我可以拿一堆免费的试用样品。我可以一直试,直到找到最适合自己的。

——

——也就是那种涂上去会显得很优雅的。

——

——像你这种知性女子,只需要简单打扮一下,不需要浓妆艳抹。每个人都需要找到自己的风格。

——

——才不呢!如果你认为自己是巴列霍斯最夺目的女人,那我就不再信任你了。

——

——幸好我这次只是路过巴列霍斯。

——

——他们很生气,巴不得我整天把自己锁在家里守丧。

——

——真的吗？我只不过学到了什么是优雅。我也是个谈吐合宜的人，不是吗？虽然没读过书，但我跟你算处得不错，对吧？米塔你不是个爱忌妒的女人，顶多会涂个口红、上点粉底。但是你也明白，镇上的人永远都不可能真心接受我们这两个外地人。

——

——你已经是个有家的人了。贝尔托的店离你家只有几步路。你只在去看晚上六点到八点的电影时才见不到他。除非某天你起了疑心，电影看到一半就回家。不过，我不觉得贝尔托会背着你干什么对不起你的事。

——

——你在说些什么？他只要往小镇走一圈放个电，他那些旧情人就会凑过来。你都不知道镇上那些挥之不去的死苍蝇是什么样。

——

——因为我会跟他吵。你受过教育，你丈夫任何时候都不会不搭理你。真希望我有机会上学。

——

——为什么没有人能说说他？

——

——自上次我为女人有权利化妆的事跟他争论，他就对我很不以为然了。

——

——上星期天我人在布宜诺斯艾利斯,孩子从学校带了本地理课本回来学习。你该看看他对欧洲地图有多熟。

——

——我看起来还不错,可能是因为身材够高,像美国女人那种身材。

——

——出差的时候。

——

——白色镜框的墨镜,染成了铜色的直发。

——

——好莱坞化妆品公司的老板。他最好少说话,才能有权威感,穿着还要合宜得体,最好对客人爱理不理。

——

——"就照着去年来过的那位美国监管人员那样,她对谁都不信任。"当然啦!她不太说话是因为她几乎说不了几句西班牙语。我就依样画葫芦,也对人爱理不理,反正我长得有点像美国人。

——

——穿着舒适的运动休闲装,再系上腰带好凸显腰身。再把头发梳得亮如丝绸,跳舞时把头往后一甩,及肩的长发就会像诱人的瀑布一样披在肩上;在机场跟人道别时,那头长发会随风飘逸,看起来真的很浪漫。重点是要保持头发如丝绸般滑溜,要是不常洗头,头发就会黏糊糊的,洗得太过,又会变得毛躁或干裂。

————

——脸上要是涂了一层质量好的面霜,几乎不需要用胭脂(最好只上淡妆,比较好看),再把眼影上得深一点,这样眼神才会有神秘感,最后再涂上加黑的睫毛膏就大功告成了。你知道吗?影星梅查·奥尔蒂斯[1]梳的所有发型都很适合我。阿根廷女明星当中我最喜欢的就是她。

————

——事实上,她梳任何发型都很好看。也不知道她老公是哪个无耻之徒;她是寡妇,你知道吗?

————

——她留长发看起来别有一种华丽的风韵,额前的头发高高梳起,简直是个风情万种的女人。

————

——她是个吃过苦的女人,如果她未曾历尽沧桑,铁定无法担任这些吃重的角色。看得出来,她能与这些

---

[1] 梅查·奥尔蒂斯(Mecha Ortiz,1900—1987),阿根廷女演员。

角色共情。据说她丧夫不久后就投入了演艺事业。

——

——在电影里,当她坠入爱河时,会让人感觉她愿意为那个男人去死,什么都不在乎,愿意牺牲一切追随他。

——

——在布宜诺斯艾利斯,有许多人可以一起聊一会儿,但也就仅此而已了。不知道我是否有办法跟电影中的她一样,要能像她那样,一定要深深地坠入爱河,直到为爱疯狂。可现在的我已经不抱希望了,你懂我的意思吧?一点不抱希望了。

——

——我不行。

——

——他一直是个好小伙,一位电影艺术家。

——

——从乡村到小镇,从小镇到乡村,从未见过他身旁有什么女孩,他总是跟男性朋友走在一起,从没看过他跟女孩在一起。只是时不时你会听到有女孩为他疯狂,想为他自杀或去当修女,甚至包括那些有男朋友的女孩……

——

——是你让他整天关在房里,因为他哪儿也不去,只是埋头打拼自己的事业。

——

——如果你不想知道那些人是谁,我就闭嘴。都过去那么多年了,想当初我还是豪雷吉的女朋友时,我对爱情可曾有无限的憧憬呢!

——

——我们年纪差一截。他满足我一切品味上的需要:他每次到布拉加多找我的时候,我们没有一天不去酒馆喝鸡尾酒[1]。我只喝一点啤酒,因为我几个哥哥不喜欢我喝味美思酒。豪雷吉这个人话不多。

——

——我们结婚之后,他开始跟我说心里话,我们也变得更亲近了。

——

——我那时连口红都难得涂,你知道我的意思吧?

——

——冬天的时候。我们来到巴列霍斯时,天气冷得要命,我们有一个暖炉,可是暖气根本没什么用。脱衣服的时候冻得直打哆嗦!豪雷吉趁机下手,我那时候什么都不懂,整个人就像个天使。

---

[1] 味美思酒,一种以葡萄酒为酒基,加入芳香植物浸汁陈酿而成的加香葡萄酒。

——

——你在你姐妹面前脱过衣服吗？

——

——我，从来没有！

——

——我们交往那阵子，他把手伸进衣服里面，摸遍我全身，但这跟脱光了衣服摸感觉大不相同。什么都没穿，所有缺点都暴露出来，难堪死了。

——

——关着灯。我的肤色那么白，什么都看得见，他刚把被单掀开，我就用手遮住身子，但他抓住我的手，我就无能为力了。我只好光着身子跟这个男人在一起，真是拿他没办法。那时候根本没办法让他冷静下来。我从来没见过哪个男人像他这么控制不住。我们交往那阵子，我吻过豪雷吉，但也只是接吻而已。你应该看过，如果有人对着猫泼水，猫八成会疯了似的，全身的毛发都竖起来。那时候的豪雷吉和失控的猫看起来没什么两样：他完全变了个人，蓬头散发，像疯子一样。

——

——你什么都依着他，只因为他承诺让你去拉普拉塔。

——

——那你妹的婚礼又怎么说？

——

——估计那一回是医院没准你假,但是除此之外,每次你走不开都是因为贝尔托,都是因为贝尔托先生在耍脾气。

——

——都是因为填写豪雷吉的遗产继承文件时出现的麻烦。

——

——他就这么走了,如果有人问起有关他的事情,我都不知道该怎么回答。何况他只会劈腿,每次只要想到他的那些骗局……我就感谢主。我又怎么晓得该如何回答律师的提问呢?

——

——律师最后都是写信跟我嫂子要文件,结果她把东西都搞混了。而且听着,我怎么可能没有注意到那个女出纳员呢?从什么时候开始,他每天晚上都得抽出一整个小时算账的?我一如既往地跟我的孩子吃晚饭,等他回来,再帮他热一遍,虽然他会摆臭脸给我看,嫌饭菜煮过头了。

——

——不,你会死的。

——

——你得忍受贝尔托的臭脾气呢。我才不会因此而停止打扮自己。每天下午我会解下头巾、围裙，精心打扮后到你家喝马黛茶聊是非……我还可以看见你睡午觉醒来，意识尚未清醒又睡眼惺忪的模样。

——

——因为贝尔托肯让你冬天回拉普拉塔！

——

——相信我，我比你还要早就开始激动了！

——

——如果是这样，那你根本没法吵架。我跟豪雷吉吵架时没法让自己闭嘴，我老回嘴。

——

——医院的薪水比药房高吗？

——

——她们有什么问题都会来找我，因为大家都知道我会帮她们找到办法，尤其是额头比较窄小或是脸型比较长的女顾客，我会帮她们找到适合她们的头巾。

——

——你过几岁生日？

——

——他送你什么礼物？

——

——为什么？

——

第 4 章 | 乔利给米塔打电话，1941 年　　073

——不,店里客人很少,只有布料公司那个风趣的销售代表拉莫斯会来,还有负责帮他送货的那个杂工,总让我想起豪雷吉。

——

——因为他话不多。

——

——米塔,想到拉莫斯我总是心情激荡……

——

——他比我小一些,可是人很细腻,非常有教养,还风度翩翩……而且无所不知!在时尚方面,他比我们店里所有女店员都懂得多,总是会把最新的时尚情报带给我们。

——

——从一开始就是这样。他会跟我分享他在哥伦布歌剧院看过的几出精彩绝伦的古典芭蕾舞剧。

——

——我没去,太傻了,我本来想穿一件黑丝绒裙去,但最后没去成。他说我是如此吸引他,以至于他想让我跟他讲关于我的一切。

——

——关于豪雷吉,关于一切,所有的一切,包括每一个微小的细节。

——

——从初夜说起,还有豪雷吉的种种习惯。看得出来,他有意诱惑我,因为有一回他要求我从头再说一遍。从那时起,我就觉得他八成是在动我什么歪脑筋,我开始觉得他很恶心了……但什么也没有发生,我并不知道他到底怎么了。我之前从来没有跟男人说过这些事。

——

——有一次在店里的时候,我抓住了他的手。原本不管有没有那件黑丝绒裙,我都要去哥伦布歌剧院看戏的,我宁愿穿得简单也要去看戏。

——

——他没把我的手拿开,但也没有握回来。他的送货杂工总让我想起豪雷吉。老板娘发现了,为了拿我开玩笑,一天早上,当粗壮如熊的送货员送布匹过来时,她开始说我喜欢拉莫斯。

——

——他是你可以倾心吐意的好男人。

——

——我经常累得腿都要散架了。

——

——下午时分,制衣小工坊的女孩们会煮一壶马黛茶,我一有空就去喝。茶一煮好,女孩们就能马上喝,因为她们的针线活可以随时中止,但我面前如果正有客人，我是得耐心等着的。起初，我还会跟这些女孩聊自己的心事，后来就不会了。每天到了下午六点左右，两只脚已经累到快散架，下午好漫长，我手里拿着马黛茶，坐在工坊的小凳子上，女孩们缝衣服缝到后背发酸！她们只能坐在那种没有靠背的小凳子上，我家也有这种小凳子呢。你就想，老板娘怎么连一把像样的椅子都买不起呢？在冬天，六点时天色已经完全暗了。夏天的日子飞速驶过，因为你白天出门，总觉得还有很多时间可以用来做点什么事。可在寒冷的冬天里，才刚喝马黛茶，天色就暗了。回家的路上，寒风迎面袭来，身上又没有多余的钱，能上哪儿去呢？一开始，我还会跟她们聊聊心事。我那时可真傻呀！

——

——那些年纪最小又没有上过学的女孩总是自我感觉良好，还不把我们这些年纪较大的女人当回事，我一辈子可是做过许多事呢。我只要开始讲述自己的人生故事，人们就会竖起耳朵听。

——

——我听见自己在述说往事，好像在叙说一部电影，米塔，并不是每个女人都能跟我一样照顾好自己的孩子，他可是衣食无缺呢。

——

——那时他还在上幼儿园。要是大家知道他现在已经上中学了,大概会猜我至少也有四十岁了。

——

——没人知道豪雷吉是做百货生意的,因为那时他们只以为我是在柜台后面做销售的。其实在进这家制衣小工坊之前,我根本没上过班。

——

——我先生之前有一座牧场,他一过世,就被那些律师给偷天换日吞掉了。

——

——这些女孩很快也会年华老去。之后我就一个人安安静静地喝马黛茶,再也不多话了。"她们坐的凳子够好了,你别再替她们说情。"有一天老板娘跟我说,"都是一帮贱民,她们在你背后叫你牧场女主人,尽拿你寻开心。"光靠销售的微薄收入,并不是每个母亲都能让她们的孩子念好学校。

——

——我所有的薪水都拿去给孩子缴学费了。幸好每个月的寄宿费不多,用我的银行存款支付就够了。

——

——不,米塔,我已经苦尽甘来了。幸好现在好莱坞化妆品公司的情况跟以前不一样,时间也蛮自由。

——

——一个很有教养的男人,他谈吐得体。如果他对那个女人有感觉，他会让女士备受礼遇，像在对待淑女一样。

——

——在那间充满香气的屋子里，有件类似真丝长袍的衣服。

——

——你说得没错，他非常聪明，他之前是个穷光蛋，靠自己爬到了高位。我们是个大家庭，尽管有个大哥赚了不少钱，他却没被送去上大学，真是可惜了。

——

——没错，你上了学，他没有。你不晓得，当我发现美国离英国有多远的时候，真想死了算了！我知道伦敦是个时髦的地方，之前以为离我们很近呢。

——

——我跟他说白，他就一定想成黑，他生性猜疑，总认为我出差时会跟男人调情。既然现在做得不错，干吗总那么紧张兮兮的？……

——

——以前他们会一起拆卸汽车的发动机，然后再把它们组装回去。我儿子那么小，根本踏不到踏板，但豪雷吉还是教了他怎么驾驶。

——

——豪雷吉只爱跟他玩。

——

——豪雷吉教他怎么把发动机拆下来，再一起组装回去，就这样拆拆装装。

——

——他长大后根本不可能会有车。

——

——我怎么给他买得起车？要是豪雷吉还活着，或许会借钱给他。虽然以前他们会把车子发动机装了又拆，拆了又装，最后还不是要送到修车厂才能搞定。

——

——男孩就是这样。豪雷吉的妹妹每次都会给小孩带玩具，可是小孩就是没法跟她很亲。但只要是跟爸爸和隔壁修车厂的年轻人在一块，他就兴奋得发狂。修车厂的男孩什么都让他碰，让他用工具箱，就像你让多多尽情地看杂志、玩针线盒一样。只是我可就惨了，他的衣服经常沾满机油，那有多脏呀！

——

——他当然永远没时间喽！一天到晚都坐办公桌，全心投入生意，跟他的员工唠嗑。你不觉得他们整天都在聊女人吗？你想想，要不然他们还有什么好聊的？

——

——在全国各地旅行，虽然一定会有些寂寞，一个孤单的女人，这样总是在旅途中。

——

——只是想找人说话的时候会。在门多萨,这个时刻气温会骤降,白天日照多强都没用,那里是高原气候。

——

——总是随便带件外套就出门了,因为随着工作四处奔波,白天的强烈阳光会把你照得热气蒸腾。到了黄昏却得裹得很厚才能抵挡寒意,路上冷到连半个鬼影都见不到。

——

——幸好孩子在布宜诺斯艾利斯的学生宿舍里有暖气,这可是上档次的学校必备的首要条件,毕竟他们要长时间动也不动地坐在那儿读书写作业;现在我都不用再对他大小声了,学校会教他如何遵守纪律。

——

——总是住最好的酒店,那是好莱坞化妆品公司的出差标准。

——

——这些都是手工刺绣。打了蜡的地板亮到反光。有时候我会喃喃自语,人们八成以为我疯了。有时候我会装作在跟你聊天,无所不谈:"米塔,闻一下这地板的蜡是什么味道?"要不然就问你:"你喜欢浆洗过的床单吗?"

——

——经常有人想邀我出去吃喝一顿，但是我早就厌烦这种单调的社交生活了。

——

——要我结婚，门儿都没有！除非我对那个男人很了解。他不但要聪明，最好能像拉莫斯一样能够教我学到新东西，还要懂古典芭蕾，我可不想到死还什么都不懂。他必须是一个上知天文、下知地理的男人。

——

——本来我都要走了。多多来开门前，我门铃都按烦了。我刚要敲玻璃，就看到多多来应门了。他吓得脸色惨白，我心想：天啊！一定有人生了大病！还好没事，只见多多踮着脚尖过来跟我说，贝尔托正在睡午觉，最好不要吵到他。

——

——万一有电报来，老按门铃却没人开怎么办？

——

——多多会怕他爸爸吗？你睡醒前，我一直陪着他。他一个人静静地在那里组装玩具屋。在巴列霍斯这个地方，除了多多，没有哪个小男孩有这样的玩具，我在布宜诺斯艾利斯看到过这些玩具卖多少钱。

——

——贵死了，不晓得贝尔托有没有跟你提这些玩具花了多少钱?

——

——豪雷吉是个闷葫芦,什么都闷不吭声。

——

——上回我到图库曼出差时。

——

——天哪!就是那种很诡异的男人,总是很忙,不爱说话,饱受头痛的折磨,喜欢拉着你的手坐在你身旁,一言不发。

——

——才不呢,他对图库曼哪些地方最值得去了如指掌。我们在甜品咖啡馆喝东西的时候,他不时会起身去打电话,要不然就是跟街边熟识的人打招呼。

——

——他会说"我为卿狂"或是"从未见过像你这样美丽的女人"。

——

——他在郊区有个老家。他双膝跪地求我跟他在一起,我疯了才会跟他走。

——

——我穿红色不好看吗?

——

——他坚持要我买那块绿松石色的布料,根本不让那个售货员有插嘴的余地!

——

——还好你不会,他会天花乱坠地唬得你兴奋不已,什么颜色的都想买,甚至连深棕色的都买!你也知道售货员都是什么样子。

——

——我在厨房做煎饼时就听见暴风雨即将来临:"妈咪,买那块绿松石色的布料,那是最漂亮的一块。"贝尔托则说着"不行不行",真是个神经质的男人!

——

——可这小家伙继续坚持:"爸爸,妈咪一定要买那块绿松石色的布料!"贝尔托立刻爆发了。

——

——我保证这不是我的问题,他是个理想人选,我当初没有抓住,到头来却发现他是个烂人。在图库曼他可是声名狼藉!

——

——不,他对待其他女人时根本就是个烂人。

——

——不,你是个高雅的女人,个性也非常有趣,比他好太多了。

——

——人难免有弱点,认识他的第三天……她就投降了。

——

——没错,那是郊区的一栋很漂亮的小别墅。他邀她去喝杯白兰地,他们话都没说两句,他就开始对她毛手毛脚了,身上甚至连一件丝质浴袍,或是其他像样的东西都没穿。

——

——我不知道,那会给人另外一种尊重感。我在一个店面的玻璃橱窗里看到过一些精美的锦缎……她告诉我,差不多半小时后,他从事后的困倦中醒过来,一起床就要走,说还有事要忙,口气很差。

——

——她其实想留下来过夜,这样就不必回酒店了,毕竟她也在出差。她想仔细欣赏窗帘布料,是北部的印地安女人的精致手工作品,还有智利基兰戈原住民编的精致毛毯。她亲口跟我说,待在那里有宾至如归的感觉。

——

——总之,她什么都跟我说了。他不肯让她留下来过夜,她坚持,他脸色就变得很难看,最后只得跟她坦白别墅是他一个朋友的,不是他的。

——

——后来他在路上碰到她连招呼都不打了。但是米塔,我绝不允许豪雷吉有那样的举动,孩子只不过坚持要你买那块布料,他就捶桌子,把孩子都吓哭了。总之,小孩这么坚持,是因为那可是最新的流行款式,你为什么老是穿那些老女人的衣服。请原谅我这么说,你那些衣服实在是太严肃了,而且样式很老。

——

——大吼大叫,还捶桌子,把盘子都摔碎了,会把孩子吓坏的。

——

——我不是说你得穿火红色或当季流行的绿松石色裙子才行,那不是你的风格。但要是那天我在餐桌旁,我会帮多多说话的。他不过是想看他妈妈穿得漂漂亮亮的,像个电影女明星一样。

——

——我在街上可不想变成傻大姐。

——

——多交流可以让双方更加了解,甚至有可能彼此喜欢。有时候你得让自己更有活力,让人们觉得你愿意接受他们。

——

——你可以不用那么早回酒店的。

——

——你可不要以为我过去很傻。

——

——你不觉得吗？说老实话吧。

——

——他们没多久就对彼此失去兴趣了，然后再也没联系：他们一旦看过你宽衣解带之后的模样，就觉得已经把你摸透了，你就没价值了，就像一件过了气的时装。

——

——没错，最后两手空空，比之前更寂寞。

——

——没错，回到酒店房间，孤零零一个人，连个可以说话的鬼都没有。

——

——我都会跟豪雷吉回嘴，他莫名其妙地跟孩子发飙的时候，我是可以把他眼珠都挖出来的，哪怕他是孩子的爸爸。不过豪雷吉还是让小孩对他服服帖帖的。

——

——别担心，出差途中总有事可做。

——

——衣服放在行李箱里很容易皱，每天晚上回到酒店，总有衣服要整理或者熨烫，至少这样你可以放松一下。

——

——出差时我最享受的一件事，就是到了酒店之后把所有衣服都拿出来，在镜子前挨个试穿。

——

——给套装精心搭配披肩、鞋子和手包。首先是隔天早上的套装搭配，头上包条手帕，接着是下午的发型，考虑是把头发扎起来，还是任它披下来。我可以一换就是好几个小时，就这么一套一套地换个没完，实在是太有趣了。只可惜我没办法帮自己拍照。我就是这么打发时间的。

——

——不，我只会请他们送来一杯牛奶咖啡，我一般不吃晚餐，这样可以保持身材，也可以省钱。我想打扮自己时就会试穿晚宴服，再梳一个像梅查·奥尔蒂斯在电影《女人们》里的招牌高发髻，电影结束时，她终于快盼到她的如意郎君了。

——

——我不记得了。

——

——那是她丈夫吗？她看起来很迷人，身材纤瘦，一身合体的黑色套装，一看就知道是个恋爱中的女人，满心欢喜地去会情郎，他们已经很久没见面了，他是个很优雅的男人，聪明，又有教养。没有什么比打扮得漂漂亮亮，让人眼前焕然一新更好了，毕竟谁也逃不过那一天,身材走样,胸部下垂,腰围变粗,虽然我还没那么糟,话说一件精心裁剪的裙子就可以遮住缺点,让人看起来高雅十足,不再平平无奇了。

——

——不,这还不是最重要的,抱歉,米塔,我不同意你的看法。要看起来很吸引人,一定要涂眼影。

——

——不,但是如果她看起来有什么隐秘的过往就会更吸引人。那些女人是哪儿来的勇气去过那样的生活?偷珠宝、当间谍,甚至是干起走私。但这可以让她们过上另一种人生。更刺激的人生。因为当人们看到她走过时,说"那个女人真有意思……哪怕谁也不知道她是打哪儿来的",这才是正事。

Cinco

TOTO, 1942

第5章 | 多多,
1942年

没有模特我就画不好，妈咪没有模特也能画，有模特我会画得比她好，可我要画什么才能画到下午三点钟？睡午觉最无聊了。要是一架飞机飞过去，爸比被吵醒，就会又吼又叫，妈咪这时候就会起床。明天这时候要打扮好，因为是冈萨雷斯家女孩的生日，就是冈萨雷斯家那个大眼睛的小女儿。小爱丽西塔的爸爸有双小眼睛，刚睡醒时更小，他睡午觉的时候不脱衣服，我、小爱丽西塔和冈萨雷斯家的小女儿，三个人排成一排，停下来，不要玩看店赚钱的游戏了，要排成一排！才玩半小时，她爸爸就从午觉中醒来了：我没吵吵闹闹，是她们……也没有打破东西，大家吓得一溜烟过来排成一排，她爸比双手从口袋里掏出一颗，两颗，三颗糖果，小爱丽西塔爸比不愧是宠女儿之王。我的手指只要用力就可以把蝴蝶翅膀上的颜色擦掉，你摸蝴蝶的时候一定要很轻柔，小心翅膀上斑斓的磷粉。妈妈每天晚上都会亲吻我的额头，跟我道晚安："明天见喽！"当她轻轻抚摸我的脸颊时，轻柔优雅得几乎就像是一只蝴蝶停在脸颊上。小爱丽西塔她爸比轻轻碰我的时候也是这样,他不愧是宠爱女儿的老爸。冈萨雷斯家的爸爸不只是冈萨雷斯家女孩的爸爸,他还有两个男孩,拍孩子时不能过于轻柔。还是因为他有店面要忙,所以才那么紧张?小爱丽西塔她爸爸赚很多钱吗?没有吧,他只是五金行的经理,又不是老板。每晚到了睡前——我猜这一定是小爱丽西塔的谎话——他们会玩哄玩具娃娃睡的游戏,如果玩具娃娃生病,小爱丽西塔的爸爸会扮成医生,小爱丽西塔有那么多玩具娃娃!总会有几个正在感冒。小爱丽西塔会和她爸爸、妈妈,还有全部的玩具娃娃同时关灯睡觉。做生意的老板都神经紧张,没法放松,都需要在睡觉前阅读点什么才有办法睡着。如果暴风雨来了,灯还亮着,我要不要叫醒妈妈?万一爸爸才刚入睡怎么办?昨晚的暴风雨迅速结束,我很快就睡着了,只有几声雷鸣,没有闪电交加。早上在学校时又开始打雷,依然没有闪电。现在天空阴阴的,不过应该不会下雨。到下午三点上钢琴课之前,我会去空无一人的店里画画卡。这次我会用大写的阿拉伯语字母写《芝加哥大火记》[1]女主人公爱丽西塔·费伊的名字,然后要把她的脸

---

1 《芝加哥大火记》(*In Old Chicago*),1938年上映的美国电影,由亨利·金执导。电影主要讲述19世纪一个普通家庭在芝加哥奋斗的故事。

大大地画在门玻璃上。庭院里满地烂泥，三点之前，店里的员工不会来上班，那我到底要做什么好呢？明天有庆生会真好，上次坐我旁边的同学被爸爸的吼声吓坏了，所以他不会再来家里跟我一起玩了。那次他在午睡时间按响了我家门铃，我忘了把门铃关掉，爸爸就在卧房里大发雷霆。时钟好像动都不动，要等到下午三点，真的很难熬。妈妈不睡到下午三点半不会起来，明天她不会睡午觉，她要帮我打扮，我看看我能不能描出中文字来。小爱丽西塔今天没有出来玩，因为她要去忏悔，他们不会叫我去忏悔，因为我没有玩得太疯。我画画得了十分，自然科学也是，算术九分，听写九分，阅读十分。英文老师跟我妈说她教的东西我都学会了。今天上完钢琴课还要上英文课，五点我就下课了，然后回家喝杯牛奶，那时店里的人都已经来了，我就可以去跟拉罗玩一会儿。拉罗块头很大，穿了一条长裤，他让我帮他贴玻璃瓶标签，他人很好，可是爸比曾跟我说拉罗是个爱惹麻烦的家伙，说他撑不过一个月就会被炒鱿鱼。拉罗长得蛮好看的，不像其他人那样又脏又黑，虽然他也住在尘土飞扬的街区，但是他不像其他人那样灰头土脸的，牙齿仿佛被盐水侵蚀过一样发黄，他拥有艺术家一样的白皙脸庞，很像连续剧里那个从少年管教所逃出来的白人男孩——他是个好孩子，却因为一时愤怒捅了警察一刀。下午店家开门前他不会来这里跟我玩，要是下午一点妈妈下班时邀他来家里吃午餐，也许他会留下来，每次他送柴火来的时候，两眼都会目不转睛地盯着费丽萨做的午饭，有一次我本想偷偷给他留一块奶油焦糖蛋白酥，可是妈妈不会同意的。我喜欢那种最小型的自行车，两旁有小轮子托住，这样我才不会摔下来。爸爸不喜欢，可是我真的很喜欢。上完英文课后，我和拉罗玩了一会儿就回家去做功课了。我想给三法则问题画一幅插画，老师没叫我们画，但我想把我在杂志上看到的一台水磨画下来，也不知道画在哪里，不过麻烦主要在于如何画出水磨里的水。我想先用黑笔画出完美的轮廓。可轮到画小鸟的消化器官时，我没照着课本画，而是按埃克托尔的动物学课本里的图来画，这个比较难画。老师看了，我以为她会喜欢，可她却说，我不只画了消化器官，还把生殖器官画出来了。她跟我说："下课来找我。"下课的时候我去找老师，她拉着我说了一大堆："多多，我本来应该叫你把你画的这页撕下来的，你画得很好，我只好跟你说明白，教导主任可能随时会来，他会说你画这些就像鹦鹉学舌，根本不知道自己在表达什么。"她开始跟我解释什么是卵巢、什么是睾丸、什么是男性的精液，还有整个生育的过程，上面画了几束黄色的东西，一团小管子，像是倒扣的绿色杯子，一堆难以理解的名词。画是不错，但那一团纠缠在一起的线很丑，就像是毒蜘蛛的身体，上面顶着一颗长着寥寥几根羽毛的鸟头。老师说："你懂我在说什么吗？"我说"懂"，其实我什么也不懂，因为我心不在焉，故意在想别的事，没听她到底在讲什么。什么鸡鸡，什么男性精液，她好烦，她问什么，我都会回答"是的！是的"，心里却一直在暗暗骂她"讨厌鬼"。要很努力才能想别的事情，我脑子都要炸了。小爱丽西塔画得不那么好看，她说她没时间，她得去看她阿姨和她阿姨的小宝宝。我如果不上英文课，而是晚些去看六点场的电影，那我就会在英文课上画画，要是有英文课，那我就把看电影的那段时间拿来画画，不过如果电影很好看，刚好又要上英文课，那下午喝完牛奶，我就会以飞快的速度写作业，也不去找拉罗玩了，我想他不会那么快就被炒鱿鱼。要是六点的时候，拉罗想找我一起给瓶子贴标签，刚好又有好电影看，那我就不帮他贴标签了，最美好的只有电影！要是钢琴老师把课排在下午两点，我就不用一直枯等到下午三点钟了，不过小爱丽西塔不用去忏悔，我会一直陪她到三点，不去玩。小爱丽西塔老说她被安排去忏悔了，所以不能出来玩，可有一天她是在说谎，因为我看到她妈妈对她使了个眼色。小爱丽西塔是全年级最漂亮的女孩，我跟同桌坐在一起，小爱丽西塔则坐在冈萨雷斯家的金发女儿旁边。小爱丽西塔生得很健美，她的头发不是黑色的，而是那种会让你好想去触摸的明亮栗子色，她用白色的丝质宽发带把头发束起来。她的发带闪闪亮亮，头发也闪闪亮亮的。发带闪得刺眼，我打开井水盖子，里面的水几乎平静无波，我松开挂水桶的绳子，探头啪的一声把水桶丢了下去，与此同时，阳光照进来，水花猛地溅起来，每颗水珠都闪闪发亮，我把水桶拉上来，又啪的一声，水珠再次起舞，随后，所有闪烁的小灯都暗淡下去，因为我得把井盖盖上了，不然灰尘会跑进去。我看到小爱丽西塔自己在梳头，她知道怎么分发缝，先把所有头发拨到前面，她的头发又长又美，这叫头发，男人的叫毛发，动物的也是，不太脏的那些，小爱丽西塔有一头柔软而不鬈曲的秀发，这样更漂亮呢！她柔顺的发丝倾泻而下，发尾往上翘，好像在指着我，如果我靠上去用手指玩她的长发，她就会跟我说："别把我的头发给弄乱了。""她的头发闪闪动人，应该说'秀发'才对，因为真的很美，仿佛是从她雪白的头皮中长出的丝线。"有一天我仔细看了看小爱丽西塔的头，因为我们正在玩抓头虱的游戏。是她故意发明的这个游戏，是为了检查查韦斯家的女孩的头，因为大家都说查韦斯家的女孩有头虱，还有一口被盐水侵蚀过的脏牙。查韦斯家的女孩的头发脏得可以，脏到什么也看不清楚，终于轮到我检查小爱丽西塔的头了，她的头皮好白，比脸蛋还白，透着光，每一根头发都像丝线，缝衣服的那种线，而不是补袜子的那种，反正就是妈咪用来绣床罩上的彩色植物的那种丝线，是质量最好的丝线，当我钻进床罩的时候，感觉整个人暖得快要烧起来了。小爱丽西塔的一头秀发并非都长一个样，有些闪闪发亮，有些只是微微发亮，有些则毫无光泽，如果她在移动身子，之前发亮的头发就不再发亮了，换成另外一根发亮，旁边的一根则要么更亮，要么更暗，总是处于变化之中。她的围裙跟老师的一样，是简单直筒型的，因为太短，所以小爱丽西塔一坐下来就可以看到她打过疫苗的地方。她经常和冈萨雷斯家的女孩一起画雏菊，总是在聊男朋友的事，她们会一边把花瓣一片片撕下，一边说："他非常爱我，他有一点爱我，他一点也不爱我。"我想当小爱丽西塔的男朋友，拿她的头发玩"他爱我、他不爱我"的游戏最好不过了。我可以拿她的一缕头发来数，头发离人们的思想及保存秘密的头最近。她跟冈萨雷斯家的女孩之间满满都是秘密，她们会彼此使眼神，然后会心大笑，因为她们都猜到对方在想什么了，猜到谁的男朋友是上三年级的学生，跟我一样，还是上四年级或五年级。埃克托尔上高中三年级的学生，跟他爸爸住在布宜诺斯艾利斯的一间公寓。我的成绩是全班最好的，先于所有人答完题后，我会开始偷瞄小爱丽西塔，她有一撮头发散在发带外面，我开始观察，她的发丝有一根非常亮，有一根一点都不亮，另一根则有一点亮。"非常，有一点，一点也不。"但她动了一下头，所有的光亮都不一样了，这会儿看不清楚了。后来我就想,也许我可以叫她别动,或者我该怎么跟她说才好?要不就告诉她我正在画她,但最终我还是没想出办法。冈萨雷斯家的女孩嘴巴大张着看着我,却一句话也没说。小爱丽西塔一开口就嘲笑别人。她告诉我她读林肯修女学校的大表姐会跟修女耍诈,她表姐半夜下床,光着脚跟其他几个女孩跑到浴室去读小说,还跑进厨房偷饼干吃,只是她不认识黛黛,黛黛也在林肯修女学校。黛黛是我的远房堂姐。小爱丽西塔不怕半夜起床,她想去林肯修女学校念书,幸好黛黛快要到巴列霍斯来了,午觉时间我们可以一起玩耍,因为那时妈妈在睡午觉,我好无聊。要是小爱丽西塔能来就好了,可她不会,因为她妈妈跟小路易斯·卡斯特罗他妈妈是朋友,她会带小爱丽西塔去跟小路易斯一起玩。小路易斯是个恶霸,有一天我看到他在打一个比他小的男孩,他很高,而且比我壮,他念四年级,他十岁,我九岁,他说话时像是嘴巴里含着一块土豆,令人不快。我妈妈说他跟他妈妈一样一脸呆相,就像个三岁小孩。小爱丽西塔说有一次小路易斯问她要不要做他女朋友,那个傻蛋,长着一张蠢驴脸。他把那个小男孩踢了一顿,有一次他在电影院看见我,那时我正走到小爱丽西塔的座位跟前去给她几颗糖果,他看到了,他的鞋底很厚。"别怕他,直接一拳挥过去。"爸比说。但他怎么会知道呢?我只跟妈咪说过,最好等小路易斯眼睛看别的地方的时候再一拳挥过去,直接揍他的肚子,然后冲着门拔腿就跑。可上完英文课后他又看到我该怎么办呢?所有女孩当中,老师最疼小爱丽西塔,老师最宠她了。因为老师去过她家,是她阿姨的朋友。她阿姨白净又美丽,不施粉黛,长了一张勤去教堂的人才有脸,人很瘦,妈咪说她身体不好,动不动就生病。我没有一个阿姨是当老师的。有一天,老师问小爱丽西塔她阿姨还好吗?因为她正在等送子鸟呢!老师每天经过小爱丽西塔的座位,帮她改作业的时候就会问候她阿姨好不好。要是阿姨生病了,那小宝宝出生时,她就没法喂母奶了,她太瘦了,胸部就像洗衣板,估计就是这个缘故。有一天,小爱丽西塔脸上满是笑容地告诉老师,她阿姨生小宝宝了,而且母子平安,所以应该可以喂母奶。她嫁的那个在银行工作的丈夫长得很帅,总是穿爸比一定不会穿的那种高级定制西装,里面穿白衬衫,再打个小领结,看起来就像盖斯与查韦斯[1]商品目录中的男模特一样,真好看。他看起来脾气很好,从来不生气。他在国家银行上班,银行铺着大理石地板,是费丽萨她妈妈打的蜡,门厅大到你都能在那里跳舞。镶金边的小窗格后面就是那个娶了小爱丽西塔阿姨的男人,他在那里记

---

[1] 盖斯与查韦斯(Gath & Chaves),阿根廷布宜诺斯艾利斯市中心的一家百货商店。

账。他有张电影明星的脸。等小宝宝开始牙牙学语时，宝宝就会吻爸爸，然后说："我爱你，爸比！"不过，他的胡子难道不会扎到宝宝吗？才不会呢，他每天都会把胡子刮得很干净。面前镶金边的小窗格闪闪发亮，大理石地板闪闪发亮，他的脸也因为胡子刮得干净而闪闪发亮。爸比留了一脸会扎人的胡子，因为他总是很紧张，店里的酒桶因为酒渍而发黏，他则老穿着死去的佩里科叔叔那件披肩。那件披肩是泥土般的棕色，广大的黄土沙漠要是刮起一阵风，沙丘就会移动，我把橡木酒桶的软木塞拔出来，想看看里面到底怎么回事，但之后还得把它塞好。我画了娶了小爱丽西塔她阿姨的那个人，纸上画出来的正好跟他本人一模一样，我把他的两只眼睛画得同样又大又圆，还有睁开眼时上翘的睫毛，以及小小的鼻子、小小的嘴。他唇边有薄薄的胡须，前额有一小撮鬈发，但不像罗伯特·泰勒那样分缝。要是小爱丽西塔的姨父是个男演员，我会让他娶《歌舞大王齐格飞》里的路易丝·赖纳[1]，这样她就不会死了。在她病重、快要断气之前，她打了一通电话给她的前夫齐格飞。他为了另一个女人而抛弃了她。她对他说，她的病

---

[1] 路易丝·赖纳（Luise Rainer, 1910—2014），生于德国杜塞尔多夫，美国电影女演员，主演过《歌舞大王齐格飞》《大地》等电影。

已经痊愈了，这样齐格飞就不会伤心难过，电影到这里差不多才是中场，可你再也看不到她了，因为她很快就死了。电影要是这样演就更棒了：就在这一刻，门铃声响起，路易丝·赖纳去开门，门口站着一个走错了门的男子，他就是小爱丽西塔的姨父，但是路易丝·赖纳在起身打完那通电话之后，由于过度劳累，在门口昏了过去，他走进门，把她扶了起来，立刻叫了门房伙计。因为他们住的是高档酒店，这位门房伙计没有父亲，他继父动不动就打他。他立刻叫门房伙计去药房买药，然后把路易丝·赖纳放到沙发上，点燃炉火，帮她盖上一张白貂皮毯好让她暖和起来，她都冻僵了，他知道她快要病死了，不过一切都得感谢那位把所有药都带回来的门房伙计。在电影《歌舞大王齐格飞》里，她中场就死了，你再也看不到她出场了，她是我很喜欢的女演员。随后我没那么喜欢的玛娜·洛伊就出来了，她个子很高，从未在任何一部电影中死去。可我还是更喜欢路易丝·赖纳，她总是演遭到每个人欺骗的老好人，有时会在电影里死去。不过如果是到片尾才死去，那倒还好，假如中场就死了，那就再也看不到她出场了。要是娶了小爱丽西塔她阿姨的那个男人能接着演下去，那就太棒了，有了门房伙计的协助，他开始细心照顾路易丝·赖纳，门房伙计则去酒店厨房偷了一些意大利饺子、鹧鸪肉和肉皮卷，不，最好是蛋白酥奶油蛋糕。他把这些食

第 5 章 ｜ 多多，1942 年　　101

物都带了过来。一开始她还说不饿，但是小爱丽西塔的姨父跟她说外面就要下雪了，他们很快可以玩雪人，午睡时间可以去滑雪橇，门房伙计看起来很伤心，因为他们都没说要带他一起去，但跟路易丝·赖纳说了这些之后，她至少终于吃了点意大利饺子、一些鹧鸪肉和一大块蛋糕，因为在这之前从来没人送过食物给她吃。男人望见钢琴，走过去弹奏起来，门房伙计跳起了踢踏舞，而路易丝·赖纳就像电影一开场时那样唱起歌来，他被惊得目瞪口呆，他和门房伙计互相看了一眼，后者刚偷吃了一点蛋糕，但小爱丽西塔的姨父并没有责备他。从此，他每天下班后都会去照顾路易丝·赖纳，门房伙计会跟他说她有没有吃东西，现在她房里有吃不完的食物。有一天，那姨父吻了她的嘴，还告诉她他爱她。他从酒店厨房丢了一个铜板给街上的管风琴浪游艺人，让他弹一首曲子。路易丝·赖纳慢慢能下床走动了，她发现自己的身体越来越好了，他们还一起出去跳舞。现在她很开心，心里想，他们就要开始约会然后结婚了，但是他很哀伤。门房伙计走了过来，看着他们跳舞，以为他们就要结婚了，而且会带着他一起生活，于是跑过去拥抱了他，吻了那位胡子刮得很干净的俊美男子的双颊，他的头发也梳得很整齐，还抹了发蜡，伙计说"我再也不用回我继父家了"，随即又转身跟路易丝·赖纳说，他们可以住在雪地森林的小屋里。这时却看见路易丝·赖纳眼里都是泪水：小爱丽西塔的姨父已经走了，他再也不会回来了，小爱丽西塔的阿姨生了个小宝宝，他从银行下了班之后再也不能来路易丝·赖纳这里看她了，因为他是个有妇之夫。电影差不多到此结束，我不知道路易丝·赖纳会不会死，不过那已经不重要了，因为电影到此结束，她再也不会在银幕上出现了。那个门房伙计终夜以泪洗面，他哭得很小声，这样他神经紧张的继父就不会被吵醒，然后对着他大吼大叫，狠狠打他耳光，就像老师打查韦斯家的女孩那样，虽然我没有看到。可怜的查韦斯家的女孩人很好，长得不高，排队时比我还矮。我是地球上最棒的画手，小爱丽西塔画得也不错，但是没有我好，我全班第一，她全班第二。去年我没上钢琴课，不过我有教理问答课，跟修女一起上课，不知道要上多久。明天是冈萨雷斯家小女儿的生日，念五年级的大女孩芭姬会去参加。"要吃苦才会成为男子汉"，爸比说，他想给我买一辆大自行车，但我会从上面摔下来。芭姬已经上五年级了，她骑上去就不会摔下来，她人不错，还算漂亮，只是脸太瘦了。小爱丽西塔也有一张漂亮的婴儿肥脸，牙齿很好看，但是两侧的牙跟狗狗的一样长，大笑时眼睛像中国或是日本人一样眯起来。我最喜欢的修女是克拉拉，她很年轻，妈咪没见过她，她不相信修女会长得这么美，就像《祈祷书》上的圣女小特蕾莎。上教理问答课的第一天，她就对我一脸和善，后来当她知道我对《祈祷书》《十诫》及其他所有教导都背得滚瓜烂熟时，便开始喜欢我了，叫我"小神父"，准备培养我成为一名在教堂任职的神父。我们很少看到神父，一直到念完《祈祷书》第一卷才见到修女梅赛德斯：我每天都去修女学校上教理问答课，好奇到不行，很想到这所专收女孩的学校里面看个究竟。修女总是用一大块平滑不起皱的黑色窗帘遮住窗户，统一的黑色布料。修女克拉拉不会吓到我，教理问答的第一卷是关于"十诫"、婴儿耶稣，还有东方三博士的；第二卷从世界末日讲起，世界末日一开始是一场暴风雨，它会在任何一个夜晚降临。每天晚上睡觉前都要祈祷，这样才能随时做好准备。就算没有世界末日，也要每天祈祷，因为第二天早上起床时妈咪和爸比可能都死去了，在睡梦中死去。世界末日从一场暴风雨开始，在人们都入睡的时候，你先是会远远地听到雷鸣，接着便是一道闪电，没有人看见，因为窗子都关得紧紧的，随后雨开始滴落下来。接着是更多的雷声，像是暴风雨即将来袭，但也只是这样而已。后来雷声越来越响，妈咪起床去关水管，这样花圃就不会淹水。她抬头张望，看见闪电劈下来，一道接着一道，外面突然亮得像白昼，后院的一切都看得清楚，甚至连小鸡都惊呆了，立在鸡笼里一动不动。雷声越来越响，直到像大炮射击，这时只能坐以待毙：又来了一道闪电，电光石火般落在广场中间,地面被劈成一块黑炭。有个小男孩问修女梅赛德斯大雨会不会把火扑灭,她说"只会更糟",因为"下的都是火雨"。我不知道我们能躲去哪里,因为房子会像三明治一样夹在火雨和地面的火焰中间,被整个夷为平地。冈萨雷斯家的小女儿问能不能躲进教堂和修女学校,梅赛德斯说不可以。"神父和修女会被牢牢锁起来,首先站在上帝面前接受审判。"她们会挡在最前面接受火雨,火雨把修女的黑衣和神父的黑长袍烧得一个洞一个洞的,也在他们身上烧出一个又一个洞,从一个个洞里,你会看见所有肮脏的东西:骨骼、缠绕在一起的肠子,还有那个绿色杯子,倒扣在消化和生殖系统之间。不过,把这些东西跟修女和神父联想在一起是有罪的,因为他们都是上帝虔诚的仆人,我觉得滴落在他们身上的会是不一样的雨,应该是那种会把他们的衣服烧出一个个洞的滚烫的黑色柏油,烫出洞后又会把一切盖住,就像街道被铺上柏油。可怜的修女克拉拉,她长得很漂亮,只是她善良的脸跟奥利维亚·德哈维兰[1]一样青嫩,我跟她说她跟圣女小特蕾莎一样好心肠,不会用世界末日的故事来吓唬我。晚上最好别吃太多,

---

[1] 奥利维亚·德哈维兰(Olivia de Havilland,1916—2020),英国电影演员,以1939年的《乱世佳人》走红,代表作有《风流种子》《蛇穴》《深闺梦回》等。

不然会做噩梦。到了晚上,妈咪不让我吃煎蛋,连水煮蛋也不行。我睡不着觉,做了好多噩梦,妈咪和爸比关掉床头灯,因为他们已经读完报纸了,有时我会听见妈咪读报给爸比听。爸比被宠坏了,她老是读关于图卜鲁格和隆美尔的新闻,还有潘泰莱里亚的,我都听烦了。小芭姬不怕暴风雨,她每个星期六的午睡时间都会来跟我和我的同桌一起玩。最好玩的是森林游戏。现在真糟糕,那些最像森林的梨树丛再也没有了。一天清晨,它们被砍掉了。我醒来的时候,那些树都被砍掉了,几乎是连根被拔起的,只留下一点点树干。我得绕过店铺所在的那条路,这样就不必经过后院并看到它们。我没有走近去看那些倒地的树干,树被斧头砍下的地方一定很痛,里面白花花的树芯一定非常柔软。爸比!可以嚼那些柔软的树芯吗?"不,不要这样做。"爸比,树会有感觉吗?"不,它们什么感觉都没有。"他们只是为了让店面更大一点,爸比并不想砍掉那些树,我也不想。我要坚强些,不要再想那些树了。他也没过去看那些被砍倒的梨树。他也会绕路到店里上班,这样就看不到那些树了。我问他有没有哭,因为看到他眼睛红了,他说男子汉才不会哭,他只是没睡好。可是我见过他醒来时的样子,头发乱七八糟的,胡子也是,但眼睛才不是这样呢!妈咪跟我一样,故意不去看,现在那个丛林成了酒桶,全部排成排,排与排之间架着一块木板,因为那下面就是亚马孙河。鳄鱼就躲在木板下面,女孩得过河,要是从木板上掉下去,会掉进河里。她得跑快点,这样鳄鱼就追不上她了,不然它们会张开大嘴,把她吞进肚子里。要是女孩被抓住,那就得有好人赶过来把她从鳄鱼嘴里救出来。可要是她被吃了,那游戏就结束了,不过大家立刻进行了角色互换,那个女孩变成了鳄鱼,鳄鱼会放掉嘴里的女孩,然后跟好人一起逃跑,因为原本很善良的那个女孩现在要吃它了。我大声喊:"我们换角色吧,让女孩变成鳄鱼。"于是她变成了鳄鱼,张着大嘴,能把男人整个吞进肚子里,比狮子还吓人,但更吓人的是海底那些肉食植物。我还以为小爱丽西塔人很好,可她时而跟她妈咪使眼色,时而跟冈萨雷斯家的女孩使眼色。"换角色!"我对着芭姬大叫,然后女孩就变成了鳄鱼。突然之间,小爱丽西塔说她不会把她的画给我看,我跟她说话她也不理我,她眨着眼睛对我说谎,总是用那双美丽的中国式小眼睛看人。小爱丽西塔的牙齿很漂亮,虽然侧面的像狗牙……不过也许那不像狗牙,更像鳄鱼牙。她还有一双穿着平滑袜子的美腿……如果此时我可以摸一下……也许并没有看上去那样平滑,也许就跟鳄鱼皮一样尖利,又硬又黏,连刀都刺不进去。那些掉进河里的家伙要想拿刀子刺鳄鱼的后背根本就是白费力气,鳄鱼会趁机把他们吃下去。你把它的肚子翻过来就会看到它白中泛黄的肚皮,那里就刺得进去。可是我再也不想去思考这些了,好恶心。我记得一首英文诗,可是英文老师不知道约翰·佩恩在电影《哈瓦那的周末》[1]中唱的是哪一首,我想学会唱那首英文歌。丽塔·海华丝在《碧血黄沙》[2]里唱了一首西班牙语歌,爸比很喜欢。那天是西班牙协会的慈善会,加利西亚人费尔南德斯来我家卖票,爸比也为自己买了一张。爸比不会喜欢的。哦!可真吓人呀,他不会喜欢的,可他看完直说好,他走出电影院时非常开心,还说:"从现在开始我要一直跟你们上电影院。"他一看电影,就会把店里的账单忘得一干二净。我们走出电影院时,爸比说女明星里他最喜欢丽塔·海华丝,我也开始越发喜欢她了,胜过其他任何一个,爸比喜欢的那一幕是她对着泰隆·鲍华[3]直喊:"斗牛,斗牛!"他像个傻瓜一样跪在地上,她则穿着透明的裙子,连胸罩都看得见。她走到他跟前,跟他玩起了斗牛,还对他大笑,到电影结尾时,她甩了他。有时候她蛮坏的,她是个好演员,可是总演背叛他人的戏。爸比,快告诉我你还喜欢哪些场

---

1 《哈瓦那的周末》(*Week-End in Havana*),1941年上映的电影。
2 《碧血黄沙》(*Blood and Sand*),1941年上映的电影,由鲁本·马莫利安执导。海华丝在其中扮演一个性感女人,将一个天真的斗牛士带上了邪路。
3 泰隆·鲍华(Tyrone Power,1914—1958),美国电影演员,《碧血黄沙》男主角饰演者。

面？你最喜欢哪个女演员？是丽塔·海华丝吗？我们整个晚饭期间会一直这样聊电影，这就像重新看了一遍，不是吗？要是我们去"联合酒吧"点啤酒跟三明治吃，那就更棒了。要是小爱丽西塔和她妈妈路过，我希望她们能看见爸比身上那件他以前从来不穿但非常体面的海蓝色西装和白衬衫，也能看到他刮得很干净的胡子，还有抹了油的头发。就在我想问他我们要不要去酒吧时，我看见他店里的员工在电影院外面的街角。我开始拉着爸比想赶快走，可他却向他们走过去，让他们一起去看那部电影，还有听拳击冠军赛的广播。大伙开始聊冠军赛这啊那的，我跟妈咪说我们应该去酒吧，她顿时冲我使了个眼色，让我别出声，意思是如果我们全部去了，就得请他们吃喝。我正准备私下跟爸比说同样的想法，可爸比已经跟他们说了来家里坐坐，吃点东西，家里有些香肠和酒，还可以听拳击赛广播。他们聊来聊去都是拳击赛，就因为那个拳击赛，这些浑蛋晚上都没去看《碧血黄沙》。要是我们跟爸比一起去了酒吧，一定会很棒，就点白面包三明治，那是店里最贵的食物呢。可他再也没有去过电影院，他说即便是去了，眼前也只会出现店里的账单、借据，还有最后的缴款期限，根本看不下去电影。可是他去看了《碧血黄沙》呀！一年级的老师喜不喜欢《碧血黄沙》呢？我想拿糖果邀请老师去看，可是妈咪不允许。老师坐在最后面的位置，旁边是她的歪鼻子丈夫。我第一天上学迟到了，快下课的时候，我只想上大号，一年级的老师穿了一件像紧身胸衣一样的紧身制服，跟电影《乱世佳人》中一样，还穿着高跟鞋。她的头发是大波浪卷，漂亮的脸蛋就像站在前排的歌舞女郎，不像丽塔·海华丝那样，有一张背叛人的脸：爸比说她最漂亮。我用大写字母 R，加上大写字母 H，代表丽塔的名字，然后画上一个发梳和几个响板当作背景。但在《碧血黄沙》里她背叛了一个好小伙，我又不想用大写字母 R.H. 的缩写来代表她了。已经开始上课了："多多，到黑板前来。"黑板远看很平顺，可走近一看全是坑坑洞洞。老师抓着我的小手写下一行字，然后放开了我的手。这时我看见她手上有一枚很大的戒指，还看见她的牙齿，因为她在微笑，接着黑板上又留下另一行字。妈咪从不穿她那样的高跟鞋。我不会转过头去跟班上的同学做鬼脸。我必须专心看老师，她的眼影，细细的眉毛，一把镶满小珠宝的华丽插梳，前额的黑色卷刘海，她制服上的花边，她穿着高跟鞋踮起的脚，她闪亮的金耳环，她的戒指，闪亮的宝石插梳，还有脚趾上闪亮的甲油，让人联想到好吃的李子果酱。在电影院里，我都远远地跟老师问好，她会甜蜜地跟我浅浅一笑，可妈咪就是不想上前去跟这位老师聊一会儿天。我已经是第二次站在劳尔·加西亚家门前的小路上跟他聊天了；第一次经过时，我正沿着店铺墙边走，望向另一边时，看见他正在家里劈柴，他也看见我了，就跟我聊了起来。我问他是不是从布宜诺斯艾利斯搬来的，这样我就可以跟他聊我去过布宜诺斯艾利斯，在那里看过不少舞台剧，我想知道他喜不喜欢米兰家的女孩。米兰家的女孩正在服丧，脸色就像快死的人一般苍白。劳尔·加西亚总是陪在她身旁，因为他没有工作，没有妈妈，两兄弟跟着父亲住在一起，他们自己洗衣服，老爸会做饭给他们吃，但没一个人有工作。我跟妈咪去电影院的时候，总会看见要么是他们爸爸，要么是劳尔·加西亚，要么是劳尔的弟弟正坐在门口。妈咪说劳尔会花一整个小时在镜子前梳理他的每一缕鬈发，他的头发比巴列霍斯镇上任何人的都长，他们刚搬来的时候被所有人笑话，我还以为他们是才到镇上的马戏团团员。他瘦小的弟弟有张跟修女克拉拉一样青涩的脸，他爸爸眼球凸起。劳尔在俱乐部跟米兰家的女孩跳舞时会闭着眼睛，那副沉醉的模样，仿佛他正在一个不知多么令人喜欢的地方跳舞，仿佛他正在玛丽·安托瓦内特[1]的皇宫跟戴着有史以来最高假发的诺尔玛·希拉一起跳舞。有些男孩跟女孩交往一阵之后就会把她们给甩了，有时候则不会，

---

[1] 玛丽·安托瓦内特（Marie Antoinette，1755—1793），法国国王路易十六的妻子，原奥地利女大公，生于维也纳，死于法国大革命。

而是把她们娶回家,如果他们交往的不是跟着流动商贩四处漂泊的落魄教师的话,不过米兰家应该不属此类。但她的腿很胖,她跳舞的时候整个人会往前倾斜得很厉害,看起来就好像要昏过去。我站在墙头时,很想问劳尔·加西亚是不是想娶她。我不希望他跟米兰家的女孩结婚,他比她好看多了,他在后院劈柴时上半身没穿衣服,可以看到他如拳击手般结实的双臂,强壮的胸膛就好像黑帮成员的,好想用一根缝衣针,或是安全别针,或是织地毯用的针刺一刺他那壮硕的手臂。我敢说刺了之后他一定不会流血。有强健肌肉的人一定不同于凡人,可是他的脸看起来并不强健,就像曾经征战沙场死过一回的老实人的脸。加西亚家的人都是中午十二点才起床,那个痴痴癫癫的老头和两个痴痴癫癫的兄弟彼此之间从不说话,下午看劳尔劈柴时,我跟他聊我去过布宜诺斯艾利斯,没想到他根本没去过,害我觉得自己这么一问怪不好意思的,"在布宜诺斯艾利斯时,我会去看晚间的剧场节目""我看了《威尼斯商人》",其实我并没看成那出戏,因为那是城里最受欢迎的戏码,根本买不到票,妈咪告诉了我剧情。他说,你小小年纪怎么什么都懂呢?我差点脱口而出告诉他我最怕暴风雨,我敢打赌他跟伐木工人或是加拿大的皇家骑警一样,一定不怕打雷或闪电。要是我们能一起住在小木屋就好了,因为如果他用尽全力一定连熊都能杀死。要是我在雪地里乘雪橇时昏过去了，他会过来救我，会在小屋里早早为我备好一杯啤酒，配上我们从村里买回的三明治，我会告诉他关于布宜诺斯艾利斯的种种，然后每天夜里都会跟他讲不同戏码的剧情，也会讲许多电影故事。我们会列一份电影清单，一起玩"哪部电影最棒"的游戏，还会聊哪个女演员最漂亮、哪个人演技最好，还有我跟他讲过的那些歌舞片里他最喜欢哪一部，因为他看过的片子很少，主要是些黑帮电影。劳尔·加西亚应该邀请那位一年级的老师出去跳舞，可惜她已经结婚了，要是她还没有结婚就好了。她不像米兰家的女孩那样有双胖腿，而总是穿着极高的高跟鞋，在那些穷苦人家出身的姑娘当中，她是很漂亮的一个。这帮姑娘靠当歌舞女郎谋生，有个黑帮老大对她发号施令，帮派里有个男孩爱上了她，那个男孩就是劳尔·加西亚，他们决定一同私奔，历经千辛万苦，终于潜入一艘开往日本的船，他们躲在总是喝得醉醺醺的老水手船舱里，竟然没被发现。他们俩得脱衣服了，她一开始并不愿意，他开始吻她，两人在茫茫大海中当着上帝的面私订终身。白天他们躲在救生艇里，到了晚上，醉醺醺的老水手去守夜掌舵时，他们就溜进船舱，脱光衣服，上床，亲吻彼此，然后紧紧拥抱着彼此入睡，没穿衣服的她不再感到羞耻了，因为他们已经结婚了。他们如此相爱，彼此深情长吻。她跟劳尔·加西亚在一起很快乐，因为他人很好，

第 5 章｜多多，1942 年

而且什么也不怕，而黑帮老大最想做的只是插入他的香肠，把她弄伤，他真是坏透了。他们想有个小宝宝，她跟圣女小特蕾莎祈祷让她有个宝宝，她不知道小宝宝会不会来，旅程是如此漫长，仿佛船永远不会靠岸。她的肚子越来越大，也胀满了小宝宝要喝的奶，有天早上她顶着这么大的肚子，开始感到难受，又晕船，劳尔在一旁照顾她，试着安抚她，她无法再忍受这段漫长的旅程了，终日待在救生艇里，她再也受不了了。就在这个时候，他们听见小宝宝哭号的声音，他们彼此相望，她的脸色就跟修女克拉拉一样青嫩，她实在是太高兴了，变得好漂亮，她要他去找小宝宝，上帝让小宝宝躺在一堆缠绕的麻绳中，劳尔找到后亲吻了他，然后把他带回给他妈妈，妈妈立刻喂他喝奶。第二天，船开到一座长满棕榈的小岛，她接过一个花环项链戴上，从此警察再也没有找到他们。现在我要给一部侦探片画些海报，午睡时间真是好漫长，明天就算后院泥泞不堪也没关系，我们不会去那里玩，因为冈萨雷斯家的女孩的庆生会四点开始，所有小孩都会穿得漂漂亮亮的去参加。妈咪答应我今天不用睡午觉，可爸比说不行，今天三点钟我有钢琴课，还有那些讨厌的算数，接着是英语课，再之后我要跟拉罗玩一阵，还要把三法则问题誊写一遍，再配上我的水磨插画，不像店铺后面的那个磨坊，倒更像一座荷兰风车：四页呈十字交叉的巨大黄色风车翼，还有长满各色郁金香的小山丘。小爱丽西塔说那是她最喜欢的花,还说她刚刚去了忏悔室:"多多,你不能来我家玩!"我跟妈咪说了又说,我们去拉普拉塔嘛!那里有新电影放映!蛋糕也比巴列霍斯的大,我可以在那里的玩具店橱窗前一站就是一整个小时,还有外婆家高高的两层楼房,那里唯一没有的就是花环,像夏威夷电影里的那种,也没有只有荷兰才有的郁金香,因为战争的关系没办法运送到那里。要是小爱丽西塔哪天哭得伤心欲绝,一定是因为她想买却买不到的郁金香,只因为这里买不到,买不到,买不到。你能做的就是把它们画下来,或是买彩色纸张,然后裁成红色、橘色、奶油色、黄色、天蓝色、蓝紫色、淡紫色、蓝色、粉红色和白色的郁金香,再喷上香水。接下来我不知道她会怎么处理,也许会把它们粘在墙上,或是压在笔记本里。最好的情况是,如果我裁剪得特别漂亮,她就会把它们粘在小发夹上别起来,今天别一朵粉红色郁金香,明天别一朵天蓝色郁金香,她那头如此漂亮的秀发,就像妈咪的绣花床罩上一条条闪亮的丝线。

* * *

七点钟,钟敲七点了,庆生会还在继续,大门入口处暗得像是半夜十二点,没有人会待在这里,我紧靠着墙壁，要是爸比走过来，大概也看不到我。妈咪……不要告诉任何人，妈咪还在电影院……庆生会正热闹得很，一道闪电打在冈萨雷斯家的后院，要是它正好在播放伦巴舞曲《玛利亚·德·巴伊亚》前打下来，那该怎么办？在《玛利亚·德·巴伊亚》开始的瞬间，那道闪电就已经打下来了。妈咪……不要告诉任何人！我只想知道妈咪在哪儿，我怎么也找不到她，她在家，还是在电影院呢？孩子们都还在庆生会上，最后会有更多的蛋糕吃。这时候街上一个人都没有，路上即使有人被杀，也不会有人看到。大人的鸡尾酒会场，餐前开胃小菜会剩很多没吃完。爸比到底在不在家？要不然他就是跟妈咪去电影院了？他会让妈咪一个人去电影院吗？我可以像躲在芭姬和劳尔·加西亚幽会的那个恶心的后院那样，躲在大门口。他不会让妈咪自己一个人去电影院，对吧？也许妈咪在电影院，有费丽萨陪着，爸比在家，这样我就可以溜进电影院，因为爸比没坐在妈咪旁边，这样他就不会知道发生了什么。说谎有罪，我必须跟爸比坦白一切，不，爸比在电影院，他今天在电影院，而我要溜回家，把脸洗干净，这样他就不会发现我哭过，我走进洗手间去洗脸……爸比正在里面小便，我竟然没看到他！他会发现我在冈萨雷斯家的庆生会上哭了！要是他没在那里呢？他看完电影后总会回家……他也有可能在别的地方，说不定有人打电话邀他去手球场打球了。他们开始打球，玩到没劲时，又去另一个小镇挑战别人，之后再去另一个小镇……然后又去了另一个。明天是星期天，公交车不开，他就回不来了。头戴一顶穗边纸帽的小爱丽西塔扭过头跟我说（她老早就拿了蛋糕），蛋糕上加了太多奶油好恶心。我坐在她旁边，头戴一样的帽子，喝了很多热巧克力。所有孩子都跑到外面的院子里了，芭姬一副大人模样，待在客厅跟大人聊天。冈萨雷斯家最小的胖乎乎的弟弟和大家在庭院里又追又撞，跌倒了，整个人都爬不起来。后面还有什么节目呢？庆生会直到八点才结束，我带来了《鲁滨逊漂流记》作为生日礼物。冈萨雷斯家女孩的爸比跑出来说我们玩得太过头了，而且天越来越凉，小孩玩得一身汗，他要我们都进屋里去。最吵闹、闯祸又最多的那个是白痴小路易斯·卡斯特罗，他弄得到处尘土飞扬。我们到里面要做什么呢？大人们在跳舞，小孩也跟着跳，我邀小爱丽西塔随着节奏跟我舞一曲，我们虽不知怎么跳，却跳得不错呢！我们跳完了一整支舞，另一首曲子接着开始。在我身旁的小爱丽西塔说谁穿的裙子最丑，她没跑去跟冈萨雷斯家的小女儿说悄悄话，而是在我身旁等着跳下一首贡加舞曲。跳华尔兹要不断转圈圈，跳贡加要排成一排，跳伦巴舞你要荡过来荡过去。接着小爱丽西塔就去了洗手间。大人的餐桌上有一个装满鸡尾酒的罐子，他们让我喝了一小口：那一罐子都是这种烧喉咙的柠檬色液体。接着又是伦巴舞曲,《玛利亚·德·巴伊亚》是最棒的舞曲了!这时候,小爱丽西塔会跑去洗手间吗?没人应门,可是洗手间里根本没人,楼上的门也关着。别人家里的门可以打开吗? 门里面有个女孩看起来真像小爱丽西塔,她穿着小爱丽西塔的裙子,在洗手间被抓走,后来被强迫脱掉了裙子。她是小爱丽西塔,没错呀!她在玩多米诺骨牌,正坐在小路易斯·卡斯特罗身旁。他有强壮如马的腿,而她正用那双眯眯的笑眼看着我。他们四个人在玩多米诺骨牌,冈萨雷斯家的女孩身旁坐着一个跟小路易斯同年级的男孩。小爱丽西塔睁着她那对中国式小眼睛跟我说,他们正在玩秘密游戏,要我快点走开。我勾住她的手臂,拉着她跟我去跳舞,这时小路易斯说他会打断我的腿,还要我滚出去!爸比!怎么会有这么坏的男孩呢? 爸比!小路易斯说他要打断我的腿,可他只不过是在吓唬我,估计他没那么坏,他不会对我怎么样吧?!还是我要先对他动手? 他真会打断我的腿吗? 被小路易斯·卡斯特罗踢到就好像被铁锤击倒,他穿着鞋猛地一踢,就像万箭穿心一样痛。我马上想到我不可以哭,爸比,爸比,我不能大哭,只能低声哭泣。小爱丽西塔要是能够转过头去看一眼窗外的马戏团嘉年华,就不会发觉我疼得快忍不住眼泪了。她根本没转过头去,对吧? 我该爬到棕榈树上吗? ……从一个屋顶跳到另一个屋顶,握住钟楼上的麻绳，借助一个推力，轻轻松松就飞到拉普拉塔，去看那些亮晶晶的玩具店玻璃橱窗。傻芭姬不相信会有那样的玩具，那里还有游泳时玩耍用的橡皮鸭，各种样式的都有。不过我没有看到鳄鱼样式的，要是在游泳池突然看见它露着大牙，那有多吓人呀！如果小爱丽西塔也长了那样的牙齿，而小路易斯·卡斯特罗在近旁，他一定会拿起刀用力刺她几下。但我希望刀子能刺进鳄鱼坚硬粗糙的后背，那是鳄鱼最恶心最黏糊的部位，一定要刺它肚子上柔软发黄的部位。可惜拿刀刺进去之后就会变成血肉模糊的一片，鳄鱼就没了柔软的肚皮，那可是鳄鱼唯一不恶心、不吓人的部位。我不会再去小爱丽西塔家玩了，小路易斯·卡斯特罗转过身看不见我的时候，我就拿刀从鼻翼一侧刺向他的脸。我不想再贪玩，也不想喝牛奶了，因为贪玩错过几次电影放映，我可真呆呀！我又走神了，老是目不转睛地看着小爱丽西塔，看着她怎么梳头发，盯着她的扣子看，直到我手上的面包片上已经撒了太多焦糖。她穿着白色的袜子跳上跳下，用那双晶亮得像中国灯笼的眯眯眼笑着跟我说话，可是我再也不想去她那里了，我要努力想点别的。可是小爱丽西塔爱玩看店卖东西的游戏：她做司康饼，在秋千上荡来荡去，也把她的玩偶摇来摇去。她身上总有一些东西叫我忍不住想看，例如那颗纽扣、那件百褶制服、那双柔顺的小腿、那双中国灯笼般的眯眯眼、疫苗疤痕。可是我再也不能去了，除了生病缺课时必须跟她借作业。我不在乎，因为黛黛要来了，甜美的黛黛每天午睡时间都会来跟我玩，她来巴列霍斯后会住在我家，我会把我从芭姬那里抢来的所有东西都给她。我们走吧！芭姬，你要是无聊，我们就走吧，让我们离开这个糟透了的庆生会。芭姬觉得很无聊，因为没人邀她共舞，对那些大孩子来说，她年纪还太小了。她想惹上麻烦就随她吧，坏婊子，坏婊子，回家的街道那么黑，她不相信在拉普拉塔有那种靠电发动的玩具。刚才就跟现在一样黑，芭姬的爸爸就是芭姬一个人的爸爸，那他怎么不友善呢？是因为他有好几个女儿，还是因为他在裁缝店的工作让他紧张焦虑？妈咪正在看《冒牌情人》[1]，那些海报美丽而奢华，上面有漂亮的房子，还有华丽的宴会。妈咪一个人在电影院吗？什么时候会再放映《冒牌情人》？我才不要因为被踢然后眼睛红红地回家呢！"你怎么任由别人打你呢？"爸比说，"他怎么会任由别人打他呢？"妈咪，我为什么任由自己被打呢，妈咪？要是爸比正好在这时候过来，我会把前厅的门关得紧紧的，要过多久眼睛才不会红红的呢？半个街区之外，在路灯照不到的地方，我看到劳尔·加西亚的影子，他就站在他家前面的

---

[1] 《冒牌情人》(*Her Cardboard Lover*)，1942 年由乔治·库克执导的美国喜剧电影，由诺尔玛·希拉、罗伯特·泰勒主演。

小路上，劳尔·加西亚认识芭姬多久了？"芭姬，最近好吗？你一直是镇上最漂亮的女孩。"他做了几个鬼脸，然后半眯着眼睛，"你从庆生会回来了呀？没给我带什么回来吗？"接着他又说："小子，你的朋友可真漂亮！"他还托起芭姬的下巴，我不知道他们是什么时候认识的，芭姬家就在转角处，他们俩的家跟店铺之间都没有隔墙。芭姬说："我们为什么不让劳尔看看我们玩耍的后院呢？"可是那里乌漆墨黑的，但最方便玩吓人游戏的时间就是在夜里呀。于是我们三个人从后门进去，那里黑漆漆的，连地上的瓦砾都看不见，我们每走几步就会被绊一下，最后走到靠近酒桶的地方，劳尔要我躲起来，说之后他们再去找我，他的鬈发抹了油腻的发油，脸颊看起来跟平时不一样，就像电影中的强盗，但我还是照跑过去躲了起来，在柜子和大肚玻璃瓶子后面把自己藏得严严实实。我听不见他们在找我的脚步声，突然明白，他们是想把我吓个半死，想无声无息地靠近我，然后对我大喊一句："砰！"我狂奔到酒桶边，没看见他们，又爬到酒桶上面，这时看见有人影躲在没有车轮的旧卡车后面。我开始轻轻靠近，好吓吓他们，却发现他们竟然不是安静地躲着，而是正窸窸窣窣地说着话。老卡车那儿多恶心啊，说不定会有只猫被吵醒然后咬人，喊叫声又会惊动老鼠和蛇，它们全都会跑出来咬我们。而芭姬和劳尔·加西亚……他们正说着最难听的话，全是一些蠢话，我还听到接吻的声音。芭姬说她很害怕，因为他很大而她依然只是个小女孩，他跟她说她之所以会害怕是因为她还没真正见过男人，她应该握住感觉一下，芭姬说她害怕会流血，也怕之后他不再爱她、把她甩了，可他说他不会离开她，因为她是镇上最漂亮的女孩（骗人，我们一年级的老师才是最漂亮的那个）。芭姬于是握住他的香肠，说她很害怕，她不知道，也许不消一分钟他身体里的消化和生殖系统的器官都会从里面爆出来。他要求她把他的香肠塞进她两腿之间。这时我已经看不下去了，想对着芭姬大喊好救她一命，她没画过鸟类的消化系统，所以根本不知道那里面都是些什么肮脏东西。那些串状物，那个倒扣着的绿茶杯，名字很难念的膀胱横截面，还有那些看起来像毒蜘蛛身体的纠结肠道。劳尔·加西亚那撮马戏团小丑般的鬈发如同一只鸟，鸟头像是被拔了毛，我几乎就要喊出来了。可是突然间，就像早些时候我想再吃一口铺满奶油的恶心蛋糕那样，此刻我想再听一会儿他们的声音。当时我要求再吃一口奶油蛋糕，小爱丽西塔就把我的舌头拉出来，又给了我一块。现在我想听到他们弄出的更多声音，我听到他好像正试图把香肠塞进她的身体里，这样她就没办法动了，他占着她的便宜，还打她，把她的衣服剥光，看她的胸部，然后用一把刀把她全身割得全是一条条的伤痕，还狠狠捏她，让她很痛，弄得她全身瘀青……

直到最坏的一刻来临,那时你会看到人体内部的种种东西,那个倒扣着的绿杯子会动起来,还会咬人,肠道缠绕住脖子,像绞刑结一样越勒越紧,还有那只毒蜘蛛,一碰到她,会把她吓到叫得比谁都还大声,甚至比电影《金石盟》[1]中的女孩还疯狂,但在这种情况下,女人不能大叫,因为要是有谁听到了,会看见他把他的香肠塞进她身体里,芭姬就会被当成妓女。结果正是如此,芭姬是个妓女,劳尔·加西亚是个坏蛋。我还以为他是个好人,我再也不想跟他玩了。芭姬告诉他,她不想让他的香肠塞进自己的两腿之间,只有在结婚当晚才可以。我也不知道他怎么了,仿佛有人往他肚子上踢了一脚,突然开始"啊啊啊啊"地喊,好像快窒息了。芭姬开始试图挣脱,说他把她弄得脏兮兮的,她两腿被喷到到处都是。哎呀!她看到我在偷看他们了,过来抓着我拼命摇晃,然后恐吓我说别做乱说话的小鬼,要我对上帝发誓我什么都不说。然后我就跑掉了。芭姬,小芭姬,我在你家等你,直到没人看得出我哭过!芭姬!芭姬!谁能告诉我爸比是不是在电影院?!有谁知道爸比到底在不在家?!劳尔过来狠狠抓住我的手臂,说要是我跟谁说,他会扭断我的头。他一脸凶狠,压低嗓音威

---

[1] 《金石盟》(*Kings Row*),1942 年上映的电影,由萨姆·伍德执导。

胁我，免得左邻右舍听到，也免得惊扰了后院那些癞皮猫，万一被踩到尾巴，它们就会怒而扑向他。这样老鼠就会被惊扰，从洞里跑出来钻进垃圾堆，啃食那些恶心的垃圾，包括被车碾过的死猫。这时毒蛇也会听见，会在碎砖乱瓦间穿行，甚至还会引得后院的大鸟从空中全速俯冲下来，对着孩子们猛力地啄。坏蛋劳尔·加西亚的脸上有一层坚硬的皮，芭姬有一张惨白如修女的瘦长的脸，大鸟啄不进他那层硬皮，是世界上最邪恶的动物身上的那种硬皮。到了世界末日，他们都会被烧死，芭姬会被压死在酒桶堆里，然后被老鼠吃掉；店里员工发现劳尔·加西亚闯进后院，会拿斧头把他砍成两半，而小路易斯·卡斯特罗则会陷入滚烫的灰泥里。这时天上降下火雨，火雨只会烧死坏人，好人则在荷兰绵延起伏的小山丘中等待最后的审判，那里再也没有危险。在那里，娶了小爱丽西塔她阿姨的男人会在火雨中行走却不会被烧到，那些火雨会变成镀金色，像碎纸片一样轻盈。我会从暗黑的前厅跳出来，他把我抱起，我会跟他说我有结膜炎，所以眼睛红红的，他永远都不会知道我让人揍了。我们从高处看见雷电打在坏人身上，我再也不怕了，我们不会有事的。妈咪在对我挥手，说她就在附近，她一切都好，她已经被救到附近的小山丘上，那里都是拉普拉塔的居民……希望黛黛会在世界末日之前及时到巴列霍斯来，这样她也会被拯救，还有一年级的老师，以及拉罗。在学校，我们总是在画画，只做很少的听写练习，然后是上钢琴课和英语课。等我喝完牛奶会跟妈咪去看电影，经过荷兰的田野时，从田野上可以看见爸比到底是在家还是去看电影了。我会看着小爱丽西塔的姨父，他的脸刮得很干净，比以往任何时候都光亮，就像玩具娃娃的脸，他的双眼不再是人类的眼睛，而是最有价值的宝石。他把我抱在胸前，这样谁也没法把我猛拉下来，要是我们能粘在一起就更棒了，因为这样谁也没法将我拽到另一边，把我强行拉开。我会紧贴着他的胸膛，在没人注意的瞬间，滑进小爱丽西塔姨父的胸膛里，从现在开始谁都无法拆散我们，因为我会在他体内，就像灵魂栖息于肉体，我会紧偎着他的灵魂，与他的灵魂交缠在一起。我看得到山丘上开满各种颜色的郁金香，银色纸片雨不断落下，我看到晶亮晶亮的银白色，就像妈咪床罩上绣的植物一样闪闪发光。假如上帝宽恕了小爱丽西塔，她就会来到小山丘上，看到漫山是郁金香，会比任何时候都开心。她会爱抚和亲吻这些花朵，然后跑去亲吻她姨父，她的嘴因吻遍了郁金香而充满花香。她对姨父吻了又吻，住在姨父里面的我会会心一笑，不过我笑得很小声，因为小爱丽西塔虽然自以为机灵，却根本不晓得她吻的人其实是我。

Seis

TETÉ, INVIERNO 1942

第6章 | 黛黛,
1942年冬天

今晚我会做个乖小孩，我不会再要橙子吃了。多多已经关灯了，爸爸还要等我祈祷完才熄灯，因为我不喜欢住在多多家，这里不像遥远的外婆家的农场。那里有马场，只要我想骑马，长工就会带我到后院给马上好鞍。穿上照片里的那件马裤，我根本没法骑马，那条裤子我穿起来太小了。修女安塔说我不可以像男孩那样两脚分开，应该像个淑女一样穿上裙装侧坐着骑马，可那难多了，因为要是马儿弓起身子纵身一跃，就会把我摔下马背，将我摔成重伤。妈妈病得很重，万一她死了，她会上天堂。我会整天祈祷，这样上帝就会听见我的祈祷声，知道我是个乖女孩，一旦我也得重病死了，我也会上天堂，跟妈妈在一起。多多去年参加完第一次领圣餐仪式，今年没再去领过半次，米塔从来都不上教堂，她愤愤地说："我受不了那些教士和修女。"米塔是个好人，只是她都不去望弥撒。我祈祷她会给我橙子吃，还祈祷她可以常常去望弥撒，去为被钉在十字架上受苦的耶稣祷告，这样耶稣被头冠上尖锐的荆棘刺进头时就不会那么痛了,可怜的耶稣是个好人,可是荆棘却越刺越深。要是米塔也祈祷,那耶稣就不会那么痛,人们逼他喝的胆汁就不会那么苦了,可怜的耶稣!我为妈咪祈祷,也许因为我的祈祷,妈妈就会逐渐好起来!妈妈病情严重有好一阵子了,可她总会说:"我没事。"她身体强健的时候,会跟爸爸在午睡时分顶着大太阳出门散步,只是后来就很少出门了,因为等太阳下山了,气温就会突然下降,地上的水坑甚至会冻出一层冰,我最喜欢早上去那些结冰的水坑表面踩踏,因为会发出噼里啪啦、噼里啪啦的声音。它们都会碎裂开来,看起来就好像破碎的玻璃,有很漂亮的纹路,我捡起一小块有棱角的碎片,开始像吃冰那样舔起来,米塔看到了,说这对我不好,会让我生病。我告诉她,如果我病了,就可以去天堂跟妈咪在一起,米塔说:"你妈妈没有生病,别怕,她没事的,她唯一的问题是害怕死亡,因为她动过一次手术,给吓坏了,现在只需要多注意身体就没事了,你妈咪会比我们都长寿。"妈咪会不会跟上帝说,米塔都没去望弥撒,我是个坏女孩,多多也不乖,所以我们三个人都会掉到井底?多多没听爸比的话去学骑自行车——这辆新买的自行车对多多来说还是太大了——而是剪报上女演员的剧照,然后用彩色蜡笔涂色。妈咪什么事都告诉上帝,然后上帝就会惩罚我们。一口被泥土封住的井。妈咪生病了,但她人还是很好，从没错过望弥撒，运气好的话，她死后会上天堂。要是我能像林肯修女学校里的修女一样，从早到晚不停地祈祷，也许妈咪就会一直没事。我要是没祈祷，她就会生病，整天躺在床上，抱怨风湿病让她痛得受不了，然后把我叫过去抱着我。最近几天阳光明媚，午睡时不那么冷了，她就跟爸比出门散步到市立公园那边，路程还蛮远的，听爸比说有半里路呢！妈咪的脸因为晒了太阳而有点泛红，做完肾脏手术之后，她发誓再也不抹胭脂和口红了。不过米塔会涂口红，还抱怨贝尔托要她陪他睡午觉，她都不能出门晒太阳，所以她的脸色才会那么苍白难看，需要化点妆。林肯修女学校里的修女们不能化妆，也不能外出散步，她们的脸色都不好看，很苍白，就像米塔午睡刚醒来时的脸。白色的墙壁上悬挂装饰品是个罪过，在林肯修女学校，连外婆送给我的那套小扇子都不让摆出来。不过在晚上，我钻进冷冰冰的被窝后，会不经过允许就用绣花套子包住热砖头放到脚边。其他同学都用学校发的普通棕色羊毛套，在床边跪着祈祷的时候，两只脚都被冻坏了。好不容易等到熄灯，可以不用再祈祷了。修女安塔总是凶我，每次都会说："淘气孩子，你都在胡思乱想什么？"可我什么也没想，只想到了白色的制服和白色的床单，还有妈咪住院时病房里的几幅黄绿相间的小船图案。虽然那些画作挂上去好看，不过最好什么都不要挂，因为在学校挂任何装饰品都是有罪的,疗养院应该也一样吧!妈咪的病情一直没有完全好转,自妈咪结婚以后,外公几乎从来没有来探望过她,他们不往来,不过外公来看过我。后来外公心脏病发作。她的床单也是纯白色的,我根本没想做坏事,为什么修女安塔会疑神疑鬼?现在她可说对了,芭姬告诉我世界上根本没有"送子鸟"这回事,她说等我们长大以后,男人会把我们抓住,把他们那根东西塞进我们尾部,然后就会有小孩,就算还没结婚也会怀孕。我和芭姬上街时都手拉手,从来不单独出门。我跟巴列霍斯的神父告解芭姬跟我讲的事。神父跟我解释说,只有结了婚以后,想要孩子的时候才能做那事,至于送子鸟的故事,根本就是人们编出来的。那是最大的罪过。我问他,最大的罪不应该是杀人,也就是让一个人死去吗?可神父说,对一个才十二岁的女孩来说,最大的罪就是跟男孩子"犯奸淫",因为杀人还需要动刀或开枪,但是跟男孩子在一起"犯奸淫",光是想一想就足以构成罪了。我和小芭姬开始跟多多聊这件事,想了解他到底知道多少,结果他根本就一无所知。他年纪比我们小,不过所有男孩都知道这档子事,甚至连那些一年级学生都知道,多多都九岁了,还相信有送子鸟。他什么话也没说,只是一味沉默。接着小芭姬一只手握成拳,中间做成直筒的形状,另一只手伸出一根指头戳进握着的拳头里来回摩擦,然后对多多说:"注意看我做的动作，我把手指放进我的屄……你猜猜那个字是什么。"多多似乎没听懂，不过我又觉得他好像意识到了什么，因为他突然跑掉了，再也不跟我们玩了，他可一直是个跟屁虫。昨晚我又不乖了，又要了一个橙子吃。小芭姬还是别什么都跟多多说比较好，因为上次家住拐角处的那个女孩想让多多开窍些，多多立刻跑去跟他妈咪告状了，真是蠢蛋一个。小芭姬告诉我关于男人那档子事的时候，我就会很兴奋。我不想为修女安塔祈祷，祈祷她不被园丁或送鲜奶的小伙子追，他们会让修女安塔破了守贞之戒而怀上小孩。如果这件事发生，没有人会知道是我的错，是因为我没为她祈祷。如此一来，大家都会噤声不语，她就得离开修女学校。等到下学年我回学校的时候，她就不会在那里了。她是唯一不喜欢我的修女，其余所有的修女都很疼我，因为外婆捐了一大笔钱给新教堂。我把食物全留在餐盘上，转念珠时也总是不出声，因为我正在心里默默祈祷妈咪不要死。他们骗我说，送子鸟把我送给妈咪的时候啄了她一口，所以她才会生病，但芭姬说送子鸟的事是骗人的。她说得对，因为古奇在乡下出生之前，挺着大肚子的埃米莉亚舅妈写信到布宜诺斯艾利斯订了一件宽松的衣服，目录中的名字是"孕妇装"。那不是我的错。外婆总是对家里的长工嘀咕："我女儿生了病，自从她怀了黛黛，身体就不行了。"我问埃米莉亚舅妈，她跟我说了送子鸟

第 6 章 ｜ 黛黛，1942 年冬天

的事。这么说，妈咪是因为怀了我才生病，这并不是真的。可是外婆不会说谎，那妈咪为什么会生病呢？……可怜的妈咪，今天早上她在哭，因为爸比做酒生意又要出门找客户，她常常因为担心自己将不久于人世而掉眼泪，担心会留下爸比和我相依为命。我上个星期一直在祈祷，但她还是卧病在床。她的头发又长又美，可她连梳头发都觉得累，整个上午都不舒服，之后只吃了一点点布丁和牛排，其他东西都吃不下，因为一切食物都会让她觉得恶心。米塔说不用怕细菌，她都不会用热水清洗做沙拉的菜，也不会用热水给瓷杯和那些不会破的杯子消毒，每天早上甚至也不会拿床垫到阳光下晒，然后拍打，也不会用疗养院会用的消毒水清洗地板，让多多吃苹果时也不会削皮。每天晚上，我都不乖，因为我总是想吃一颗橙子。妈咪想要外婆家用的那种喷雾剂，好杀死墙壁上的细菌。外婆他们买那罐喷雾剂，是因为埃米莉亚舅妈的妹妹感染了肺结核过世后整个房间都是病菌。外婆还心有芥蒂，因为她并非近亲，只不过是个远房亲戚。见她是被严格禁止的，但我和古奇看见过，她就被绑在院子尽头的那间屋子里。有一天，我跟小公驹玩的时候听到一阵喊叫声，还以为是什么野兽的叫声。原来是埃米莉亚舅妈的妹妹因为突然喘不过气来而瘫在床上。她用力把头抵住枕头，努力想喘上气，她脸色发青，直瞪着天花板，看起来仿佛要把指甲掐进被单了。

她的脸都发青了。自从我们住进多多家，我每晚都祈祷，念四遍万福玛利亚，还有三遍主祷文，可妈妈还是卧病在床。修女安塔说："你必须感同身受地祈祷，去感受耶稣被钉在十字架上的那种痛苦。"昨晚我决定一直祈祷到入睡，带着感受到痛苦的一颗心祈祷……可后来我睡着了，结果祈祷得比平时还少！现在我得好好祈祷了，不然妈咪可能会因为手臂疼痛的折磨而死，可是我根本没法像林肯修女学校的修女那样从日出就开始祈祷，我只想跟小芭姬一起玩。外婆家的长工天一亮就起床了，太阳刚升起的时候看起来比任何时候都大，现在天已经黑了，是该睡觉的时候，我却睡不着。他们让我上床睡觉之后，我本应好好祈祷的，爸比一关灯就不能祈祷了。爸比为我写过一句诗："我的小女儿是太阳。"我不但不祈祷，还满脑子想着玩。痛苦的心在祈祷时会越来越痛的。太阳一升起，修女们就不再睡了，开始祈祷。妈咪也会疼得没法睡，可万一我睡过头了该怎么办？……哦，我的胸口好痛……我也开始不舒服了，我一定是生病了，哦！妈咪，拜托，我没法呼吸了，我快死了，不，不要……不要，妈咪，别看我的喉咙，不要，我不要看医生，我没长白喉，感觉快死了是因为没法呼吸，我就要死了，我们会在天堂团聚，我现在就快死了，因为无法呼吸，要是他们把我送到疗养院，医生会往我头上套上白色的头巾，把我抬到担架上，戴上氧气罩。我在过道里的时候就会死去,所有护士都将看着我,从来没有一个十二岁的小女孩在这里死去,死了的都是老太太。她们会因为我这么小就死了而哭泣,她们会说我是个小天使,她们会用白色的床单把我包起来,我的双手会垂在床单外面,僵硬不动。虽然我快喘不上气了,妈咪,我会继续为你祈祷,因为自从你怀了我就一直在生病,唉,我哭泣是因为我爱你,妈咪,妈咪,不要,别叫医生来,我快死了,我躺在担架上没法呼吸,躺在疗养院里,我的情况比你还糟,要糟得多。要是他们来给我打你在打的那种针——我之前还以为你是由于被送子鸟啄了才打针——请阻止他们,反正我都快死了,我没办法呼吸了,我紧紧抓着床单,因为快喘不过气来了,在我差不多要死的时候,我会紧抓着你,紧紧地握着你的手,这样你就可以跟我一起死去。上帝会希望我们一同死去,上帝是仁慈的,美好的,美好的……对,一颗橙子,米塔,是的,我很想从树上摘一颗橙子吃,是的,我喜欢橙子,我把橙子戳了一个洞,然后吮吸它,吮吸它……好美味啊!待会儿我就睡了,我很乖,妈咪,我绝不惹你生气……米塔伸手摘了一颗长在矮枝上的橙子,在这棵树上,橙子挂满高高的枝头。现在我要去睡了,我要是没喘不过气来,就可以好好安睡,跟小橙子一同安睡,我一定会乖乖的。我没再喘不过气来,白天米塔拿了一根长竿子,把高挂枝头的橙子钩打下来，有很多橙子高挂树梢，也有很多橙子唾手可得……米塔每天晚上都会摘一颗橙子给我……

* * *

多多，别来，我得单独跟小芭姬一起去，不来男女朋友那一套，不，不，我们没想找男朋友，快去练习骑你的自行车，都给你买三个月了，你还不学。他总爱打我们，当我不在小芭姬身边的时候，小芭姬得整天陪着多多，多多经常黏着她。多多还收集电影首映小广告卡，一张一张地按顺序排好。有一天，多多的同桌要报复多多，因为多多不想告诉他左轮手枪藏在哪里，结果那个小男孩就把电影小广告卡撒到地上，大概有一千张吧！多多从一年级就开始收集了，男孩把他所有的卡片都撒了。我怕多多会抓起那个画水彩画用的破玻璃水瓶，直接往那个小男孩身上摔过去，可他竟然一点也不在乎，因为他都记得哪个是第一张，哪个是第二张，哪个是第三张。于是他重新把它们按顺序排好了。爸比说多多的记忆力很好，比我还好，可我才不想玩那些电影小广告卡呢，也不想给那些从报纸上裁下来的女演员黑白剧照上色。他总不去学着骑那辆自行车，贝尔托特地给他买的。他甚至还没骑上去就先摔下来了，因为那辆自行车对他来说太高了。可是他的同桌连个小玩具都没有，只有一些多多已经不想玩的旧玩具，这个同学从家里到学校有半里路，小跑一阵，然后就一跃骑上自行车了。爸比说画画我不在行，可一整个下午都画画，实在是太无聊了！小芭姬也觉得很无聊，她每天都走很远的路去找帕尔多家的女孩拿作业，都快到火车铁轨那边了，她得步行大约七个长长的街区。帕尔多家的女孩会从后院喊卡塔尔迪家的男孩，他会过来聊他跟女仆做了哪些事。小芭姬想带我去，可是我不想见到他，因为这样一来我还得告解，要是妈咪知道了，病情就会继续恶化，她会卧病在床没法出门晒太阳，这是她最喜欢做的事情。她躺在床上，让我写作业，跟多多一样画画。卡塔尔迪家的男孩现在念六年级。小芭姬喜欢一个游泳教练，他每天下午都会待在那家深受推销员和银行职员喜爱的酒吧。他们会盯着我看，一脸想亲我的样子，可是我太小了。外婆家有个女仆，十四岁就生了小孩，我现在十二岁，要是我十三岁时让哪个人对我做了那件事，那我十四岁就会有小孩，爸比一定会把我毒打一顿，再把我送到林肯修女学校，接着修女安塔会整天处罚我，因为她那么讨厌我。小芭姬吻了卡塔尔迪家的男孩。午休时分，天色还很亮。我不喜欢他，他没我高，穿短裤的时候能看到两腿都是毛。小芭姬不想等告解，因为她前面还排着很长的队伍，于是她走出去散步，路过那家酒吧去看那个教练。她老说他也爱她，他可是个大人哪，我都听烦了！小芭姬为穷人和战死的人祈祷，除此就没别的了。卡塔尔迪家的男孩跟芭姬求一吻，她说好，不过要当着帕尔多家的女孩的面才行。他们总要在那里聊会儿天，卡塔尔迪家的男孩会告诉她们大男孩的事，还有他们跟女仆会做些什么。要是芭姬把她的尾部露给他看，他就一五一十告诉她们所有的秘密。帕尔多家的女孩老是把自己的露给他看，她要卡塔尔迪家的男孩也将他们男孩的那样东西展示给芭姬看，这样她就会见识到他用力摩擦自己的时候水是怎样喷出来的。她们都看好几次了：我不想去，吃过午饭之后，我们会和爸比到活动中心陪多多练习骑一会儿自行车，然后回来睡午觉。多多不睡午觉，他在那些女演员身上涂色。要是他爸比看到了就会骂他，但是多多会藏起来，连米塔也找不到他，也许她会去告诉贝尔托。爸比确实看到了他，因为他没睡午觉，他在考多多电影广告的排列顺序。这时午睡时间正好结束，要是妈咪不想去公园散步，爸比就不知道该做什么了。他不想去酒吧，因为要是妈咪需要什么，他就在身边比较好。妈咪在房里用微弱的声音说话，这样贝尔托就不会被吵醒，他跟米塔睡隔壁房。要是她需要阿司匹林，爸比就会拿给她，妈咪没叫他的时候，他就考多多哪部电影先上映，哪部电影后上映。在乡下的外婆家里，我从来都不睡午觉，因为我不上学，起得晚，午睡时间长工会把我跟古奇放到马背上，在后院一圈又一圈地绕。因为外婆家后院跟巴列霍斯镇的广场一样大。我们有给母牛、小牛犊，还有刚出生的小马用的食槽，古奇有好几匹小公驹，我有一匹，外婆要我们去看看它，现在它都长得很大了。但是爸比不想去，因为他跟外公吵架了。爸比在小镇的报社工作，负责发行一份报纸，他写很长的文章，也用笔名写几行诗，有时其中的几页内容会因为写得好而被大城市的报纸买去刊登。那时爸比还是单身汉。多多从来不去望弥撒。"因为你妈的关系，你爸才离开了报社。"他知道什么呢？我每个星期天望弥撒时都拼命地祈祷，米塔让多多不用去望弥撒，他那么小，哪懂大人的事呀！"你外祖父不让你妈嫁给你爸，因为他是穷光蛋一个。"两年前外公瘫痪了，因为瘫痪，他几乎没法说话，需要挂拐杖才能走路。妈咪说，外公病发前，能把马儿驯得服服帖帖。就因为长工们惹他生气，他的病情才发作。妈咪总是为外公祈祷，而不是为她自己。她对自己无所求，只是一心一意地为外公祈祷，这样他才能快点好起来。长工们为什么要惹外公生气呢？我得替妈咪祈祷，这样妈咪就不会死。每天早晨她醒来的时候都病恹恹的，人感觉很不舒服，跟爸比哭诉说她就要死了，留下年幼的孩子孤苦无依，妈咪是在说我呢！多多应该为马厩里的小耶稣祈祷，这样可怜的小耶稣才不会着凉，耶稣的爸妈一定很穷，连个房子都没有，也买不起可以裹住他的东西。我为小耶稣念了一遍主祷文，但我得多为妈咪祈祷。要是多多能为小耶稣祈祷，东方三博士来的时候，他就不会那么冷，小耶稣在寒冷的天气里待了整整十二天，身上没有任何衣物可以保暖。多多还跟我说："做一只小鹦鹉蚊更惨！"多多真不乖。它们叫小鹦鹉蚊，是因为颜色很绿，就像鹦鹉的颜色，但是比蚊子小，跟刚出生的蚊子一样小。昨天晚上我打开床头灯复习九九乘法表，上面布满了小鹦鹉蚊，这些追逐光源的小虫子只能活一个晚上。它们噼噼啪啪地朝我的作业簿撞上去，有时又会噼里啪啦地朝墙壁撞上去，因为它们都是盲目地乱飞。多多说"它们只能活一个晚上"，我不相信，灯还亮着，它们一直绕着床头灯飞舞，但之后就不得不死去。当我关灯开始祈祷时，多多会说："我开始思考世界末日了。"难道多多不祈祷吗？当我把床头灯关掉时，这些小鹦鹉蚊就会飞往天花板聚集起来。到了早上，它们便都死在地板上，费丽萨把它们扫起来，畚斗里满是绿色的小虫子。我没赶它们，就让它们过点好日子吧！可怜的小东西，明天它们就死了。多多说："你知不知道这些小鹦鹉蚊噼里啪啦地猛撞墙是因为它们看不见，它们全是瞎子。"我不晓得它们怎么才能知道哪一只是妈妈。多多说："它们必须一起飞，而且永不分离。这样它们才能知道谁是妈妈，谁是孩子。"灯亮的时候，它们飞舞；灯暗时，它们就聚集在天花板上，直到纷纷掉下来死去。幸好它们都是一起死去，不会今天妈妈死去，第二天只留下它孤零零的孩子，你看，做一只小鹦鹉蚊还不是最惨的，臭小子！最惨的是可怜的耶稣，被钉在十字架上，看着圣母玛利亚跪倒在下面悲恸地哭泣。你真傻，每天都有新的小虫子出生，到晚上它们会产卵，然后全部死去，第二天又有新的鹦鹉蚊出生……产卵的是妈妈，妈妈产完卵就会死去。"你看，黛黛，鹦鹉蚊小宝宝全都孤苦无依，没人照顾它们。"这就是为什么它们都那么傻，随手一抓就被抓到了吗？它们不像蚊子，蚊子一抓就会逃之夭夭。多多说："现在你知道了吧？最惨的就是做一只小鹦鹉蚊……"它们连飞都不会，朝我的作业簿猛撞，可它们是小动物呀，多多也是一只动物，他根本不在乎马厩里冻坏了的小耶稣，唯一让多多害怕得要死的是世界末日的恶魔。谁知道外婆家的狗现在有多大，那些小狗一定很大了。可昨天晚上我不乖，因为我又要了一颗橙子。外公天一亮就起床，有时天还没亮就起来了，这样就能看到日出。爸比为我写了一首诗，说我是小太阳，他现在已经不为报社写稿了，但偶尔会为我写首诗。爸比真的很爱我，如果妈咪过世，然后我也死了，那就只留下可怜的他孤单过日子了。爸比说等他为推销酒而出差，好几天都看不到我时，他会把自己装扮成圣徒，就像

《方济各传》[1]封面中那样，如此上帝就会相信他是个好人。爸比是说着玩的，因为上帝无所不知、无所不能。他装扮成圣徒是为了去跟其他圣徒聊天，问他们谁是世上最漂亮的女孩，以及她最近有没有乖乖听话，圣徒可以看见他们想看见的一切。那些圣徒会看见外婆家的马厩，也能看着小公驹长大，看到多多躲起来画女演员的脸蛋，在裙子上涂色，还可以看到芭姬。上帝不看坏事情，当芭姬跑去帕尔多家的女孩那里，卡塔尔迪家的男孩也过来时，我就不看，因为上帝会把我从天堂推下去，那样我就会比跳伞的人下坠得更轻盈，会在火山口撞出一个洞，然后从那里坠入地狱。我会永远在那里，要是哪天跟芭姬一起去，听到卡塔尔迪家的男孩讲的所有肮脏事，之后再跟上帝告解，那我便还可以上天堂，或是去炼狱，这样在死去以前还有时间告解。但等我死了再看就不行了，就像后来变成魔鬼路西法的鲁兹贝尔。要是爸比没带妈咪去外面散步，多多就希望爸比整个午睡时间都能陪着他。爸比每天早上都会带我去上学，回去的路上在酒吧待一会儿，之后再回家陪妈咪，放学时他会在学校外面等我，带我回家，再一起吃午

---

[1] 《方济各传》(*Saint Francis of Assisi*)，英国作家 G. K. 切斯特顿所著的传记，讲述了方济各从年轻时归信到晚年领受圣痕的经历，呈现了这位圣徒传奇的一生。

饭，之后再陪多多，他有时会惹恼多多。"你最喜欢哪个女演员？是《碧血黄沙》里的那个好女人吗？"爸比会回答："就是她！"多多说："那么那个坏女人丽塔·海华丝呢？"爸比也说，就是她！多多一听就恼了，说你只能回答喜欢这个或那个，可爸比只说"就是她"，从来不按多多期待的回答。多多最喜欢的是诺尔玛·希拉。下午爸比会陪我做功课，再带我去上钢琴课。他会跟钢琴老师的爸爸聊天，他们总是在谈论有关信仰的事，因为爸比不信任神父，钢琴老师的爸爸也不相信上帝。爸比夜里会醒，因为他睡不着觉，在我还相信有东方三博士时，他会跟我说他看见过他们到来，因为他们是夜里来的，而当时他正由于神经衰弱而睡不着觉。他说他不想再去报社工作了，因为报社再也不属于他了。他因为这件事跟外公吵了一架，或者是因为别的事？爸比没有父亲也没有母亲。他跟米塔说，多多太黏她了。妈咪依然卧病在床。我们来到巴列霍斯当天，我跟多多就开始玩开店卖东西的游戏，多多想马上开始玩，他总想玩。可是芭姬不能整天陪着他，她现在老往帕尔多家跑，多多喜欢跟在年纪比他大的孩子身边，他不想跟同龄的孩子玩。我们玩开店卖东西的游戏，多多会列出要卖的衣服的清单，还有一堆我搞不清楚他列了多少的东西要卖，他不让我做任何事，只顾着把要卖的东西列成清单，我不想继续玩了，开始觉得好无聊，我跑去叫爸比。这时多多给了我一支铅笔，他自己则拿着另一支笔。我们各列一张单子，他马上就把纸写满了，我却根本不知道要写什么。爸比有点不高兴，催我赶快写，因为他看到多多开的清单了。多多列了给玩具娃娃穿的几套亚麻裙子，还有给小宝宝穿的有蕾丝花边的衣服。我跑去卧室想跟妈咪要一条手帕擤鼻涕，爸比这时刚好在跟米塔和妈咪说，多多只想跟小女孩玩，只想去空气不流通的电影院看电影。米塔说有道理，因为贝尔托也早就跟她说过，男孩必须跟男孩玩。当我从卧房回来时，多多给了我一个惊喜，是一个小盒子，里面装满了……他从芭姬那些玩具娃娃身上偷来的很多东西。他说要是我每天都跟他玩，他就送给我当礼物。这时米塔正好进来，她得帮多多洗澡，平常她会晚一点才帮多多洗澡，但那天她提前了。多多不想那么早洗澡，因为自从他知道我们要来巴列霍斯就一直在等我，说要是我们可以一起在浴缸里玩的话，他就愿意洗澡。可爸比不答应，因为多多是个男孩。在米塔帮多多洗澡时，我从小小的锁孔里偷看，结果什么都看不到，因为浴缸在另一边。伴着水龙头哗啦啦的流水声，米塔跟多多说，不准再玩开店卖东西的游戏了，也不能再偷拿芭姬的那些东西，或者给女演员的剧照涂色了，因为这些都不是男孩该玩的游戏，要是再让她看到，她就要惩罚他，不让他再去电影院了。多多没有哭，他什么话也没说，也不像跟爸比生气时那样直跺脚。之后我感觉多多已经不在那里了,只有米塔说话的声音,仿佛多多已经从她身边溜走,而她根本没察觉,只是一个人一直在不停地说。可是最后当米塔打开浴室门时,是他们俩一起走出来的,我不知道米塔是用什么香皂帮多多洗脸的,多多脸色惨白,看起来就像他拿白色蜡笔涂色的那些女明星的脸。每次他听到贝尔托跟米塔午睡醒来时,都来不及帮女明星上色,那样的她们看起来就像死人。埃米莉亚舅妈的妹妹过世时我看到了,她整个人惨白惨白的,她卧病两年后死于肺结核并发症,喘不过气来就走了。我不知道,或许米塔帮多多洗头时把他的头按到水里了,所以我才没有听见他的声音,多多差点窒息而死,因此脸色才这么惨白。多多用力想挣脱出来呼吸,可米塔把他的头按进水里,她比他强壮,她是大人,多多的头就被她按到浴缸白色的底部,多多睁圆了眼睛往上看,因窒息而眼球凸起,脸色发青,双手的指甲在水里掐得紧紧的,这比用指甲紧掐床单要好多了,这样更轻松;等到终于断气死去,可以不用再努力挣扎,脸色也会归于灰白。多多总是全力以赴,学校成绩都得优,但他再也追求不到自己想要的了。上帝会惩罚那些不祈祷的人。从那之后,多多就不想喝牛奶,也不想喝饮料了。米塔那天做了一些司康饼,因为那是我们到的第一天,什么都吃的多多竟然连一块都没吃。他过来跟我说,我们在别人面前不能一起玩，要我跟他一起去鸡棚。可我不想，他就拿起他所有的玩具，自己一个人去了，鸡棚里挤满了每到下午五点天一暗就要睡觉的鸡，那些公鸡和母鸡早早就在木架上安睡了。多多开始将它们吓跑，这样他才能玩他的服装店游戏。多多把他那些衣服挂起来，就挂在鸡睡觉的杆子上。这时女仆听到一阵慌乱的鸡叫声，以为有小偷，就赶紧喊米塔。米塔又去喊贝尔托，因为她害怕，想让贝尔托跟她一起去看看，只见多多一个人在黑暗中正把衣服挂上鸡棚架子，已经挂好了几条小爱丽西塔的发带、芭姬的一顶老旧蒂罗尔呢帽，还有从芭姬最漂亮的玩具娃娃身上偷来的几件崭新的薄纱裙子。他们没打多多，因为贝尔托不让米塔打他，但是贝尔托说他不乖，要罚他不能去电影院看电影，还训了他一顿。芭姬告诉我，贝尔托和米塔从不责备多多，因为他的成绩是全校最好的，没打破过任何东西，不挑食，也不生病，更不会弄得全身脏兮兮的，所以从不责备他。他想玩什么他们就让他玩什么，反正他从不弄坏东西，可是这回贝尔托真的责备了多多，并告诉他再也不能玩开店的游戏，也不准他画衣服或者在女演员纸卡上涂色……否则的话……就让他穿上裙子，再送他到离他妈妈很远很远的修女学校。多多只得赶快把家当都收拾好，只是在一片黑暗里，他没看到那件茶色的薄纱小裙子，把它落在那里了。隔天我发现它很干净，没有沾到鸡粪，就把它

第 6 章 | 黛黛，1942 年冬天

收了起来。贝尔托和米塔罚多多一星期不准去电影院看电影，但惩罚对多多根本不起作用，因为他第二天醒来就开始发烧，没去学校而是卧床在家。就算没被罚，他也没法去电影院看电影，因为身体发烧就不能外出，幸好喉咙没有白点，也没有消化不良，他没得白喉，也没有任何其他症状。医生说有时候身体会为了长高而发高烧，可他一点也没长高。米塔惊慌失措，因为多多不长个儿，这个小矮个儿，发完烧也一点都没长高。他躺在床上只希望大家跟他聊电影《寒夜琴挑》[1]的剧情，唯一能稍微逗他开心的人是芭姬，但她得走了。他们应该拿一条长长的绳子绑住多多的头，再拿另一根绑住他的双脚，然后用力往两边拉，这样就能让他长高点。店里的助手可以像连根把树拔起那样，从一头用力拉他，其他几个力气大的男人再从另一头用力拉，不管多多怎么哭怎么叫。如果芭姬不在那里，那多多只希望有人跟他聊《寒夜琴挑》的剧情，那部正在上映而他没能去看的电影。多多发烧没能去看，就算不发烧也不能去看，因为他正在接受惩罚。他好想去看电影里那位新的女演员，多多收集了很多张她的剧照。妈咪给他讲了剧情，她喜

---

[1] 《寒夜琴挑》(*Intermezzo: A Love Story*)，1939年上映的电影，由格雷戈里·拉托夫执导，莱斯利·霍华德、英格丽·褒曼等人在其中担任主角。

欢那部电影，爸比也给他讲了剧情。然后多多请求妈咪再跟他讲一遍，尤其是爸比省去没讲的，女演员在演奏会上穿一袭无袖晚礼服的那场吻戏。多多再也不想跟我玩了，除非芭姬在，她不在的话就免谈。爸比也不喜欢漆黑的夜晚，总是在床上辗转难眠，无法入睡。没有暴风雨的夜晚，多多几乎立刻就能睡着。芭姬不怕世界末日，可我会害怕，白天我就不怕。多多会害怕。他的同桌不怕。妈咪也不害怕，还说她期盼上帝快点到来。米塔不相信世界末日。爸比相信，说我和妈咪会上天堂，说他也许能免于下地狱，但会先到炼狱走一趟，然后去跟我们会合。妈咪为外公祈祷，这样他就会好起来。她跟爸比结婚了，要是妈咪死了，我还是会一直为她祈祷，那外公呢，谁来为他祈祷呢？不，我会为外公祈祷，妈咪会去天堂，因为她没犯什么罪，万一她没上天堂，估计是因为她有什么事情没告解，可是我要怎么才能知道呢？那样她只能白白地在炼狱里等。如果外公死了最好！妈咪就可以开始为自己祈祷，再也不需要为外公康复而祈祷了，而我会为自己祈祷，如果可以看到卡塔尔迪家的男孩就好了，那样我就会知道他是什么样子，之后我会告解，这样就可以毫无风险地从天上看了。我还稍稍为小耶稣祈祷了，要是多多偶尔去领圣餐，他也会为小耶稣祈祷的，这样马厩里的小耶稣就不会那么冷，十字架上的耶稣就不会受那么多苦了……因为荆棘所造成的刺痛是最难忍受的，而被钉子钉住手掌和脚踝，一定会痛到拼命哀哭号叫，估计就像我的手指被门夹到那样痛吧！妈咪……你不舒服吗，妈咪？……她正在呻吟，可怜的妈咪，埋怨了一整天，她走太多路了，现在全身疼痛，我只能一直祈祷，但是修女安塔说，不论祈祷多少，如果没有用心，并且去感受耶稣被钉在十字架上的痛苦的心——也许我并没有真的感受到耶稣的痛苦——所有的祈祷就都白费了……估计是因为这样，妈咪才又病了，妈咪，妈咪……哦！妈咪，我们去外婆家嘛！那里太阳还没下山就吃晚餐，妈咪，在巴列霍斯这里，太阳下山才开始吃晚饭，吃完天色就已经暗了，又要上床睡觉了。要是我没有祈祷到心痛，妈咪就会死，我一定是个很坏的坏女孩，我没有一颗如圣像上的圣人一般的心，他们的心燃着火炬的光芒。圣母玛利亚坐在宝座上，穿着绿色圣袍，怀中抱着小耶稣，在红色和黄色的火焰当中，有一颗暗红色的心。现在后院里天色已经暗下来了，要是上帝知道我晚上没有祈祷的话……爸比关灯睡觉以后就不能再祈祷了，我不舒服，不舒服，不舒服，没办法呼吸，快喘不过气来了，天使已经准备好来接我了，只接我一个人吗？现在妈咪在为外公祈祷，我希望妈咪快快死去，这样她就会跟我一起上天堂，去了天堂再继续为外公祈福，这样他就会好起来，我又可以跟狗妈妈，还有许多小狗狗一起玩，它们现在都很大了，总之可以跟好多只大狗、小狗玩，我可以给古奇一只，然后留下所有我想留给自己的小狗狗，还可以在天黑之前就开始吃晚饭。我为此祈祷，可是我得先死，不然外公就不会好起来……我已经喘不过气来了，唉！就像古奇的阿姨死于肺结核，我亲眼看到她窒息而死，唉，多么丑陋的样子啊……如果我不能呼吸，就没法看到小狗长大，爸比，我只求你不要把灯关掉，先不要关，再等一分钟就好……等等！……一分钟！……只要你不关灯，我保证会把那匹小公驹给古奇，把那把扇子给芭姬……要是你把灯关掉，所有的小鹦鹉蚁就会撞墙而死，难道你没发现吗？爸比，难道你还没发现，我至今还没学会带着心痛祈祷吗？耶稣被钉在十字架上的那种痛！妈咪有一天真的会死，真的真的会死……我会把所有的玩具娃娃都给芭姬。如果你不关灯的话……不要，不要，你说你不会，但是我知道你还是会关……你说你不会关，但我知道你还是会关……在天堂他们无所不知，这样妈咪就会知道一切真相，她会知道她是因为我才死的，这样她就再也不会爱我了……别关灯！喘不过气的感觉从心里冲上来了，我的头死死抵着枕头，脸色惨白惨白的！……咦！是米塔吗？哦！好好！来一颗橙子！我再也不会不乖了，我会做个好女孩，马上去睡，她已经走了吗？别走！耶稣被钉在十字架上是怎样地痛苦？比喘不过气来还难受吗?……米塔人真好,她去树上摘了一颗橙子给我吃,这样我就不会喘不过气来……这是颜色最漂亮的一颗橙子,比昨天晚上摘的那颗结得还高,是从最高的枝头摘下来的,请先在橙子上面挖个小洞,我再吮吸它,真是香甜多汁,吮了一会儿就放下了……喘不过气的感觉到底会有多严重呢?……等我把美味的橙汁全部吸光,是的,现在我要当个好女孩乖乖睡觉了,爸比想看到我健健康康的,他会对我说,黛黛,你要健康得就像个小太阳:"我的闺女是个小太阳。"我就会脸色红润地醒来,醒来时脸色会跟橙子的颜色一样吗?这些干干净净、闪闪发亮、近乎鲜红的橙子就高挂在后院靠近井水的橙子树上,如果不是从那棵橙子树上摘的我就不要,这样我就不会像埃米莉亚舅妈的妹妹那样脸色惨白,或是像她喘不过气来时一样脸色发青……也许埃米莉亚舅妈的妹妹在天之灵会为妈妈祈祷。唉!要是埃米莉亚舅妈的妹妹为妈咪祈祷过的话,那该多好呀!那妈咪就会好起来,就会为外公祈祷,然后再安心睡觉。我现在得睡了,好吧!要是我乖的话,明天得去上学……我已经把功课好好做完了,多多还帮我在作业里画了一只小狗,他笨死了,竟把狗涂成了蓝色……

Siete

DELIA, VERANO 1943

第7章 | 德利娅,
1943年夏天

要是有人跟我说她爱他，依然爱他……但是她哪里会爱他？那个有啤酒肚的秃头！加罗法洛医生，谁会想碰他……但她嫁给了医生，老太太开心到都要尿裤子了，因为她的小女儿嫁给了医生，她从未想过小劳拉运气会这么好，嫁了个医生。她每隔几分钟就会隔着后院的篱笆喊着要借"一匙油""三个土豆煮汤""一颗洋葱"，她要是会还，太阳都打西边出来了。小劳拉体态优美，但是脸蛋普通，等她生完第一胎，我敢保证她一定会变成肥婆，丑死了。她跟米塔借了百叶窗，好盖住大厅里形状不一的玻璃，遮挡折射进来的阳光。这样在市政府公证结婚后的午宴上，大家就不会被阳光暴晒。可惜婚宴选在星期六。那些银行出纳员平常大概晚上八点才会下班，那时街上都没人了。星期六他们下午三点就下班了，下午六点，我穿过大街去店里的时候，会看见他们都窝在酒吧里，这是他们唯一可以放松的一天。头发往上梳会让人看起来成熟些，我也想梳成那样，乔利梳成那样很好看。都是因为那个走了狗屎运的婚礼，整个下午我都戴着发卷,所以错过了星期六的散步。那个可怜的土耳其人亚米尔非常好,米塔说我不该让他跑了。亚米尔常去药房找她。"多么优雅、有教养的女士呀!"他总是说,"你打着灯笼都找不到这样的好邻居了。"跟小劳拉比,她当然是个好邻居。一有不顺心的事,那个土耳其人就喜欢去找米塔寻求建议。"亚米尔,要是你爱上了那个女孩,那就告诉他们,宗教是给人带来安慰的,而不是让人感到悲惨,说你遇见了德利娅,你爱她,若是失去她,你会活不下去,就这样。"这些脏兮兮的土耳其老古板,他们的女儿就像男孩一样到处野,还要怎么教她们保持家里整洁?简直没法理解,不过,这个土耳其男人要是看到米塔在家吃饭时脏兮兮的嘴巴……一般是一个大碗装满美味的千层面,她通常会在上面放上牛奶面糊酱汁,每一层都铺满高档昂贵的肉馅。女孩把刚刚从烤箱取出的滚烫砂锅端过来,无论垫多少桌垫都还是烫手,而且还得从厨房端到房子另一头的餐厅,只有像米塔这样的人才会花很多钱在吃上面……有一次他们煮了每一层都铺了蔬菜的千层面,可贝尔托不爱吃,他可是无肉不欢,喜欢慢慢品尝齿颊留香的鲜肉美食,不像吃炖菜肉那么软绵绵的没有嚼劲,也不像薄牛排那么寻常。关于爸爸和妈妈,每个家庭都是这样千篇一律的故事,老爸在酒馆,咖啡和水已经喝到半饱,炖菜肉根本没法填饱土耳其佬,还记得他住酒店时是怎样狼吞虎咽！但靠炖菜肉也不是吃不饱，那条从圣胡安买的腰带真丑，那里的人穿得很土气，巴列霍斯人就好多了。估计他会越来越胖，看他那个肚腩真难看。洛佩斯曾经潦倒到一无所有，所以每次都吃到撑爆，这样只会越来越胖。住酒店不管吃多少，都一个价，随便你吃到饱。银行职员也都不爱动，但洛佩斯住酒店却没吃胖，现在天天跟那个女孩在家里，更是胖不起来了。她在家戴着蕾丝衣领扮成小女孩，实际上却跟洛佩斯一样体形庞大，整个人圆到没腰身，两条大象腿，说话跟火鸡一样咯咯叫。她不可能比洛佩斯还年轻，他那时二十六岁，我那年十七岁，我小九岁。那个土耳其人二十五岁时，我二十一。大鼻子土耳其人是个农地作物学家，体毛茂密，啤酒肚，眼睛像煎蛋。要是我爱上他，只可能是因为他人好，好而呆。不，他不呆，他只是让自己看起来呆，我很确定他跟安图内斯家的女孩在一起时并不呆。他遇聪明人则呆，遇呆瓜则聪明。可是洛佩斯遇聪明人就聪明，跟娶回家的那个笨蛋老婆在一起就呆。小劳拉跟医生在一起就很聪明，医生是最聪明的人，但是加罗法洛医生看起来比最呆的杂货店老板还呆。有一个杂货店老板当老公的话，我会双手探进干果，帮他打开几罐多汁的桃子罐头，然后像米塔一样，备好做西班牙海鲜饭所需的所有食材，如蛤蜊罐头和乌贼等，而且要做得跟米塔家的一样。我需要做的

第 7 章｜德利娅，1943 年夏天

就是在他们午饭吃到半途时赶到,他们做了很多,米塔一定会邀请我尝一尝,这时女仆端出早早准备好的前菜,都是比平常在家的分量多一倍,桌上吃不完的菜还够再吃一顿。我不知怎的走了神,也许是想起洛佩斯了,不,那早已是过眼云烟了,谁会要他,那浑蛋早已娶了个无用的老婆。一比索你买不到什么东西……今天我都没花超过一比索,买了一些蔬菜,是做沙拉的材料,还有熬汤用的骨头。家里还有些甜南瓜丝甜点和一些做肉丸的肉馅。老爸吃了一个,老妈三个,我三个。肉馅买半比索钱的就够了。要是小劳拉她妈能还我她之前"借过"的所有东西(哎呀!抱歉,德利娅,这几天我忙昏了头,算了!就别计较了),那我的晚餐就不用花钱了。一比索,如果我再添三十分,一点三比索,够我买一双袜子了,够一个月买一双!中午饭没有什么剩菜,不然晚餐就是现成的了,或许晚餐可以再吃一点水果,这个季节葡萄还是很贵。不过我得去拍照,那对土耳其老人家要照片,现在他们有点没了想法,就一直装可爱,多么蹩脚呀!"曼苏尔先生,曼苏尔太太:我之所以冒昧提笔跟你们写下下面这些话,是因为我深爱亚米尔,我实在无法见他伤心,对一切都没有了热情。我知道你们反对他娶信奉不同宗教的妻子进门。对于这件事情,我也无能为力,我一出生就是天主教徒,就算我真心接受另一种宗教,骨子里还是会秉持基督教信仰而生活。你们铁定不愿见到亚米尔的妻子从结婚的第一天起就过着口是心非的日子,所以我想把我的立场表达清楚,希望你们能早点找到解决办法,即使结果也许会对我不利。亚米尔连一天都没法忍受,他不应该被任何人玩弄感情。"米塔写的信足以说服任何人。我需要重新誊一遍,她的字迹简直龙飞凤舞,就像医生写的处方一样,没人看得懂。"此外,我恳求你们认真考虑一下以下问题:亚米尔从来不曾跟伊斯兰教信仰产生过深刻的联结,所以我确定他一定不会介意接受洗礼成为基督教徒,以便能在教堂举行婚礼。毫无疑问,这对他在农业部的事业会更有帮助。"要是他老爸老妈不肯放手呢?巴列霍斯还有什么丈夫人选?别提那些银行职员了,如果有一个会娶本地妻子,那么其余的二十个都不会。像桑彼特罗、布尔戈斯、那斯德罗尼、加西亚,他们全娶了老乡当媳妇,都是些浑蛋,就好像这里的姑娘都配不上他似的,等度完蜜月回来又开始干那些肮脏事,结完婚没多久就撩年轻女孩,出门时又有个讨人厌的恶婆娘跟在身旁……洛佩斯家的那个最坏,老妈怎会信他的谎言?他说他在老家已经有个儿子了,所以必须迎娶那个女人。老妈现在才说她根本不信他的话:"我才不相信他呢!宝贝女儿,跟一个不爱你的人结婚能有什么盼头?"结局会很惨,后来幸亏出现了那个土耳其好人。现在我明白了,最坏的情况就是任他们把手伸到你腰以下、膝盖以上的部位。手放在脖子上、脸上、手臂上，或者膝盖以下的部位倒没什么。否则，你很容易就会被冲昏了头。他们得手一次就够你认清他们是什么德行了。今晚我会吃下一整盘方形饺，自家做的方形饺里头包的是小牛的脑浆和菠菜肉馅，再撒上一大把奶酪粉。这样就会吃到撑了，再喝上两杯酒，之后立马把杯盘洗了。不然，我都快睡着了，肚子吃得饱饱的瘫倒在床上昏睡过去，不到两分钟就打起鼾来。洛佩斯离我而去之后，我每天晚上总是会独自守在前厅好一会儿，整个人心神不宁，直到晚上十一点疲惫地倒在床上，两分钟不到就打起鼾来。我们家才三口人，晚饭花费超过一比索实在是太多了，何况这个月我还花了钱洗照片。这该死的文具行又开新店了，跟地狱一样宽敞，比巴列霍斯的文具行漂亮多了，却总是空旷无人，没半个客人上门来。老妈整天在柜台后面耗着，还不如回家待着。为了埃斯特拉下个月的婚礼，我得咬牙把礼服给买了，婚礼结束后还能穿去俱乐部跳舞，是一件漂亮的塔夫绸裙子。这样那个土耳其人就会一如既往地对我热情。听米塔说，能遇见土耳其人是我前世修来的福气，她不太可能知道洛佩斯的事，除非老妈跟她说过，也许是老妈请教过她针线活的事，可能她觉得药剂师米塔应该懂针线活。总之，米塔似乎已经知道了，因为她说遇见亚米尔是我前世修来的福，说他心地善良，个性温和不毛躁。

米塔认为一个人外表的美丑不重要，最重要的是，要有好品格。她老说："亚米尔是个老好人。"可是这个老好人每次动作粗鲁地触碰我的时候，简直让人难以忍受。他根本不懂得怎样爱抚，不过之前还更粗鲁。我爱抚他，"你要像我爱抚你那样爱抚我"。现在他终于开窍多了。我爱抚他，一如洛佩斯过去爱抚我那样。做高级时装喜欢用的涤塔夫比真丝塔夫绸柔软，因为前者是人造丝跟塔夫绸的混纺。我想拿它来做一件紧身裙，去年我试穿过埃斯特拉的，穿起来简直跟真丝一样轻柔，价钱还比真丝塔夫绸便宜。当你两腿交叉着坐着时，裙子会拉到膝盖以上，也就是裙子只能遮住腰部到膝盖之间，没有哪个男人的手可以整个占有膝盖到腰间，你可千万别让男人把手伸到你膝盖到腰部的部位，只有年纪最小的年轻女孩才会傻乎乎地让男人的手伸到裙子底下。米塔老抱怨多多长不高，还当着他的面说："拖着鼻涕的臭小子！你怎么都长不高？"每次多多去上钢琴课，她就开始跟我唠叨："怎么这个狗娘养的都长不高。"米塔的肚子很显然越来越大了，看得出她有身孕了。我跟她说："米塔，你这样只会伤身。"她回我说："我得发泄一下，我都这么难受了，还要忍受这堆屎。"一句接一句粗口。要是我跟亚米尔说，他肯定不信。埃斯特拉还跟我说："我们去莫德罗药房吧，我想跟米塔太太唠嗑呢，她好有教养哦！"以前米塔的确有教养，现在可就难说了……

埃克托尔去住宿学校才不到一年，暑假回来时，我都认不出他来了。米塔什么都帮他买新的，因为旧衣服他都穿不下了，3月离开时还是个小男孩。只是这次学年结束时，他科科不及格，米塔气得差点什么都不想给他买了。埃克托尔下火车时简直帅呆了，活脱脱一个模特，脸蛋甚至比洛佩斯还俊俏，跟那个土耳其人一样是个高个儿。他说起话来就像个开卡车的哥们儿，跟他爸住在布宜诺斯艾利斯的一间公寓里，终日吊儿郎当。他下火车时，要不是有米塔和多多，我根本认不出他来。米塔出这趟门几乎什么新衣服都没买，回来时还穿着出门时穿的那身两件式套装。只不过走之前她是个淑女，回来时变得粗俗不堪，已经怀孕五个月了。埃克托尔沾染了城里粗里粗气的习惯，米塔也跟着越来越喜欢说粗口。埃克托尔影响着所有人："把我衣服的每条褶皱都烫得服服帖帖，这样我出门才不会像个傻帽。"他说的每一个字米塔都听得懂。我跟米塔说他真像个开卡车的，她跟着说"别傻帽了"，然后哈哈大笑起来。贝尔托睡午觉被吵醒，哪怕心情不好，也忍不住大笑起来。埃克托尔感染了每一个人，他说亚米尔是扫把星。幸好多多还没被带坏，他还没沾染埃克托尔说粗话的坏习惯。埃克托尔对我说："长得好正呀，这把壶！"我看都没看他一眼，就当耳边风，接着去问多多，"壶"指的是前面还是后面？多多要我发誓绝对不告诉任何人，他说："这跟生殖器有关，想必埃克托尔啥都见过……对门那个女仆阿姨，夜里大家都睡下之后，他们就会私会，结束后他溜回房里去洗澡，然后就展示给我看，问我有没有变大？听说越做越大……"我就说："别讨厌了！快点告诉我'壶'到底是啥东西？"多多就是不肯多说，只是说："我没跟妈妈讲埃克托尔干的好事。要是那个女仆死翘翘，埃克托尔就会被抓去关起来，不过要是她第一次没有出很多血，以后也就不会了。"这孩子疯了吗？这么说来，前天出的事就没什么好大惊小怪的了。见我一言不发，多多又说："埃克托尔跟我说他想吃你的'果核'，不过，估计你不知道什么是'果核'吧？"我不知道他指的是前面，还是后面。我问多多，他说："应该在你尾部的后边，被你的尾部遮住，这样毒蜘蛛跑出来时，大人的香肠才没办法钻进你身体里。"我顺着他的话问："埃克托尔为什么要对我做那样的事？"多多说："他一定是恼羞成怒，因为你是那个土耳其农地作物学家的女朋友，一开始你还说他是只牛蛙。"我说："多多，你在发神经吗？你这些话都从哪儿听来的？一定是你自己乱编的。"他别过脸去，脸都红了。"我就是想看看你信不信我说的话。"他编了一堆谎，就为了掩饰他不知道长壶柄和果核到底是什么，那到底是什么呢？我不好意思问土耳其佬。经过这件事，前天出的事就不再让我大惊小怪了。多多还没学会埃克托尔说话的

第 7 章 | 德利娅，1943 年夏天

混混味，只跟我说，亚米尔跟他农地作物学的哥们儿都这么说话。"傻帽是什么意思？"和他单独在前厅时，我趁机问他。"就是你要我当的那种人。"说着他就抓住我的手，放到了不该碰的地方，这个土耳其色鬼。我无所谓，只要他开心。幸好我把他爱抹亮发油的坏习惯给改了。只要他不碰我不该被碰的地方，他高兴怎样就怎样。我自己则想碰他哪里就碰哪里，不会觉得吃了什么亏，这不是真正让人冲昏头的事情。使用男士发蜡会让他看起来更帅，油腻又鬈曲的头发会让他看起来比贫民窟来的更糟糕。在他们去洛斯托尔多斯勘查农地回来之前，我都不必操心。只要他记得带糖果回来给我，拜托别再带耳环了。我今天中午吃饭花太多钱了，小南瓜农场的食物填不饱肚子，走了九个街区那么远的路去农场，才省了五分钱，我的凉鞋鞋跟都给磨光了，皮革都给磨损了。现在我不得不去修那半个鞋底了，修一次一点五比索。我真是个傻帽，都忘了检查鞋底。这是我最后一次定做白色裙子了，要是亚米尔不在这里，我就穿三次再洗。要是他在这里，衣服的腰部便都会是他的手印，脏兮兮的，穿两次就得洗，夏天他满手都是汗渍。衣服洗得越勤，破损得就越快。肥皂又不是长在树上，随手一摘就有。亚米尔去农地勘查的那个星期，我可以少洗几次裙子。要是他在这里吃晚饭，我就不买水果，他一般会带我出门去吃冰激凌。要是那件涤塔夫礼服到埃斯特拉的婚礼之后还能穿，那我就穿着它去跳舞。丝质印花的那件可以跟白色的那件换着穿，白色的那件可以等亚米尔那双脏手不碰我的日子再穿，要是洗那么多次它还没破的话。要是破了，我就只能在家里穿了，现在家里穿的那件我只在做饭时穿，因为厨房里满是油烟味。那家破破烂烂的文具行老是门庭若市，一直如此。老爸一见人那么多，就会因为没时间到对面去喝咖啡而不开心。现在这家新开的店不知怎的竟然门可罗雀，距离之前的店不过一个半街区远。里面铺了瓷砖地板，装修也是顶级的，可人们还是不想花钱买比之前贵一些的东西。小劳拉在那家西班牙加利西亚人开的店里刊登她的结婚启事，她应该来我们店里刊登的。我要是洗在厨房穿的那件衣服，就会浪费掉整条肥皂。遗憾的是，我没办法把老爸那件领子都破了的衬衫改成在厨房穿的围裙，我们把它送给流浪汉了。费尔南德斯医生的收费很低。皮鲁拉真蠢，身为女仆，却每晚都把身体交给埃克托尔，每天晚上，可他根本没打算娶她。洛佩斯之前更帅。他对我说的不过是谎言。那个痴心女人难道看不出埃克托尔从来没有带她在小镇的大街上逛过？大家都知道女仆会跑到露天舞池跳最后几支舞，跟那些学生。女朋友们到那时早就回家了，学生们就会跑回露天游乐场去跟下等人跳舞。皮鲁拉怎么可能意识不到那些人是浑蛋，真是个一遇到男人就被冲昏头的笨蛋。她甚至都不该让他们陪她回家、碰她的手,或是吻她。她一定好想摸摸埃克托尔的脸,因为他不像那些会娶她的男人,一副苍白书生模样,而是有着在游泳池畔或是作为星期天足球场上的最佳球员练出的古铜色皮肤。好想摸摸米塔在布宜诺斯艾利斯给埃克托尔买的那些漂亮衣服,原本准备给多多花的钱全花在了埃克托尔身上,因为多多都没长高,去年的衣服还穿得下,而埃克托尔却一下子什么都穿不下了。埃克托尔长得不如洛佩斯帅,虽然睫毛更长。现在洛佩斯的发际线在往后退,埃克托尔的头发却非常浓密。他出神的时候会露出哀伤的神情,双眼看起来像是泛着泪光,看着你说话时却完全是另一个模样,那是一种摄人心魄的眼神。"我知道有个家伙玩弄了你,然后把你甩了,幸好现在你已经走出了伤痛。"埃克托尔那锐利的目光就像看穿了我的心思,直视着前方,把对方脑子里在想什么都一眼看透了。洛佩斯喜欢我的眼神,有一回,我叫他戴上在银行上班时戴的眼镜,然后又把眼镜拿下来。他戴眼镜时跟猫头鹰的脸很像,严肃的样子像是最认真的员工,睫毛没那么长,但是很黑,眼睛有着绿色的瞳孔,眼白干净而没有斑点,几乎看不到血丝。总要留个后路,像皮鲁拉那样的女仆肯让还是学生的埃克托尔撩她,真不是一般的傻。女人不应该让别人碰,她第一次就让他得手,现在可没退路了。她根本没管住自己,被玩第一次就有第五十次，已经回不去了。他一定是一直盯着皮鲁拉看，直到看出她也想要，接着她就无法抗拒了，因为她的确想要。洛佩斯总能一眼把我看穿，因为我脑子里什么都留不住，当洛佩斯盯着我看时，我大脑就一片空白。他一盯着我看，我就什么都思考不了，只想一直盯着他看，一直盯着他那张完美无瑕的脸庞。在餐桌上，我觉得自己想把老爸的鼻梁切断，要是他的脸是石灰做的就好了，这样我可以重新整理石灰，把他的脸弄宽一些，不再是这张我遗传到的狭长的脸，还有上面那双被烟熏黄的眼睛，以及那两条连在一起的眉毛，我可以一根一根把他连在一起的眉毛拔掉，连毛根都不放过，不然就拿根火柴，把连在一起的眉毛烧掉。洛佩斯脸上没有雀斑，鼻子有点翘，胡子稀稀拉拉，脸色皎白，整天都在银行上班，甚至连半点晒出太阳的古铜色都没有。那一夜的一瞬间，我直视他的双眼，仿佛能看穿他的眼眸深处，知道他在想什么。我让他早早回酒店，这样我才能听广播剧。我告诉他我得熨衣服，但是他不肯回酒店，要是跟家人住在一起，他当然愿意回去了。我一直用手臂挡住他，不让他在我身上东摸西摸。他从去年夏天回普安之后，就再也没有见过家人了，要是早早回到酒店，就会因想念家人而觉得伤感，特别是在还没有睡意时会倍感寂寞。他内心满是对家人的思念，只能躺在床上埋头大哭，只有我能让他免于思念家人，免于感伤哭泣。他内心深处肯定是非常爱我的,因为当我对他说:"抽几天时间回趟普安吧,回去申请许可。"他会回答:"不,回了普安我会很想念你的。"我深情地吻了他,张开双臂环抱他的颈子,就像展开双翅,比我的双臂还长的双翅将他环抱于怀中,不让他离开。那一瞬间,我们似乎永远不会分离。哪怕到了他该去银行上班的时候,我们仍如胶似漆,甚至到了他该去买东西、吃饭、洗盘子或睡觉的时候,我们都不分离。他的眼睛顿时红了,看起来布满血丝,就像哭过。其实哭的人不是他,而是我,因为我心好痛。我们的眼睛最后都红了,因为我们俩的心都在淌血。那天我真的能读懂他的心思,在那之后,我就再也没有直视过他的双眼。可怜的皮鲁拉,该不会是多多瞎说的吧?多多不需要被送去那么远的寄宿学校,乔利说多多铁定会受不了寄宿学校的,米塔想把他送去,应该说是贝尔托想送多多去。吃点心的时候,多多开始抱怨:"我再也不要跟那个讨厌的教练学游泳了!"多多带着哭腔。"闭嘴,你这个小屁孩,你怎么连游泳都学不会?"米塔递给他一杯加奶的咖啡;埃克托尔、米塔和多多刚从游泳池回来,餐桌上堆着法式牛奶蛋烤面包、蜜糖梨罐头、牛油、糖,还有吐司。没一会儿整条吐司就被一扫而空,女仆阿姨又递来更多。我吃了一些法式牛奶蛋烤面包,但是没吃蜜糖梨罐头。"这个傻帽游泳时老是不知道要把头埋到水里。""如果我的头碰到池底会被撞晕的!"米塔跟我说:"怎么也料想不到事情会落到这种地步。我不过就问了教练多多还好吗,没想到他告诉我多多不用心,不管是潜水还是狗爬式,他都是全班最后一名。他只会把头露在水面上蛙泳,那是乔利去年用她圣人般的耐心教会他的。"米塔一时火气上来,梨子端上来时都忘了叫我尝尝。我也不想再去上那个教练的游泳课,一次就怕了,才第一天上课,他就让学生一头扎进水底,太野蛮了。亚米尔说人们都怕他,杂货店那个胖乎乎的女售货员脚一滑就从池边直滑入池底,从池底爬起来时给呛到了,结果又掉入水里,第三次爬起来时还是教练把她拉起来的。我不相信亚米尔说的话,那个胖乎乎的女售货员也不想再去上游泳课了,亚米尔说那个教练眼睁睁地看她沉入水里,还在一旁偷笑。"米塔,今天下午想看电影吗?""我在拉普拉塔已经看过《永远的宁芙仙子》[1],那部电影太棒了,特别是女主角,长得可真甜。"多多不想被冷落一旁,说:"老是说有仙女呀仙女的,可电影里又没仙女,要是她像个透明的精灵一样出现多好,仙女是女孩的灵魂,可仙女一直都没出现,我不喜欢!德利娅,别去看!"米塔说:"才不呢,电影很好看呀!赶快去看,里面有一

---

[1] 《永远的宁芙仙子》(*The Constant Nymph*),又译《永恒的少女》,1943 年上映的美国电影,由琼·芳登主演。

段真感人,三姐妹一直在聊艺术,她们热爱绘画和音乐。三位女演员更是把三姐妹诠释得出神入化,简直绝了!"还有五片蜜糖梨子在大盘子里,多多把它们全拿走了,埃克托尔只吃了一片。他一坐到餐桌旁就把手往长盘里捞,看还有没有东西可以吃。"米塔,你看这个狗屎矮冬瓜把蜜糖梨子都拿走了!"米塔说:"给埃克托尔三片,多多!""要是我不用练习骑自行车,我就给他!"他们冬天就给多多买了那辆自行车,结果他到现在都没学会自己骑上去,车身很高,多多又没长高,还怕摔下来,米塔越想越气,天天气鼓鼓的。"没法把这个小屁孩拉长拉高吗?"米塔一边生气一边说,"不练习骑车就不会长高,会变成驼背!"要是小宝宝出生了,跟埃克托尔和多多一样不听话,那她麻烦就大了。埃克托尔迷恋拳击。"这个矮个子不多做点运动,只会在屁股和肚腩上长肉,要是谁能把他拖过去练习打着玩的婴儿拳就好了。""你才只有屁股和肚腩,妈咪!你知道吗?昨天我看见埃克托尔的香肠又干坏事了,对门的女仆手上拿着菜刀,一定是想把他的什么给剁下来。"多多冷不丁地突然叫唤起来,我一时不知该躲去哪儿。埃克托尔拿起喝牛奶的杯子往多多脸上丢了过去,多多立刻跑过去把埃克托尔刚熨好的西装扔进水槽里,随后和往常一样把自己锁在了浴室里。米塔也被这场面吓坏了,便跑去找贝尔托,说埃克托尔受伤了,贝尔托听完简直要笑喷了。我一时很难为情，脸都红了。你说多多说女仆拿菜刀是想干吗？这种场面我见多了，前天出的事没什么好大惊小怪的。我离开了那里。过了一会儿，六点，亚米尔和我在电影院看见米塔跟多多走了进来，他们已经在拉普拉塔看过《永远的宁芙仙子》。好感人哦！我都哭了，那个土耳其人如往常一样气定神闲："我们坐到最后面吧！"最后一排没人，整场电影期间，我一直紧紧拉着他的手。他总共看了不到一半，不是闭目养神，就是看着我，不然就是笑我跟着剧情哭得跟真的似的。"女孩动不动就因为一些鸡飞狗跳的事哭。"鸡飞狗跳，对。可有时候人们哭是因为再也无法承受。我开始觉得洛佩斯越来越对我避而不见了，不是昨天有什么事，就是今天又有什么事。那个星期五晚上，他连手都不伸到我的裙子下面了。都好几天没见面了，我抓起他的手放进我的两腿之间，他却把手抽走，说："我们不该再这样了，这样不好。"我说："为什么？"他说："就这样，没别的。"他走了，他就这么走了，他就这么走了，洛佩斯！你这个坏蛋……洛佩斯！洛佩斯！那时我还没明白，那个星期天是我这辈子跟他最后一次见面了，我还以为那不过是无数个夜晚中的一个。我们在漆黑的前厅，我埋怨他怎么不是沉默，就是用语粗鲁。在五天不见人影之后，突然间，这个星期五，他就不想跟我有任何瓜葛了。原来是他返乡结婚的日子到了，就这样,他再也不想跟我有任何关系了。我真的没想到那个星期天是最后一次了,要是他能提前告诉我,我会珍惜我们共度的每一分每一秒,这样我就能永远都忘不了他,我会把他紧紧抱在怀里,紧到连我的手指都弄疼了,我还会不吃不睡地告诉他我愿意为他做的一切……直到他愿意回到我身边……但这该不会要求太多吧,其实我想要的只是事先知道这是最后一次。我会为他穿上我最漂亮的裙子,还有丝袜,我会不吝于多喷些香水,门厅的地板会擦得像镜子一样闪闪发亮,我还会跟米塔借蕨类植物花盆摆上……我会全心投入,不会在前厅等他到来,而是去街角等他,那样他还在一个街区之外时我就能看见他。他的身影会越来越大,等他接近时,我会开始往后退,数着步伐一,二,三,四……每一刻带领着他朝暗夜前厅走去,离我越来越近,直到他把我抱在怀里……十一,十二,十三,十四……他远远地从街角走来,身形很小,到我面前时,他的身形遮住了我的整个身形,他的头、脖子,还有肩膀整个遮住了我。我凝视着他的双眼,眼底映照出前厅里上了蜡的地板,地板辉映出一个男人的身影,我已经眼花缭乱了,分不清眼前的他和地板上的他,需要紧抱住他才不至于跌倒……这对一个女孩真是沉重的打击,我真的太蠢了,把自己弄得伤痕累累。米塔说得没错,选男人最重要的是有好的品格。家里什么都要按计划进行,爸比总是在酒吧里耗到过了时间才回家。那个土耳其人不会太晚回家，因为这样他就没饭吃，除非他去垃圾桶里找。没法请女仆，请了夏天就没钱去度假了，只有不请女仆在家帮忙才有钱度假。那头野兽只想把钱都花在吃上面，他比照酒店三餐全包的标准，每餐三道菜，每次要吃不同的，这可比做一大盘一样的菜贵。不过我有办法治他，中午那一顿我会说："我们有三道菜：酸甜菜配小羊排、烤土豆饼，还有家常点心。"面包布丁算第三道菜。我会让他先吃小羊排，这样我上烤土豆饼时，他肚子就不饿了，一般我们只会吃掉半盘布丁，这样就会剩下烤土豆饼和半盘布丁，晚饭钱就可以省下来了。我会一直忽悠他，直到他忘了酒店的三道菜套餐。前天星期天，米塔家的中饭有冷盘、方形饺和炖牛肉，还有配蛋奶酱的蛋糕卷，只可惜全给多多毁了。她一定把那个游泳教练给喂得饱饱的，按照学生宿舍的标准做饭。我跟他说我没法再去上游泳课了，因为家里事多，结果米塔在桌子底下踢了我一脚，没错，那个浑蛋常在游泳池见到我。星期天去，他就不会再见到我，这个我很笃定，要是碰到洛佩斯跟他老婆，那我简直不想活了！在晒日光浴的草坪上，我转头看见一个男人的背影，我第一次看到有男人全身都那么白皙。我看了一下他的脸，结果就是他，那张我吻过千千万万次的脸，他从未在我面前裸过身，他的身体跟所有其他男人一样，我还以为他的身体会更细致非凡,他老婆从他身后走了过去。从那之后,星期天的游泳池畔,他们再也不会看见我了。贝尔托让教练喝了不少酒,教练说漏了嘴,讲到派斯家的女孩,他之前无论如何都不肯讲。贝尔托于是说:"派斯家的老头叫她把卡宾枪送去修,说有只狐狸夜夜到家里的鸡舍偷吃。"教练一喝酒就原形毕露,说:"我身边总有一堆胆小鬼,你该看看这个镇上的人一碰到水就害怕成什么样子。"说的时候,他的眼睛看着我,笨蛋多多更是脸都红了。多多说:"我才不怕水呢!我怕的是万一我的头撞到池底。"贝尔托对着多多说:"要是你专心听教练的话,早就学会潜水了,头也不会撞到池底。"多多说:"我头都撞破一次了,你还要怎样?"贝尔托又说:"要不是我们在餐桌旁吃饭,你看我会怎么修理你!"教练这时插了嘴:"那你怎么连'鬼'爬式也学不会?那又不会撞到头。"多多回嘴:"叫'狗'爬式才对。"埃克托尔说:"你瞧!天才正在发表高见呢!"米塔说:"他一开始学得好好的,等要开始学潜水时,就不行了!"教练说:"不,夫人!多多的问题是……忌妒,忌妒其他男孩都学会了,而他还不会。"教练说话时站起来又坐下,谁知道他要干吗?这时我才注意到是有酒气冲上了头,因为他差点打了几个酒嗝。于是我转过头去看多多,他的脸像纸一样苍白。贝尔托说:"忌妒别人很不好,教练其实很喜欢你。教练没见到你的时候,经常问到你怎么了,他对每个男孩都一样好。"教练:"我不喜欢会忌妒别人的男孩,也不喜欢胆小鬼,只有女人才会怕东怕西。"多多的手立刻握住切蛋糕的小刀,米塔叫了起来,我也叫了起来。女仆过来收点心盘子的那一瞬间,多多拿起刀子就往她手臂上戳,一时间大家都蒙了,谁也不敢动。刀子戳进她腕关节附近,随后掉落在地上。埃克托尔一把揪住多多时,他跳起来大声尖叫,但是当埃克托尔看到火冒三丈的贝尔托一个箭步迈过来时,他就放手让多多溜走了。幸好女仆用手挡住了肚子,只伤到了手臂,否则多多可能把她给杀了。多多不是整天都黏在米塔身边的妈宝吗?怎么就成了个杀人犯?女仆对他那么好,多多怎么会攻击她呢?桌布上沾满血迹,那个可怜的黑人女孩连哼都没哼一声,眼眶里满是泪水,米塔赶紧帮她包扎手臂。费尔南德斯医生赶来帮她缝几针时,在现场的我突然感到有些羞愧,不知如何是好,就先走了……我心里在想,不知医生会不会保守秘密,要是那个土耳其人知道了,那个可怜儿,他一定会很不开心。只有笨笨的小女孩才会做这种傻事。发生这一切,只会徒留悔恨,那就是最后的结局了。悔恨会日夜吞噬着你。结局只能是这样……他离去以后,我睡死过去,直到早上八点才醒来,我的头根本不在枕头上,还打呼噜了。每晚我都一觉到天明,早晨一起床就先喝一杯阿根廷马黛茶,想想昨夜的事,擦擦灰，拖拖地，到肉店买肉，上杂货店，进入文具行，买一点针线或发簪，再到十元店去买个碟子。在那里，我可以找机会问埃斯特拉，看那天她有没有看见某人去银行上班。接着我会做饭，洗碗，睡午觉……时间近了，越来越近了，缝纫，取下发卷，途经步道，散个步去接老妈回家，吃晚饭，化化妆，梳梳头发，穿戴整齐，离开房间、走廊、玄关、前厅、面向街道的门，在转角对面停下来，抚平我的裙子，五分钟，十分钟过去了，街上空无一人，还是未见人影，我数到二十，三十，四十，这时一名男子走了过来，他转过街角朝这条路走过来，不是停在街角巡逻的警察，不是无名小卒先生，不是报童，不是跑腿伙计，不是那个土耳其人，不是埃克托尔……是他，绿眼睛，可爱的小鼻子，内心深处全是："要是你现在就让我回酒店，我肯定会忍不住想哭的……"我说："回趟普安吧，回去申请许可。"他说："不，回了普安我会很想念你的。"……是我，不是小劳拉，不是米塔，不是皮鲁拉，不是那位美丽的仙女，是我……我双手环抱他的颈子，深情地望着他，爱抚他，听到他的呼吸声，听到我自己的呼吸声，听到我们一同呼吸的声音、他的叹息，或我的叹息，要是我停止呼吸也没关系，他可以呼吸，把空气传递给我，用鲜活的身体，他从哪里开始，我从哪里结束，这个谁知道呢？只能说他爱我，他想要内心深处的我,他想抵达我那写着爱他的最深处。我好爱他,那么爱,那么爱;我也是他的最爱,我们再也不分离,然后他会明白我的心思,我就不必告诉他,我愿意为他从布宜诺斯艾利斯的方尖碑上跳下去,跌得粉身碎骨,这样他就能活得好好的,余生却将想着我,不会再想别人。这是我唯一在乎的:在他内心深处留下刻骨铭心的、爱我胜过任何人的爱情……或是没有了我,他就会活不下去,会哀伤而死……或是其他什么,总之他愿意怎么想就怎么想……哦!老天爷,我这饱受折磨的人生还要到什么时候,到哪一日、哪一时辰、哪一分钟?我怎么这么倒霉,遇见他。他要死就去死吧!我才不跟着他去死呢!就算我死了也没什么大不了,都去见鬼吧!人生不过是一桶灿烂的屎,干那些被畜生戳了一千次的婊子。虽然晚上睡不好觉,但早上我还是得天一亮就起来,要是不先喝上一杯马黛茶,我就会终日昏昏沉沉,如果没糖了,我就得上杂货店去买。风沙滚滚,日复一日,要是你不从早到晚清理打扫,就会被埋在风沙里,我纳闷米塔到底是怎样让木匠修理前门的,让风沙不能从门缝里跑进来。我一旦跟那个土耳其人购置了房子,也会叫人把前门修理好。这样老妈就不用那么费劲了。我做饭,老妈打扫房子并洗碗,老爸在店里做生意,不要再泡酒吧了!这样可以省下女仆的薪水,以便有足够的钱买食物,以及多余的钱用于夏天度假。趁我还没生小孩,第一年我最想去看看普拉达海,隔年去科尔多瓦,再隔年去门多萨;要是他们的鼻子长得像那个土耳其人,那我真会不想活了。唉,我会妥妥搞定那个土耳其人的胃,当然我自己就是个吃货,他唯一不吃的是猪肉。当他外出去勘察农地时,老妈和我晚上就会趁机在院子里烤猪肉,这种烤肉餐很容易,一点点沙拉、一大壶酒就可以,酒足饭饱,昏昏欲睡……快速收拾杯盘,因为我已经开始犯困了。一收拾完,我立马瘫倒在床上,胃中满满,什么都思考不了,因为脑子里已经一片空白,睡死过去,一觉到天明。

Ocho

MITA,
INVIERNO 1943

第8章 | 米塔，
1943年冬天

今年夏天，我不准埃克托尔带任何狐朋狗友回来玩，要是他们跑到后院去踢球，我就宰了他们。今年冬天，拉普拉塔只有零下十摄氏度，巴列霍斯那些新买的盆栽在零下十五摄氏度的温度底下依然完好，没有被冻坏。走到大厅尽头，关上阳台的帆布遮篷，这样打开玻璃门时，就看不见光秃秃的后院了。高大的蕨类植物和室内植物环绕着那棵橙子树生长，花团锦簇的金盏花就长在井那边的铁篱笆里。更远处，有几棵金橘种在潮湿的地里，承受着冷风吹袭，阳光几乎照不进来。那是种白色秋水仙的最佳位置，因为它永远背阴。夏日来临时，我们每天晚上都会在院子里吃晚饭，这时凉风习习，清爽又舒适。每天都泡在游泳池里，因为没什么比夏日更难挨的。冬天，那几棵掉光了叶子的金橘底下全是白色秋水仙，靠墙摆的百合则因为被遮住而几乎看不到。这些是我去年种的花，有白色和深紫色的，人们说的阴郁的墓园之花，指的就是百合。多多和埃克托尔摘了白色秋水仙上墓园，那是7月假期的某一天，天气不那么冷，他们一路骑自行车到那里。我从来都没胆一个人去那个地方。冬日漫长的午睡时间里，读完整份报纸，夜幕降临时，再读上两三章或三四章长篇小说，直到眼睛睁不开；贝尔托假装在睡，暗暗观察着我，可我知道当我感动落泪时，他会知道我在哭，除非我能忘了，可是我怎么忘得了呢？我想他现在已经睡着了。缓慢步行二十个街区，换条路再步行二十个街区回程，在午后两点的太阳底下行走不会再觉得冷，运动之后，晚上也会很好入睡，除非我睡了午觉。才出门走两个街区就上了土路，走四个街区就能看到越来越多的小木屋，再走远一点就可以看见一些乡间小农舍。今天没一片叶子飘动，昨天开始吹起潘帕斯草原的狂风，好冷，再过一个月，天气就会冷到没法出门散步，嘴巴和鼻子都会被风吹来的尘沙弄得又干又涩，到那时，巴列霍斯的 10 月就开始了。一大清早出门就必须戴着墨镜，透过黑色镜片望去，天空中高挂的风暴云也变成了黑色，棕色的尘土飞扬起来，弥漫在空中，席卷过所有的房子，终有一天，所有的房子都将被尘沙掩埋，除非从西往东吹的狂风不再肆虐。风吹过整个潘帕斯草原，却吹不到拉普拉塔，只剩阵阵微风，要是女孩们走在大学校园的路上能深深地呼吸，她们会被整片树林散发的芳香醉倒。还未抵达大学校园，在前面那个街区就已经能看到整排的橙子树了，也就是第五街到第七街的四十八号人行道上。10月来临，市政厅前面的小广场上开满了橙花，都快期末考试了，脑子里却一片空白，最好别吸入从树林飘来的浓郁花香，那会让人想要闭上眼睛，再睁开眼时就已经身在他方，正坐着马车，穿越一片传说中的维也纳森林，群鸟在清晨的微风中醒来，黎明的曙光穿过枝丫照射下来，在茂密的枝叶间摇曳生姿，一会儿显露，一会儿又被遮蔽，近乎白色的金光从墨绿的枝丫间穿过，夜里那些树叶看起来是黝黑的深色，清晨则是明亮的翠绿色。闻名遐迩的维也纳森林里的树木到底长得怎样？幸亏巴列霍斯今年下了雨，稀疏的草儿一片苍翠，在加利西亚联合保龄球馆所在的大街尽头，可以见到一片金雀花田，我指的不是农田，而是那两棵金雀花树开满了花，那一大片花海宛如花田，今天早上制作药片时铬酸试管里淀析出了硫黄，感觉就像看见金雀花，大束大束的金雀花细细碎碎，黄花点点，宛如花田，那个捷克妇人给了我一束小黄花，她只送给了我一个人，小小的农舍在田野深处闪耀着金光。西班牙恶婆娘能与捷克或德国妇人相提并论吗？她讲究整齐清洁，喜欢莳花弄草，做家务，用农场的水果做点心。塞了满嘴桑葚派的多多，看着色彩缤纷的十字绣桌布，再看看那个捷克妇人，又看看我，就好像在说她怎么不在桌布边沿绣上手牵手一起跳跃的农人，这样桌布正中央的篝火火花就不会烧到他们。那绣成绿色的火有着金色的火舌,这一片火看起来更像是海洋,浪涛尖尖处像是火苗在燃烧。我们一再凝望这片有如花海的金雀花。那个捷克妇人告诉我,自踏上阿根廷的土地起,她就生了不少病。当我答应要给她软膏的时候,她一时不知拿什么回赠我。我们走了差不多有二十多个街区那么远,回家时多多抱着一束金雀花,我也是。去的路上,多多跟我说了整部《良宵苦短》[1]的剧情,回来的路上,他还打算告诉我另一部我没看过的电影的剧情。在她卧病在床的两个月里,几乎每天下午都会有客人来访,尽说些有的没的。老说一些这个人生了孩子,或是那个人生了孩子,其实谁会在乎呢?事实的确如此,谁都不在乎,大家都已经遗忘,就好像什么事都没发生。今天我走在路上听说有个爱冒险的小子,他假装自己爱上一个纯真的女孩,她是老师,为了脱离穷困的墨西哥生活,她来到加利福尼亚州想改变命运,出演了电影《良宵苦短》。回家的路上,我跟他讲那些穿着传统服装

---

[1] 《良宵苦短》(*Hold Back the Dawn*),1941年上映的电影,美国导演米切尔·莱森执导。故事发生在墨西哥,讲述的是罗马尼亚和法国混血儿乔治因为厌倦自己男妓的身份,幻想有一天能去美国,加入美国国籍,不再做男妓,摆脱自己可悲的过往。

的捷克人、桌布上的火焰、神奇的犹太玩偶，还有疯狂的炼金术师。他的眼睛顿时睁得很大很大："再讲，再讲。"他还想听。那些炼金术师毕生追求的是打造出毫无瑕疵、至善至美的人儿。在试管中，他们用金雀花代替硫黄，用最纯正的红宝石作为鲜血，加上几滴水银好让眼睛显得晶莹剔透，再加一个新鲜的苹果，让脑子散发智慧的灵光，鸽子的羽翼用于打造善良的心，还有用于增强力量的东西……斗牛的蹄子，放进试管里，把那些该死的人好好踢一顿，而非拔腿就跑……用比任何人都大的力气把球踢过球门，技术高超地骑自行车，就算座位再高也不会摔下来。但我们会从最高的星，从那比众星还高的地方跌落，乘着安哥拉毛毯，随着想象力翱翔是如此容易，我们幻想啊幻想，宝宝的小脸蛋该有多俊美呀！街头的人们叫我停下来，他们想看一眼，多多想带玩具给他，免得他受伤，贝尔托把他从头到尾检查过一遍都没发现什么缺陷，小宝宝长得又可爱又强壮，一脚就能把客厅里所有的窗玻璃都踢破。原本我想看《良宵苦短》，可当天我被送进医院，接下来的那个星期，多多没看任何电影，他最好还是去电影院看电影。幸好没把多多送去寄宿学校。马克西米连诺一世和卡洛塔下了船，皇宫花园显现凶兆，枪决队要卡洛塔打开窗户迎接她丈夫的亡灵，所有这些都很棒：我们重新开始收集电影画卡，第一批共有七部电影。"《华雷斯》[1]是里面最漂亮的。"他把它们摆在最上面。明天午睡时分要讲《情海妒潮》[2]，我们会看看能不能一边讲一边走到大农场的磨坊，回来的路上会聊什么，我就不知道了。以前摆在最上面的是《歌舞大王齐格飞》的画卡：仿佛镶在帘幕上的电影片名、那场打电话的哀伤的戏、几个奢华无比的歌舞场面、闪亮的金银丝线、丝绸锦缎裙子、巨大的羽毛扇子，还有如同垂挂的小瀑布的白色长绢纱。黛黛那个臭小孩害得我发了神经，把另外一整套画卡都丢进了下水道，或者是因为我跟埃克托尔吵了架？我把新的那一套《华雷斯》全部丢进了下水道，一张也没剩。要是乔利知道我把多多的画卡丢了，她会杀了我。为什么会扔掉画卡呢？乔利去年冬天来家里住，然后是黛黛跟她爸妈来，但我来不及跟乔利说我已经怀孕了。多多要是能多吃蔬菜、水果和肉，一定会长成大块头，埃克托尔在学生宿舍吃得那么差，怎么能长得那么魁梧呢？要是

---

[1] 《华雷斯》(*Juárez*)，又译《锦绣山河》，1939年上映的电影。由威廉·迪亚特尔执导。电影聚焦于后来成为墨西哥皇帝的奥地利大公马克西米连诺一世与华雷斯之间的冲突。卡洛塔是皇帝的妻子。

[2] 《情海妒潮》(*Rage in Heaven*)，1941年上映的电影。由美国导演W. S. 范戴克执导，英格丽·褒曼、罗伯特·蒙哥马利等人担任主角。

发烧能让多多长高，他早就长高了。我没有带多多去看拉普拉塔的专家，是我不对，如果在泳池边的人是我，我肯定能跟教练学会，但是怎么才能做到去了之后克制住自己不在泳池里玩水呢？到12月，我正好怀胎五个月，到1月，我怀孕六个月，老是犯恶心，到2月，我怀孕七个月，这时吹起了带沙尘的热风，要是3月的秋天学校不开学，谁受得了他们老是吵吵闹闹的。一定有哪个牧场或农庄的孩子在学校跟多多说过："你可以用意念把人杀死。"多多问我是不是真的，还问我什么是邪恶之眼。每个人都有话说，没有人肯闭嘴。"最好别那么快就给小孩取名字，万一小孩出生时出了状况，以后你就很难忘记他了。"大家都这么说，小宝宝有张天使的脸庞，生下来就很大，不像一般的新生儿，贝尔托和多多都这么觉得。刚开始多多并不喜欢小宝宝的脸，还跟我说："小宝宝长得不是那么俊美。"我告诉他那是因为他身体不是很好，生命有点危险。多多跟我说："要是他死了，就跟《女伟人》[1]那部电影很像，芭芭拉·斯坦威克的新生儿就死在她怀中。"我要多多冷静些，我跟他说，小宝宝不会死。"要是他死了，就会跟

---

[1]《女伟人》(*The Great Man's Lady*)，1942年上映的美国西部片，由威廉·韦尔曼执导，芭芭拉·斯坦威克饰演的女主人公汉娜的孩子在一次渡河时被淹死。

那部电影里演的一样,你不觉得吗?"他又跟我说:"要是让你选一部你最想重看一遍的电影,你会选哪一部?"我知道他心里在想什么,所以我说:"嗯……应该是《歌舞大王齐格飞》,我猜对了吗?"他说:"不对。"却又接着说:"没错,是《歌舞大王齐格飞》,我也是。"要是我去电影院再看一次《女伟人》,我想我一定会在电影院里哀伤而死。护士有很多事要忙,多多在宝宝状况不好时照顾他,那几天全靠多多在照顾。有突发状况时他就呼叫护士,他还帮小宝宝扇风,他们都说小宝宝真漂亮。我待在病房另一头,没法去见他,病房墙面的米黄油漆已经斑驳,那束插在花瓶里的假剑兰,我看了难受,叫护士把它拿走了,一整个星期身旁都有那束人工纸花可真叫人难以忍受,我宁可靠着斑驳墙面旁的空柜子。我待在病房另一头,见不到他,总见不到,总见不到,一个做母亲的没法见她儿子,因为他一出生呼吸系统就出了问题,但他长得很好看,接近五公斤重,有一张完美的天使脸庞。"你还是别去看他的好,这样才不会难过,也不会留下回忆。"可我坚持非去不可,我明天一定要去看看他,要是他情况好转了,我今晚就去。贝尔托像是预料到了什么,多多不肯去上学,贝尔托非要他上学去,还好多多那天早上上学去了,他放学后去看了宝宝一会儿,他说现在他更喜欢宝宝了,我告诉他昨晚宝宝差点没保住时,禁不住泪流满面,我要他去上英文课，这样他就不会看到我止不住的泪水。上帝让贝尔托灵光乍现，虽然上帝只是一种说法，因为我不相信上帝存在，无论他是什么样的神。乔利今年冬天也不知道在哪儿晃悠，幸好没送多多去寄宿学校，她这几个月都没见过孩子，因为她得一直去各地出差推销产品，这样才有钱付她儿子的学费。她终日在各地推销好莱坞化妆品，连星期天也没时间见孩子。她没把多多送到那家封闭的寄宿学校，而是送去了更宽敞的那家，这样多多才能多运动，这正是他所需要的。贝尔托说："这样就不会整天玩那些裙子。"今年我更孤单了，午睡时间我得自己出去散步了吗？孩子们到离家很远的学校去上学，假期回来时都长成了大人。孩子不在家时，我也需要待在家里吗？等学期结束，他就会变成大人回到我身边？母亲就得这样任自己的孩子被带离身边，再回来时已变成不知什么样吗？不管命运如何，老天都能从我身边夺走我儿子，时间一到，我知道上帝想收走什么就是什么，我只希望上帝不要从我身边带走我儿子，而后送回一个耻于跟他老妈去看电影的大傻蛋。埃克托尔跟他老爸去了布宜诺斯艾利斯，放假回来时他竟然羞于吻我一下，他3月去上学时还是个小男孩，11月放假回来时，腿毛都长得很浓密了。隔年3月他又回寄宿学校上学去了，等11月回来时，脸上已经长满了粉刺，鼻子已经鼓起，然后他再次离去，最后一个学期他出门

第8章 | 米塔，1943年冬天 189

时，我已经不那么牵挂了，等第三学年结束回来时，已没有人认得出他，他已经长成一个男人的模样了，我不认为巴列霍斯还有谁比他更帅，只可惜他心里住着一个恶魔。"你只要看看他的眼睛就知道了，看看他独自一人时那悲伤的眼神，"贝尔托对我说，"就能明白这个男孩内心深处有一个怎样的世界。"我真不懂，他要什么有什么，为何神情依然如此哀伤。乔利为院子里新长出来的蕨类植物喜出望外，真希望她能来待一阵子，跟我聊聊天，8月里繁花盛开，仲冬时节处处花团锦簇，最值得一提的是长在角落的那片雪白的秋水仙，靠墙的那一边，阳光几乎照不到，花园里尽是秋水仙，不带一束去墓园就可惜了。其实并非埃克托尔没心没肺，而是他不想在放寒假时骑自行车去墓园，假期都已经过去两个月了。对我来说，用自家种的花祭祖比用买来的花更有意义，当然，这不是为了省钱。贝尔托说："明天我有空，我开车送他们去墓园。"多多已经自行割了秋水仙。"把它们摆成扇形，这样就跟电影《女伟人》中一样，他们把花摆在墓园的十字架前。"多多感动得泪水盈眶，可埃克托尔却说："你别戏精了！"多多说："那是因为你没见过他，因为你是个禽兽！"埃克托尔说："那你呢？你这个娘娘腔，哭哭啼啼的，以为自己是在演电影呢！"猫狗打架，吵吵闹闹不算什么，最糟的是贝尔托不允许我们一想起他就哭。寒假还能去哪儿呢？冬日漫漫,每个人都窝在家里,我把菜端上桌,你要他也要,万一没有鸡肉,倒是没谁会不高兴。埃克托尔:"胖子门德斯今天没来练球。"贝尔托:"星期天那场踢得很糟。"埃克托尔:"这已经是他第二次跑去牧场找她了,她到了助产士那里就好多了。"多多:"她的宝宝就要胎死腹中了。"埃克托尔:"你打哪儿听来的?"多多:"我在药房听助产士说的。"我装作满不在乎:"什么时候?助产士好几个月都没来药房了。"多多:"你当时在后面的房间里准备止咳糖浆,却没听见。"我说:"你瞎说,助产士跟我们闹翻了,现在都不来药房了。"多多:"好吧,我不记得是谁说的,反正宝宝就要死了!"贝尔托:"他们怎么不换掉胖子,让奇乔踢中场?"埃克托尔:"奇乔不是踢前锋的料。"我早知道贝尔托会给我眼色看,我怎么控制得住自己呢?我们用尽心力,日以继夜,夜以继日,希望救活他。贝尔托:"问题是,你的进攻位置再好,胖子也不会把球传给你。"我冲出了房间,一看到助产士过来跟我说他断气了的时候的那副嘴脸,我就受不了,那是我最不希望听到的消息。夜间状况非常糟糕,可那时已经是白天了,天气好了许多,5月已经开始冷了,但要是出了太阳就会暖和很多。我说下午三点怎么会发生这种事呢?宝宝整晚都熬过来了,怎么可能会在下午三点没了气呢?我头一回中午有胃口,那顿饭真是及时雨。多多放学回来时,我泪流不止地跟多多说,宝宝昨晚差点死去,现在好多了,多多去上英文课了。哭一哭就平静多了,也许我该躺一下,想想他受洗时要取什么名字。他们跟我说,他一出生就性命危急,最好先别替他取名字,因为一旦取了名字就会很难忘记他。我该给他取什么名字呢?名字的选择那么多,有些人喜欢这个,有些人喜欢那个。助产士看到我时,我的眼睛已经干了,眼泪已经干了,那些想到他活了下来便喜极而泣的眼泪。助产士进了房间,那间我从一开始就不喜欢的房间,她告诉我,办法已经用尽。我问她怎么可以说这种话,这是什么疯话。她回答说宝宝没气了,然后站在那里望着我。我一滴眼泪都不剩了,我想我再也没理由哭了,连喉咙都哑了,什么都没了,只剩我两只手紧紧抓着床上的铁条,扭结着手指,助产士什么也没说,但在我看来,她所做的无异于猛冲向前将手术刀刺向我,我猛地抓住铁条,不想让它刺进我的胸膛,让它锋利的刀刃划到我,我无法再多坚持一分钟。"无能为力了。"她过来告诉我,我感觉自己正在被屠夫宰杀。"因为已经没有了呼吸。"她继续说。她应该给手术刀消毒,然后放回玻璃柜中,还好多多不在那里,没站在床跟门之间,不然助产士冲过来的时候,他有可能夹在中间被伤到,这么小的孩子可挺不住,会被扎死的。好在助产士进来时只有我一个人,我当时正在打瞌睡,因为刚刚松了一口气,下午三点她拿着手术刀走进来扎我时,我并没有听到,那把感染了细菌的手术刀,无法忍受,这是一道屠夫砍出来的伤口,一道越裂越大的伤口。贝尔托说别哭,结痂前伤口会一直痛。万一伤口永远愈合不了呢?伤口如果久久没有结痂,那一定是感染了。他不让我哭,万一我一哭吵醒了贝尔托可怎么办。听起来奇怪,但那天我就是哭不出来,早些时候,想到宝宝终于被救活了,就感动得泪流不止,那一刻却一滴泪也没有。我一哭就会吵醒贝尔托,可是连这个也不行吗?我连哭都不能哭吗?为什么不能?我再也忍不住了……把他吵醒了又怎样?吃饭时哭又怎样?至少还能哭出来,每次助产士过来对我说疯话,我都会哭,直到她再也无法盯着我看,离房间而去。我从餐桌跑到房子另一角的前厅,坐到离得最远的沙发上,这样他们就听不见我在哭,多多的脚步声也轻到听不见,只能听到由远而近的啜泣声。多多在餐桌上时,每次想起来也忍不住哭。他会坐在我身旁,一直哭,直到助产士不再盯着我们看,离开了房间。第一天我就让他们把那束假剑兰拿走了,但这里百叶窗紧闭,四周一片漆黑,透进一线阳光不是会更好睡些吗?在漆黑的夜晚打开百叶窗会有微光透进来,这跟把百叶窗关着,房间里一片漆黑的感觉不一样。可我要是打开床头灯,贝尔托又会醒。百叶窗打开来,我才看得见房间,看得见家具,一边盯着某样东西一边数羊才好入睡,在完全的黑暗里,每个房间都一个样。要是清晨六点,在完全的黑暗中,阳光透过打开的百叶窗照射进来,你就再也无法入睡了,要安心入睡只能把百叶窗完全拉上。我几乎看不见灰泥天花板上那一小块潮湿的黑斑,黑暗中你无法区分高山顶峰、贝督因人的帐篷尖,或是逐渐沉没在汹涌波涛里的船只露出在海面的三角形船桅,就像《保罗与维尔日妮》[1]中描写的那场船难。多多问我他们是谁,我不太记得了,故事情节到底是怎样的呢?那是最哀伤的一本书,我从大学图书馆借的,要是我一读就开始哭呢?贝尔托铁定会被吵醒,但并不仅仅是被我的落泪吵醒,落泪总是无声无息,比如看电影时感动得落泪,或是阅读豪尔赫·伊萨克斯的《玛利亚》[2]时流下眼泪。他是被因为呛到把床弄得微微晃动的声音吵醒的。男人为自己能抑制住泪水而感到安慰,觉得只有这样自己才是真正的男子汉;他们是真正的男子汉,所以有泪不轻弹,他

---

[1]《保罗与维尔日妮》(Paul et Virginie),雅克-亨利·伯纳丁·德·圣皮埃尔(Jacques-Henri Bernardin de Saint-Pierre)的小说,于1788年首次出版。故事发生在法国统治下的毛里求斯岛上。

[2]《玛利亚》(Maria),哥伦比亚作家豪尔赫·伊萨克斯(Jorge Isaacs)出版于1867年的一部小说,是拉丁美洲浪漫主义文学运动的代表性作品。小说讲述了主人公玛利亚与埃弗拉因之间的凄美爱情故事。

们忍得住泪水是因为他们能够忍住,要是忍不住,他们就无法安慰自己说有泪不轻弹,或者自己是真正的男子汉。男人忍得住泪水,是因为他们感知得更少,还是因为他们毫无感知?午睡时出门散步,晚上就会睡得好些。两辆货车的贷款已经还清了,所以现在贝尔托晚上睡得更好一些。他年复一年辗转难眠,睡梦中张开嘴巴嘶喊求救,被自己的噩梦吓得突然从床上坐起来。一醒来就抽烟对身体不好,无眠的夜晚整个房间里都是烟味,他点亮床头灯,读一章书。幸好货车的钱都还清了。年复一年地失眠,只能数羊和日历,以及成堆的五分硬币、一角硬币、二十分硬币,还有那些最后期限、欠条、退回的支票。是哪个姐姐的,哪个姐夫的,还是哪个朋友的?那人留了一屁股债,赌输了钱还跑路了,贝尔托什么都没了,他干吗帮助那些无耻小人呢?整晚数日历,各种事情的截止日、借条,以及压在它们上头防止被风吹乱的铜板。昏昏欲睡中我打开床头小灯,这时传来纸页翻动的窸窣声,他读完整本小说了。拿破仑、兴登堡号,还有埃米尔·路德维希写的所有传记。翻报纸的窸窣声轻到根本吵不醒我,之前我总是睡得深沉,贝尔托睡不着觉,欠条不会飞走,他也不会让它们飞走。哪个好些,失眠,还是做噩梦?他现在睡着了,但是一点点声音都会吵醒他。"都是你的错!多多还是不懂男人有泪不轻弹!男人什么都得往肚里吞,不会哭出来。"每次我们一哭，贝尔托就会说："臭小子！你能不能把你老爸的话当回事，别再让我看到你哭了！"他说得有道理，他跟埃克托尔都是有泪不轻弹的男人，我会哭是因为女人天生脆弱，多多爱哭是因为他还小。我不记得埃克托尔在他妈妈去世时有没有哭。是我亲口告诉他这个消息的，他年纪还太小，不懂得哭。他当时比现在的多多还小一岁。但多多哭，是因为他像大人一样懂事。今年夏天，我不会让埃克托尔带任何狐朋狗友回来，要是他们跑到后院去踢球，我就宰了他们。还得求着他去墓园，他爱去不去！那里可是葬着他妈妈！他妈妈、外公、佩里科叔叔，还有我的小宝贝，都在那里。我不知道他们是怎么安排墓园位置的，我只知道我的宝贝已经长眠地下。我只知道这些，我的小天使躺在那里，躺在他们当中，孤零零的，就在天使的怀中。有谁知道人死之后会怎样吗？谁能保证他不会再受苦，人死之后会不会比生前更惨？或许躺在他的小棺材里更安全。鬼魂难道不可随意飘荡？我的小天使孤零零地躺在那里，幸好有埃克托尔他妈妈陪着，她人很好，一切都好，除了死的时候。她一生下埃克托尔就病倒了，是血液循环的疾病，她的血液无法输送到大脑。她是上帝钟爱的女儿，但是在死之前已经疯了，已经不知道自己在做什么了，她拿剪刀把丝袜剪了一个又一个洞。躺在她身旁的是我的小天使，还有那个死于愤怒和辛酸的老酒鬼,以及品行败坏且玩世不恭的佩里科叔叔,只要他不高兴,或是他不喜欢某个玩笑,就会当场暴怒,我可怜的天使跟他们在一起吗?谁能保证他会没事,保证谁都不会伤害他?希望死人不会……唉!够了,我不想了,拜托!我一刻都会不去想那座监狱般的墓园,我受不了了。那个疯女人、那个讨厌的老头和粗野的畜生都在墓园里头,而我的小天使则孤零零的。贝尔托把从拉普拉塔送来给他受洗用的衣服和礼物都放进去了,原本他还很高兴又生了个儿子,想从小就教他拳击和踢足球,绝不会宠坏他。生了个小儿子,贝尔托也好高兴,他可不想再要一个这样弱不禁风的……胆小鬼多多。贝尔托告诉我他已经帮宝宝穿上受洗的衣服了,还说他自己也什么都不怕了,因为既然他这一天没有因为悲恸而死,以后也就死不了了。但是光哭无济于事,如果我老是哭,身体就会越来越虚弱,也就没法接受治疗并做康复运动了。专科医生跟我保证,只要多做治疗,多做运动,我就可以再生个孩子。可我的小天使已经离我而去了,他离开我了。我真想杀了德利娅那个畜生,她说得很惨,说没受过洗的孩子无法上天堂,只能待在炼狱里,照她这么说,我就再也见不到我的孩子。这些上教理问答课的和上教堂的,都是什么样的禽兽呀!要是有人问我,谁是巴列霍斯心肠最狠的女人,那些毒打女仆、让她们挨饿,把她们折磨到失智、不成人形的人,我会告诉他们，立刻把她们的名字供出来：只要看看那些清晨六点就赶着到教堂望弥撒的人就知道了，卡伊瓦诺家的老恶婆、她女儿、莱瓦家那两个老处女，以及这帮人的其余成员。不是我在造谣生事，其实大家都心知肚明，都这么说，明天一早我要去警察局告发她们，这些没心没肺的恶婆娘，她们大清早就去告解，是因为她们每天坏事做尽，害怕死后无法得到宽恕，这些恶魔还跑来问我怎么都不去教堂。不管我是上天堂还是下地狱，我都见不到我的小宝贝了，因为他已经在炼狱里了。她们尽管过来跟我说这些蠢话，看我会不会把她们的舌头扯下来，这些满嘴用谎言毒害人的舌头，上帝怎么会让这样的蛇蝎女人活在世上呢？乔利某次去卡伊瓦诺家附近上门推销时，就看到了那个可怜的女仆，她其实是医院的弃婴。那天下午，那个恶婆娘突然开始尖叫，说女孩把牛奶打翻了，都流到炉火里了，虽然那并非事实，可那个恶婆娘还是拿起棍子打了那个女仆，当女仆告诉她牛奶实际上没翻时，婆娘一脸轻松地笑了，好像刚才的一阵毒打不过是场恶作剧。那可怜的女孩含混不清地说，那天她看老太婆心情不好，怕她会拿起棍子打自己，就骗她说牛奶打翻了，看她会不会打自己，结果就真的遭到了一顿痛打，她没有把牛奶打翻。神父要是每天都听她们告解，难道不应该去警察局告发她们吗？告解必须保密，修女人手不够时，还叫卡伊瓦诺家的老太婆去教教理问答课！上帝怎么能容许她们胡作非为，还让我的小宝贝死去，我连一面都没有见到他，他那天使般的脸蛋，我好想见他一面啊！但是他已经离去了，最好还是别见他的好，因为他是痛苦而死，再也不是刚出生时的模样，太迟了！最好别想见他了，他整个人一定都变形了。在百叶窗紧闭的黑暗当中，我怎么知道自己不在拉普拉塔？要是能在那里该多好啊，在一片漆黑中，我可以在任何房间，我哪里说得准？我怎么知道四周的墙壁没有剥落？多多睡着了会不会踢掉被子？要不是怕吵醒贝尔托，我会起床去看看多多有没有踢掉被子，我要送他另一套明星情侣电影画卡吗？这是有欧洲各个首都的一系列画卡，每张都画了充满当地风情的农家女在跳充满当地风情的民族舞蹈的情景，多多应该会很喜欢，虽然更难画。一个跳查尔达什舞曲的匈牙利吉卜赛女郎，有一头飞旋的头发，背景是伫立在空中的布达佩斯的塔楼，映在多瑙河上的倒影有些朦胧，不然就画埃菲尔铁塔跟两个法国街头浪人——她躺卧在地上，他正淘气地俯身望着她。还有罗密欧与朱丽叶这对著名的情侣，我最爱阳台的那场戏，多多则偏爱小教堂墓园那一场，那时罗密欧已经死去，诺尔玛·希拉将匕首刺进自己的胸膛，只不过慢了几秒就酿成一场悲剧。要是朱丽叶早几秒醒来，他们就会过着幸福快乐的日子。还有马克西米连诺一世和卡洛塔，当卡洛塔疯了时，她把威尼斯风格的宫殿窗户打开,迎接马克西米连诺一世的亡灵进来,他在墨西哥不知何处的茅舍墙壁前被处决。还有马克·安东尼和克莉奥佩特拉。多多只想让克莉奥佩特拉独自待着,手里握着那条蝮蛇,心里想念着马克·安东尼,想象着他战死沙场的模样。我们得偷偷摸摸地画那些新画卡吗?"他从庆生会上溜走是因为那个大个子浑蛋想揍他,我什么都没说,但因为波丘想揍他,他就不去上英文课,这可不行!"贝尔托打完网球气冲冲地回到家。"波丘跟他同年,他爸爸跑来网球场问我多多是不是不想上英文课,所以才撒谎?我说:'是呀!'"贝尔托逆风打球,眼睛里满是砖沙:"你看多多给我惹了多少麻烦?你看人家波丘的妈妈不过是个在店里打杂的,怎么她的孩子就养得比你好?"比我好是什么意思?去他的比我好!不该说话这么不负责任,不该说不是事实的话,不该说谎!说谎!全巴列霍斯的小男孩加起来也比不上一个多多,谁要是样样都杰出就会遭人妒忌。但我没有马上回贝尔托的话,是波丘忌妒多多,多多是全班第一名,事实就是这样,我告诉贝尔托,波丘对多多说他要把多多的脸揍扁,也许多多被吓到了,心想波丘会拿铁锤还是什么别的工具打烂自己的脸。我这样告诉贝尔托,贝尔托却说:"老让我这么没面子,真是气死我了!"没什么比丢面子更难堪的了,可怜的贝尔托。"我情愿一双手砍了,也要避免银行透支,就像我哥签的那张支票被银行退票时，你还记得吧？我到底得做什么才不会丢人现眼！"他昨天这样跟我讲着，但没有明确指什么。明天我会跟他说，等多多再大一点就会有所改变了，让他保持冷静，不要担心寄宿学校的费用，等多多长大了，情况就会改变。只是我无法想象他还会长得更高，我无法想象他长大的样子，总觉得他永远都会是这副模样，他今年十岁了，都已经十岁了呀！但有时我仔细盯着他，就会瞬间再次看见他往昔的模样，八岁、七岁、五岁时的模样，走在街上总有人把我们拦下来，说他好漂亮，好可爱哦！只要仔细看着现在的多多，就会看见小一点的他。就像是一颗洋葱，剥掉一层，里面还有一颗一模一样的洋葱，只是小一点，白一点。多多八岁时已经开始上英文课了，而且马上就会背很多首诗，七岁开始上小学，头一个月就得了全班第一名，再往前是五岁，就这样剥掉一层又一层，露出越来越白皙的洋葱，那时他看到电影《罗伯塔》[1]中载歌载舞的画面，一双眼睛睁得圆圆的，然后是三岁，再过去是两岁。拉普拉塔的所有人看到多多都说从没见过这么漂亮的小孩，现在我的小洋葱已经变成好小一个，已经没皮可剥了，因为他才刚出生，只有芽心和花蕾，小洋葱的心，一颗洁白的心，无比纯洁，没有沾染任何污秽，好一个完美的宝贝。

---

[1] 《罗伯塔》(*Roberta*)，1935年的美国音乐片。

"一张天使的小脸"，贝尔托和多多跟我说，那颗小小的心在长大，开始学走路，学说话，已经是个蹒跚学步的小娃娃，他开始走路，有男童的嗓音，长得又强壮又英俊，贝尔托带着他四处招摇，回家时对我说他是全巴列霍斯最壮的男孩。他不断地长，隔了一个夏天回来，竟然没有人认出他来，他长得好魁梧，跟埃克托尔一样魁梧，有张跟埃克托尔一样的脸，他的肩膀就像树干一样壮，有跟埃克托尔一样的肩膀，我实在想不出巴列霍斯有谁比他更英俊，全镇的女孩都为他着迷。他还有哀伤的眼神。为什么四下无人的时候，埃克托尔会看起来那么哀伤呢？他不是要什么有什么吗？为什么我的小男子汉要什么有什么，却满眼哀伤呢？他洁白的心染着红宝石般纯洁的血色，我的白色小心肝，世界从你眼里看出去到底是什么样呀？会不会一层一层的洋葱皮剥去，里面依然是多多那样的心？是多多出现在我的宝贝男子汉眼中了吗？这就是为什么我的宝贝男子汉在没人看他的时候会有伤感的眼神吗？多多明白这个世上有很多令人悲伤的事情，想象力领着他高飞，不断幻想我和他一起从比众星还高的地方跌落，因为有时候事情会不尽如人意，因为有些人很坏，有时候也不是因为人坏，而是因为事情会搞砸。每个人都希望有个好结局，可怜的罗密欧，他看见朱丽叶沉睡不醒时以为她已离开人世，所以才殉情。他不是故意要让她痛不欲生的，他自杀是因为他深爱她，这是他们的悲剧。他是那么爱她，但是事情却变得这么糟糕，上帝为什么不改变他的心意，让一切都有个好结局呢？例如在罗密欧准备自杀时，让朱丽叶及时醒来，这样就不必辜负他们彼此的爱情了，两人在一起真的很幸福。然后他们会怎样呢？会生小孩吗？会住在一栋房子里吗？还有什么更美好的剧情吗？他们会骑上两匹骏马，一匹白色的，一匹红色的，嗒嗒的马蹄声逐渐远去，一阵乌云密布的龙卷风把他们带到最美丽的远方，到达一个没有人去过因而不知会有多美的地方，那里绽放着没有人认识的花儿，散发着没有人闻过的浓郁花香。你闻了那些不知名的花香以后会怎样？也许只要闻了就会变成那朵花，天堂的鸟儿展开双翼，在花束前停留片刻，把最优美的鸟喙浸入花蜜里，接着张开羽毛滑向空气中，不断地升高，升高，带我到最美好的地方，那就是我最爱的花蜜，在天堂的鸟儿最细致的鸟喙里，羽毛在阳光中闪闪发亮，在月光中更是闪耀灿烂，它带着我越飞越高，从高空鸟瞰，最后可以看见整个大地、森林和河流，它们就像是字母一样，述说着我最想知道的，那些我最想知道的，河流述说着我最想知道的，而不是这只天堂鸟儿的红色羽毛，因为它受伤了，我们缓缓地降落到大地上，我细心地照料它，还把我的裙子撕成布条来帮它包扎……有个故事说有一位仙女为了报答善良的人而把鸟儿变回王子，我想要的就是一个王子，一个属于众人的王子，一个包裹在安哥拉羊毛毯中的美丽小王子，现在我知道河流在说什么话了，河流述说的那些字母可以用作受洗的名字，我抬头仰望高空，终于看到我最想看见的、世界上最美的东西，就是那张最漂亮的脸，就是贝尔托和多多说的"一张天使的小脸"。一张天使的脸到底长什么样呢？我想象一张如天使般美丽的脸，可是我看不见，我看不见……"多多的脸简直就是一幅画。"乔利说，但我无法想象一张脸可以漂亮到立刻让人认出那就是天使的脸。好漂亮，好漂亮！这是一张天使的脸，不是女子的脸，我多想看他一眼……这个房间黑得彻底……要不是怕吵醒贝尔托，我会起床把百叶窗拉开，但是彻底的漆黑应该有助于入眠。我们只能偷偷摸摸地画那些新画卡吗？不会画成《歌舞大王齐格飞》那样的，我从来不会画成这样，要跟从前画的不一样。有一回多多想重新画一次《歌舞大王齐格飞》，我很害怕，害怕一切物是人非。要是巴列霍斯重新放映《歌舞大王齐格飞》呢？我会赶紧跑去看的……如果我的记忆能被唤醒，也许就能画得跟从前一样，奢华无比的歌舞场面，金银锦缎的裙子，巨大的羽毛扇子，还有如同垂挂的小瀑布的长长的白色绢纱，但是我一定画不成，不是我没耐心，而是因为得偷偷摸摸地画，这让我神经紧张。我希望多多不会求我画《歌舞大王齐格飞》，为什么我会失去画画的看家本领呢？

Segunda Parte / ～ 第二部分 ～

Nueve

HÉCTOR, VERANO 1944

第9章 | 埃克托尔，
1944年夏天

这个不要脸的娘儿们对我这头长发大惊小怪的,从她嘴巴里吐出来的都是屎,这些娘儿们到底有没有脑子,玛丽头上除了发夹,里面根本就空空如也。要是她继续纠缠不休,我走人就是,反正已经干过她了,要是之前在巴列霍斯没人干她,那是因为他们只会自己打手枪。我不过送她回了两次家,一次是在广场散完步之后,她阿姨还跟在旁边,另外一次是在俱乐部跳完舞,我哪里知道自己这么快就干上了她。那时她阿姨因为脚后跟受伤进到屋里,等她阿姨一走,我们就跟第一次随着波莱罗舞曲《你侬我侬》跳舞时那样,再度紧紧抱在了一起。为了取悦她,我对她轻声吟唱,讨她欢喜,有点狗屎,可她就吃这一套。我对她唱:"我俩,如此深爱的人儿呀,却将离别……"我和我阿姨洗碗时总爱唱这首歌,她说,他们帮老太太打点一切,放假时老太太就不再做饭了,玛丽则终年孤零零待在乡下教书,没有一个人跟她搞。她跟我说她一整年都跟自己过不去,老想着我还跟尼娅塔在一起。妈的她可真呆,我开学前就把尼娅塔给甩了，那个自作聪明的娘儿们口风可真紧，玛丽在光秃秃的潘帕斯草原熬了一整个冬天，我从来没想到过她，她却一直想我想得要死。她甚至还记得我第一次穿西装长裤时的模样，那都是两年前的夏天了。妈的，那又怎样，再过两个星期我就回到学校了。要不是因为卷毛儿，我哪里知道玛丽会这么喜欢我，连多多也没搞懂，我很清楚自己在最后两个星期不会放过任何机会。在冬天，六点钟天色就已经很暗了，卷毛儿结束实践课，从修女学校经过广场回家，之前没人干过卷毛儿，我有一整个冬天的时间在夜里干她，从五点半就开始，那时天已经黑了。她会随便撒个谎说要去同学家拿作业，六点到七点之间，我就可以干她个痛快。夏天要到九点天色才会暗，家人不允许她在广场四周徘徊，身边总有她大姐跟着，但总有事由会破除这些娘儿们的禁忌，她早晚会被允许的。寒假时我和多多在去墓园的路上撞见一只狗，它远远地一直盯着我们看，多多不喜欢它，可我喜欢，那是一只很大的灰狗。不知有多少回，我想偷肥仔家牧场的那只棕毛狗，可棕毛看都不看我一眼，填饱肚皮就在那儿待着，还有德拉布尔车站的那只小猎犬，如果我真想要，就会把它带上车走人，但那只灰狗比小猎犬血统还高贵，妈的，比小猎犬好看得多。多多说无家可归也没东西吃的野狗会马上挨着你不走。真是胡扯！古利小子的狗跟着他睡在路边的排水沟，要是它找到了骨头，古利小子会在它碰骨头前先抢过来啃，那只狗干吗还待在古利小子身边？那是因为古利小子去哪儿都让它跟着，那只狗根本不介意跟着他挨家挨户讨饭吃。其他狗从来都不愿意像农场的那只灰狗一样跟着我，那只灰狗来到我身边，只可惜被米塔嘘走了，然后又被店里的员工给逮到了。卷毛儿每一科都过了，但我去她家找她，难道是为了让她给我解释那些定理？她疯了不成？数学、化学和物理，挂了两科，我的日子就不好过了，要是只挂一科，还可以明年重修。卷毛儿到我家里来复习功课，还神采奕奕地跟我谈论我挂了的科目，我得怎么跟米塔和贝尔托说，学校不只挂了我的化学，还挂了我的数学和物理。一副自以为是又是模范生的模样，去你的，整个夏天我差不多被卷毛儿搞得筋疲力尽，我们就在她家门厅干，那里可以听见她大姐走近的脚步声。"要是你还是这个死样子，不开始用功读书，我就再也不爱你了。"我不打算跟她再耗下去了，暑假只剩三个星期，我也只有干这些黑人女仆的份了。傻屄玛丽干吗老是哭哭啼啼的？小妞不该终日愁眉苦脸，她回我说这个道理她懂，只是她天生如此，真是满嘴狗屁。问题是她后悔太快被破了瓜，还一直叮咛我要写信给她，说她从 3 月 15 日到 11 月 30 日都会被困在那所偏远的学校，说去年是她头一次离开她妈妈，说她日思夜想的全是我，想着我每天都给在巴列霍斯的尼娅塔写信，尼娅塔一定很高兴，每天一醒来就等着邮差送信来，把我的信读了又读，再把陀思妥耶夫斯基的"电话簿"读了又读，里面都写些什么呀？尼娅塔说了我是个死脑筋，我要让她感到后悔。她给了我一本《白痴》，我怎么翻也翻不过十页，里面那些看起来似乎有不同名字的人，其实是一个人。那些名字比电话簿上的还多。我没给尼娅塔写过半封信，反正我是死脑筋，不看她借给我的小说是因为我根本看不懂。宿舍里那个来自科尔多瓦的家伙有一些小说，那个王八想跟我炫耀他所有的藏书，所以要我去他房里，他也有陀思妥耶夫斯基的书，我是因为喜欢狗才读《圣米歇尔之书》的。要是我不读亚历克西·卡雷尔写的《人，未知之谜》[1]，他就不跟我打招呼，他也有解释了印度、中国和日本的种种性交姿势的《爱经》。在他关窗时，我就料到这个讨厌的老玻璃[2]随时都想拽住我的裤裆。我房里闻得到很重的湿气，但是在他房里，除了这个，还有散发着仿佛已经酝酿了二十年的脚臭味的二十双鞋子——从靴子到今年夏天刚买的凉鞋，以及钉在墙上的一束束枯萎的花。他翻翻白眼说"都是我的美好回忆"，然后一副神秘兮兮

---

[1] 亚历克西·卡雷尔（Alexis Carrel，1873—1944），法国生物学家与优生学家，1912年诺贝尔生理学或医学奖得主。《人，未知之谜》（*Man, the Unknown*）为其代表作之一。
[2] 指男同性恋者。

的模样。这个臭玻璃,根据他的说法,法国片是专门拍给聪明人看的,他还像鹦鹉一样反复问我最喜欢哪个女演员,他知道我喜欢安·谢里丹[1]以后笑到下巴都差点掉下来,说我喜欢她是因为她有一对大奶,还一顿胡扯安·谢里丹演什么都好。她难道不是个好演员吗?可他说美国女星不可能演得好,因为美国人根本没文化,他在读《爱经》时想从后面搞我,我屁股都挪到床边了。他没鼓起勇气过来抓紧我,因为我已经预料到他要做什么了。"一想到我们必须分别,我就不想活了!"玛丽在门厅里对我说,"在舞厅时你对着我唱'我俩,如此深爱的人儿呀,却将离别……'那时我好想跟你私奔到布宜诺斯艾利斯,不想回那所乡下学校了,可妈咪却坚持要我回去。说再过个两三年我就可以转回到巴列霍斯,取得终身教职,可我怎么熬得下去呀?还得忍受那么久的绝望等候,谁说得准我会不会出什么事呢?荒郊野外有的是一群一群的野狗,我看见一只毛茸茸的大狗,那只狗就是你,我紧紧捉着那只狗的尾巴,在你后头疯了一般猛追,才发现你不是狗,是一只狼,或者老虎,它的毛发跟你一样,是棕色的,因为晒了太阳,加上泳池里的氯,颜色有点淡了。你不再是一只老虎了,我看见你就是你的模样,只是多了一条毛茸茸的狗尾巴。"玛

---

[1] 安·谢里丹(Ann Sheridan,1915—1967),美国女演员、歌手。

丽这娘儿们,她以为她是谁,净说些什么要跟我走,还说我有着毛茸茸的狗尾巴,拐弯抹角地跟我说我利用了她,就因为她爱上了我;说如果我不是真的爱她,就不该破她的瓜,再过一个半星期学校就要开学了,她就要回偏远的乡下去,而我得回学校的宿舍。一打开门,干!全是那个臭玻璃的臭鞋子。又回到学校生活,汤水里漂着几根面条,西葫芦里塞满西葫芦馅儿和锯屑末,得靠想象才能吃下这些糟糕的食物。到台球厅混一下午,身上连一个子儿都没有,从我老头口袋里拿了五十分钱,只拿些小零钱他不会发现,我在台球厅下注,说不定还会赢钱,擦擦主球求好运。我从没连续赢过五盘,顶多能赢个三四盘。身上没半毛钱,你想都别想会有个像样的马子,在巴列霍斯游泳池畔到处都是马子。尼娅塔、卷毛儿和玛丽,都再会了!到处都是穿着泳装的马子,还有露出来的大腿,夏天傍晚,几乎要到入夜时分你才能跟她们舌吻,到了冬天,下午六点你就能在广场中央舌吻了,那时天色已经暗下来,你就算把舌头伸进她们的胃里也没有人会看到。在俱乐部跳舞跳到火辣辣,身体紧贴着身体,还能轻松在露天游乐场把妹快干一场。再过十天就得回那间发霉的学生宿舍苦等寒假来临,暑假有三个月真爽,我没理米塔,米塔只想着找点乐子笑一笑,这样就不必老跟多多躲在角落饮泣。我玩纸牌时不带她,她就开始跟加西亚开玩笑,说我们会把贝尔托打得落花流水。"要是你能打败这一局，"米塔说，"你的屁股就要开花，哦！抱歉，我应该说是你的臀部，这样听起来比较高级。"加西亚整个脸都红了，米塔念了起来："男孩尿在床，打他屁股红当当！"贝尔托一听笑到不行，可多多却开始骂骂咧咧，说他不想学打牌，他一直待在巴列霍斯，我却要回到那间学生宿舍，干！有考不完的试，根本不想跟化学老师去酒吧混，因为要是我不读埃切韦里亚写的那些厚得要死的书和《资本论》，他就要我完蛋。我干吗在七点到八点之间到那家酒吧去听他们胡说八道？那些马子当完差出来的时候，冬日天色已经暗到连上帝都看不见你，口袋空空，除了那些女仆，谁会理你。在他妈的布宜诺斯艾利斯都快待五年了。离我参加巴列霍斯青少年运动会都已经过去六年了。头一年出征县市冠军赛，身为中卫的我传球给边锋，然后边锋传给另外一位边锋，他再传给中卫，然后中卫射门得分！得分！得分！各位乡亲，射门得分！由中卫射门得分……！真是精彩的一局，一战再战。1939 年冠军杯非我们莫属了。那明年呢？明年谁来当中卫？我要去布宜诺斯艾利斯了，但是我他妈的去那里干吗？我就说应该跟米塔说清楚。跟你妈说清楚呀！之前踢右边锋的奇乔缠着我，要我跟我妈说清楚。她不是我妈，是我婶婶。奇乔说她是你婶婶，所以才让你去布宜诺斯艾利斯读书，好让你完蛋。她干吗要这样？笨蛋！去布宜诺斯艾利斯是因为巴列霍斯没中学可念！今年我要读完六年级了。米塔不只是个婶婶，她不想让我自毁前程，可奇乔缠着我说我应该跟他一起念巴列霍斯的技术学校，于是我央求着米塔让我去念技术学校，一星期集训三次，保证明年我们还会蝉联冠军，奇乔说，想办法说服她！想办法跟她说清楚啦……米塔根本不像婶婶，她不只是婶婶，她不愿看我自毁前程。她比一个婶婶还爱我吗？要是我求她，她就会让我待在巴列霍斯，我求了又求，可她说她做不了主，说她会写信给我老爸，也会跟贝尔托聊聊，再听听他们的看法。她还说当技工是下贱活，说我应该有更高的追求。"不过你别担心，我会写信给你爸。"米塔不只是婶婶，妈的！她可是会把我送去布宜诺斯艾利斯的，她要是真的爱我，就不会把我送去布宜诺斯艾利斯，那样我们就可以一直住在一起，就像她跟多多那样形影不离，如果能蝉联冠军宝座，简直绝了！中卫就要赢得所有得分，从这时开始再夺得两次冠军，我们就会从青少年队晋级到……丙联，接着就会跟大河三队和波卡队对阵，他们不久就会知道谁的腿最神勇，如果你在预赛中击溃对手，就会有天才星探来看你踢球。至于拉布鲁纳，那天他在球场上跑得过猛，结果撞上球门柱，把魂都撞散了！这会儿谁来替补他的位置呢？俱乐部总裁问，教练对他使了个眼色，他早就知道该由谁来替补，星期天百万富翁队要跟他们的死敌西部铁路队踢,而且势必大获全胜!米塔和多多从店里回来,手上没拿包裹,这时送货员按了门铃,留下米塔买的新皮箱。亲爱的埃克托尔,这都是为了你好,想想我会有多想念你,比你想念我还多,特别是当你就要去美好的布宜诺斯艾利斯了,而我还被困在巴列霍斯。我对她说这全是我老爸的错,是他让我去布宜诺斯艾利斯的,他在信里到底回了什么?哪封信?米塔问我,那封信,那封你写给我老爸的信呀,你告诉他你想留我在巴列霍斯的信呀!什么信?哪一封?"我没给他写信,因为技术学校对你来说层次太低,你应该有更高的追求。"什么信?什么信?那封信,奇乔:她不只是一个婶婶,我永远待在巴列霍斯。什么信?我就是因为爱你,才会把你送去布宜诺斯艾利斯呀!我会比你想念我还要想念你,你就要去美好的布宜诺斯艾利斯了!我却还被困在巴列霍斯。我是因为爱你才把你送去布宜诺斯艾利斯的,因为我爱你……我会把你埋在那间发烂的学生宿舍,每天关在那所他妈的学校。有一整年米塔在信里老是跟我说,哪个球队赢了球,只是她忘了告诉我是谁得了分,会是奇乔吗?他们怎么赢球的?没想到他们会在客场赢查尔洛内队,也没想到会在另一个客场赢德雷格·劳更队,他们将赢得最后的胜利,夺得奖杯,他们是1940年的冠军队,是二次称霸,中卫射门得的分不多。绝不会是诺西格利亚那帮家伙，他们老是拉帮结派，自从诺西格利亚看见我对他使出那种邪恶的眼神之后，他连拉屎都不敢自己一个人去了，整个帮大概有四十个人，要是他们没那么多人，我会叫奇乔、豆仔小跟班头和黑仔过来要他们好看，至少得逮住他一次，逼供他。他干了曼西利亚家和埃查格家的小男孩，多多在休息时间撞见过。操场后面那片高高的草地，谁也不准进去，老师们会盯梢是否有人溜进去。诺西格利亚跟大人一样健壮，他立马抓住他垂涎已久、跟他同年级的小孩，他什么时候都穿着跟老师们一样浆洗过、干干净净的校服。他都十四岁了，老是留级，同班的男孩才十岁。他上课时老盯着同班的男孩看，等下课休息时就强行抓住他看上眼的那个。要是那个小孩不逃也不闹，他就把对方抵在墙上，从后面紧紧按住，开始往下拉对方的裤子，解开自己的裤裆，用小男孩和他自己的校服把他那话儿盖住。我还在学校时，贝拉多·洛佩斯就这副德行，他十三岁念五年级时，老把裤裆射得黏糊糊的，他会去插那些默不作声的小男孩，阿斯捷里家的小孩让他拿走了自己的风筝，贝拉多这个浑蛋根本不还给他，我不知道贝拉多是怎么插进去的，他那玩意儿像树干，他弄得乱七八糟的。要是他弄痛了那个小男孩，男孩应该会叫，老师应该会听到吧！可是，真他妈的，下课后都是玩闹声。有一天贝拉多问我怎么不去插印第安人，他愿不愿意、叫或者不叫都没关系，反正没有人会知道。那个印第安人可能会求饶尖叫，因为被弄得太疼了，也只有像贝拉多这个狗娘生的才会觉得这样很爽。现在到处插人的就诺西格利亚，多多撞见过他怎样干曼西利亚家的小男孩，那是他头一次撞见什么叫作"干"，他说他看见曼西利亚家的小男孩抵着墙站在那里，看起来好像吃坏了肚子，还直淌眼泪。诺西格利亚在男孩后面抓着他猛力抽送，他看见多多靠近还直说："小马快跑！"诺西格利亚这个恶霸一副若无其事的样子，他知道多多啥也不懂。他那话儿整个被曼西利亚的校服盖住，那校服看起来像女人的围裙。还有一次多多看见埃查格被抵在同一面墙上，那专注的眼神仿佛正在做手术一般迷离！傻蛋多多说，他的眼神看起来就好像医院里那些刚被切除扁桃体的小男孩，一副晕眩未醒的样子，脸部表情像宝宝一样，围兜上还沾着吐出来的血。他看见埃查格的眼神，埃查格的嘴巴被诺西格利亚的手捂住，因为他们是用蛮力掳走他的，诺西格利亚跟同班两个年纪较小的男孩一起，这两个都是诺西格利亚的小喽啰。诺西格利亚一只手紧抱着埃查格的腹部前后抽送，一个喽啰站着把风，看有没有老师过来，另外一个则踩住埃查格的脚，这样他就没法踢诺西格利亚。埃查格的另一只脚被诺西格利亚的腿夹住往上提了起来。多多说这是为了折磨他，其实这是因为，只有这样，诺西格利亚才能把他那话儿塞进去。多多跑去叫老师，但当她过来的时候，诺西格利亚已经将埃查格放走了。那个老师一句话也没说。铁定是因为这样，他们才把多多列入名单的，我不觉得在这之前多多会被盯上。就去酒吧一次吧！或许我早该跟化学老师拉拉关系，说一些什么都比不上无产阶级、他们是国家的真正动力之类的话，布宜诺斯艾利斯有股骚味，那些处女婊子，你身无分文的话，对她们根本使不上力，唯一可以干的货色你也知道是什么，不就是他妈的女仆。说什么得放弃所有个人的抱负，为集体利益着想，每个人都领一样的薪水。大河队危机重重了，各位乡亲，据说波卡少青队企图以数千重金收编这支强队的三名明星球员——莫雷诺、内锋拉布鲁纳，还有边锋之王洛斯陶——耍着阿根廷足球史上闻所未闻的花招挖墙脚，只不过超强铁三角一点都不为所动，各位听众，这起惊人事件将在波卡球场立见分晓，让这支强队的死忠球迷震惊的是，中卫突然病倒，临时由名不见经传的球员上场替补。他是今天早上才在首都挖掘出来的新人，毫无职业球员经验，只在青少年锦标赛上打过几场……就是他，就是他！现在他正进入球场，踌躇满志，年仅十七岁的他洋溢着无坚不摧的热忱。球赛已经正式开始，球传到强大的大河队半场，对大河队的球门非常不利。各位听众，没错，各位听众，上半场开始还不到两分钟，波卡少青队就射门得分！波卡少青队夺得一分，主场大看台的观众顿时欢声雷动！比赛继续进行，球还是传到大河队的半场，没错！各位听众，下半场开始才四分钟，波卡少青队再度射门得分！计分表上显示现在比分是五比零，看来强大的大河队就要输了……话别说得太早，在凌厉的攻势下，莫雷诺把球传给了拉布鲁纳，拉布鲁纳又把球传给了洛斯陶，把球传丢无数次的洛斯陶显然不把新中卫放在眼里，现在这位首次控球的新中卫把球传给了莫雷诺，莫雷诺又把球回传给了中卫，他以近乎不可能的漂亮脚法把球射进波卡少青队的球门得分，大河队得分了！整个球季最叫人兴奋的闪电攻击赛是中卫射门得分，现在拉布鲁纳再度控球，把球传给了洛斯陶，他很有技巧地把球传给了中卫，结果中卫再度射门得分，大河队射门得分！现在两队平分秋色，一时陷入僵局，下半场即将结束：各位听众，最后两分钟局势风云诡谲……在阿根廷足球史上实力最强四人组的魔力之下，球场上随时可能再现奇迹……不过这时有一名球员受伤倒地，莫雷诺受伤整个人倒在地上，现在球场上只剩十名球员，这支强队在球场上的十名球员个个汗流浃背、满身是泥，这会让他们的比分再度出现危机吗？错了，各位听众，不会的，这一局简直精彩绝伦，他把球带过整个波卡锋线，直逼球门，然后射门得分！这个精彩绝伦的关键性一球尤其让大家大跌眼镜……这是阿根廷前所未见、最伟大的中卫射门得分！这支球队以六比五赢得最后胜利，六次射门得分，六分！有谁会得六分呢？其实不用五分，四分我就满足了！能刚好及格我就谢天谢地了！有三科拿四分我就不会呜呼哀哉了！我就去了那么一次酒吧，还满嘴胡说八道，说什么我读过《资本论》。就像一只飞走了的风筝，看来我这辈子都比不过尼娅塔了，谁能像尼娅塔那么聪明呢？我是说真的。那年夏天，走在路上，人们都认不出我来了，那是因为我再也不是毛头小子了。我在路上跟尼娅塔擦肩而过，她直盯着我看。就是在那时候我才问多多，结果他跟我说尼娅塔的爸爸冬天的时候跟一个女人跑了，她妈妈后来才知道他爸爸因为高血压差点死在布宜诺斯艾利斯，她们去找他时，他已经卧病在床，尼娅塔不跟他讲话，她老妈已经原谅他了，可尼娅塔依然无法原谅她老爸。米塔说臭法国佬老爱跟女人献殷勤，尼娅塔盯着我看，要不是路过的行人一直往我们这边看，我早就摸她臀部了。还有那头小猎犬，它静静地站在那里一动也不动，眼睛直勾勾地望着我，它想要什么的时候会稍稍抬起头，发出轻轻的呜呜声，是想吃点什么吗？在肉店我花了不过五分钱，把那块大骨头丢给了它，如果我愿意让它跟着，它会整天跟着。小猎犬应该会跟我走，因为它的主人看都不看它一眼。尼娅塔说："你不跳舞吗？"那个星期天在俱乐部的时候，她问我。然后我邀她共舞，因为稍早在广场的时候，我跟她一阵套近乎，一句话也没提陀思妥耶夫斯基，就听到她说："你能有米塔这位婶婶真幸运。"接着，她有勇气开口说的唯一一句话竟是："让我好好看你。"她跟我说："只要你愿意，就会拥有生命里的一切，你一副天不怕地不怕的模样。"我只字未提我加入大河二队的事。然后她讲了一长串关于她老爸的事，我回答说，他书读那么多，还不是被冲昏了头，她望着我，妈的，真像只母猫，用那种他妈的发春的婊子眼神看着我，母猫最矫揉造作了，她们比母猫还作！更何况，没一个马子不喜欢磨磨蹭蹭的，你得一步一步慢慢来，先是手，再是奶子上面的衣服，然后手探进衣服里面，奶罩里面的奶头就像弹簧一样鼓起来。从膝盖往上，再直攻最核心的战略位置，《爱经》里头写了，只要放一根手指过去，整座堡垒就会攻陷，一根小指就够了，让我来吧！你做什么？但尼娅塔整个人绷得太紧了，她闭上眼睛，一言不发，光攻进她双腿之间就磨蹭了一个月，一切都搞砸了！她不让我放他妈的一根手指进去。某天晚上，那晚到底发生了什么事？哦，没错，晚餐时米塔把我臭骂了一顿，说我在喉科医生面前把脚放到桌上很不礼貌，我真是个浑蛋，说什么俄国人背叛了希特勒，在饭后的点心时间，我发表一通这样的言论，没想到尼娅塔听得津津有味！她紧握着我的手，我跟她说了自己的真正想法，她顿时站在黑暗中一语不发。此刻只有一丝光线从

第 9 章 | 埃克托尔，1944 年夏天　　223

她妈妈的窗户里透出来,她爸睡房子最深处的一间。她妈妈的房间很快就熄了灯,只是还没睡,从打开的窗户还能听见广播的声音,正播着有关诺曼底登陆战和俄国军队攻入柏林的消息。这节目让我觉得自己很蠢,简直是狗屎广播。我把尼娅塔抱紧了些,她整个人都瘫软了,头一次不再害怕与男人亲近。我把手伸进她衣服里,她的双腿不再绷得那么紧,张开了一点点,终于,我头一次爱抚她并攻占成功。我大气都不敢喘一下,因为她妈妈可能会听到我在上她。我没告诉任何人,连多多都没告诉。之后我们没有马上分开,我紧紧地搂着她,瞬间像个傻蛋一样哭了起来,我想她是不会懂我的。今年我破了两个人的瓜,卷毛儿跟玛丽,现在又多了一位,简直是一位专业的鱼雷射炮手。只有多多知道,经历了今年那些事之后,他肯定能懂,也一定能明白跟尼娅塔有关的事。尼娅塔之后发现我原来是个白痴,满脑子都是足球,从来不考虑自己的事业和前途,她说我没理想、没抱负,要是听到大河二队的风评,更是会对我骂骂咧咧了。她说看看多多就知道,他是个有理想、有抱负的孩子。多多他有什么抱负和理想?他才十一岁,怪里怪气的。"你是不是想把你妈妈气死?"这个毛头小子说,"你妈妈老是蓬头垢面的,也不跟你说话,难道你不想用意念杀了她吗?我很专心地想用意念把她杀死,这样你就会永远住在我们家,就会像那些有哥哥、弟弟的孩子一样了。"这是多多更小的时候说过的话。现在他整天鬼鬼祟祟的，一句话也不说，谁晓得他脑袋里到底在想什么？谁会想用意念杀死自己的妈妈呢？你得成为他妈的罪犯才有可能。我跟米塔相处融洽，可我妈病了，住在另外的房间里，为什么一个不是罪犯的人心里会想要杀人呢？我妈病了，每个星期天早上，米塔把我打点好，我在望完弥撒之后再去看她。我们知道她会一直待在另外的那个房间里。她去世以后，米塔跟我说她已经回天堂的家了，她的在天之灵会一直爱我，不过在这个世上我还有米塔和贝尔托，他们会像爱多多那样爱我，至少是差不多。她还说这就是我的家，我们永远不分开，那时我念五年级。念完六年级以后，"你不能满足于只当个技工，你要有更高的追求"。尼娅塔说得没错，还要参加俱乐部。"到布宜诺斯艾利斯以后，就去我姐夫的朋友开的高品位俱乐部。"那个俱乐部啊！去那个混账俱乐部跟那些听古典乐的傻子混吗？尼娅塔简直是胡说八道，说什么刚加入时，他们会先播放一些最基础的古典乐，接着会放莫扎特和蒙哥·奥雷略的曲子，要是没从最初的那几首曲子开始听，那你就会听不懂。每个人会先准备好一个主题进行分享，好丰富大家的文化涵养。化学老师若不是他们中的一员，我会让他成为荣誉会员，那个蠢蛋老是哼着柴可夫斯基的《第一钢琴协奏曲》，简直让我恶心，这可是我最喜欢的曲子,当然,还有贝多芬的奏鸣曲。天知道那个曲子为何会让我感觉好想蜷在某个角落永远都不爬起来,因为那个曲子比狗娘养的还要悲伤,我永远都不要从学生宿舍里的那张破沙发上爬起来,想一直瘫在那里,直到他们用吊车拖,他们会说,这个可怜虫直接垮到了沙发弹簧里头,可谁晓得是不是他自己想把自己埋在那里呢?这样就不用再看那群狗娘养的脸色了!
"我打算找时间去布宜诺斯艾利斯看你。你老爸告诉我,那间学生宿舍有张沙发可以让我睡,很旧的沙发,但没关系,因为它不只有沙发功能,还可以当床用。我会去你那里待几天,给你来个意外的惊喜。"你没理想、没抱负,的确是这样,多多一来,你们两个挤不下那张小沙发,只能住酒店,没理想、没抱负就会一事无成,得去高品位俱乐部扩展社交圈。那不只是一张沙发,是一张床。米塔不只是婶婶,明白了吗,奇乔?她是妈妈,不只是婶婶,你得相信这一点。把自己丢进那张狗屎沙发听尼娅塔要你听的丧乐吧,再也别爬起来。我爱你,所以才送你去学生宿舍。再过不到一个月就是冠军卫冕赛了,4月是青少年足球锦标赛,真是见鬼了,我瞒着老爸,学他的笔迹自己签名报名了!让他们都气昏吧!谁也阻挡不了我报名参加大河二队,人再多我也得参加。当你够厉害时,他们就会对你刮目相看,谁能挡住我?那群傻子在星期六傍晚听古典乐,他们不听蒙哥的音乐，净听他妈的那些殡仪馆丧歌，仿佛地球上的所有娘儿们都死光光了。结果大河二队已经停止报名，再也没办法拯救灵魂于溃烂了……就算如此，我也不会把自己锁在俱乐部里，还不如先举枪自尽呢！如果我的灵魂腐烂，那是因为它不得不如此，而且无路可逃。让我去那里听丧歌，想都别想！要是继续往前，你一定会发现有美好事物在前方等着，所以必须持续向前看，生命中总有几件美好的事物在前方等着。娘儿们加上其他两三样，剩下的就注定完蛋，谁不懂得躲避就注定完蛋。要是走之前碰到尼娅塔，我要告诉她我心里的想法，她那些讲浪漫爱情的蠢货小说我一本都读不下去。"我们做个朋友吧，过去的就让它过去。"她还真会说，塞了好几本书给我作为临别礼物，还说："答应我，你有空了会给我写信。"如果碰到她，我会告诉她巴列霍斯的人都是怎么看待她的，她老爸就是因为读了叔本华，还有那堆关于超人狗屁学说才会变得疯疯癫癫的。她将来还会比他更糟，因为她读完她老爸的书后，又把整座图书馆的书都啃完了，我要告诉她我心里真正的想法。我也想知道多多听大人讲话时脑子里到底在想什么。以前他脑子里有什么就说什么，想到什么就脱口而出，不像现在这样沉默寡言。"那年黛黛把他宠坏了。"米塔老是说，"他什么都学黛黛。"要是诺西格利亚那天被我逮到，我会出其不意地让他招供，并且用眼睛狠狠瞪他，没人会傻到直接坦白自己用蛮力侵犯过小孩子,但只要他流露出紧张,我立刻就会察觉,只要紧紧盯着他看,就能知道他到底有没有得逞。休息的时候,在离开教室之前,多多就觉得不对劲,诺西格利亚跟他的两个小喽啰早就互相使眼色了。多多休息时间不想去操场,他告诉老师有几个男同学要打他。哪几个男同学?他不肯讲,转而向卷毛儿的姐姐求救,没想到那个笨蛋也当了老师,她让他待在长凳旁,说她会在操场上,有什么事可以找她。多多心想操场上那么吵,要是他们堵住他的嘴巴,那他怎么喊她都听不到。他走在通往操场的走廊上,想看看是不是有其他老师可以站出来为他撑腰,可是连半个人影都没有。就在多多快走到操场,经过男卫生间的时候,卫生间的门突然打开来,诺西格利亚和其他两个人像三支箭一样射了出来,多多都快吓死了。他甩开其中一人,冲过校长办公室时,撞上一个老师,是矮子卡特里奥,然后一路大叫着,惊恐地逃回了家。整件事的经过就是这样,但贝尔托抓住多多,开始问他到底怎么了,要他说出到底发生了什么事,贝尔托说要是诺西格利亚那伙人对多多做了什么坏事,他就要宰了诺西格利亚父子俩。他紧紧抓住多多,一直摇晃他,要他发誓他们没对他怎样,要是怎样了,他就要去宰了他们两个。多多回到家后就一直哭,一直尖叫着说"没有、没有",他及时脱身逃走了。米塔跑去跟学校申诉,贝尔托还是气愤不已,他想把诺西格利亚剁成肉酱,但就事论事来说,要是真没出什么事,你也没辙。那个大浑蛋穿着短裤,要是他的老二跟贝拉多·洛佩斯的一样,我不知道他要怎样干那些小男孩。多多的话不能尽信,我问他有没有看过诺西格利亚那话儿,结果他跟我说:"诺西格利亚老把他那话儿晾在外面,坐在最后一排,把它展示给小孩看。有一天我还看到那话儿尾端黏糊糊的,跟大人的一样大,毛乎乎的,而且还把黏液溅到地板上了。"黏糊糊的!那卷毛儿她姐是怎么应对的?难道她没看到吗?你一定要有点呆才能当老师,卷毛儿就跟她姐一样想当老师,只是她永远也搞不清楚状况。我没见过像她那么自恋的人,班上她功课最好,镇上属她长得最漂亮,每个人都很喜欢她,只不过没有人有胆去干她。其实到头来,最自以为是的娘儿们最容易上,一旦你让她喜欢上你,事情就变得很简单。她让你干是因为她自信满满,认为没哪个浑蛋胆敢甩了自己。我没见过这么自恋的人,她经常批评尼娅塔,说我怎会浪费时间在那只书虫身上,虽然她自己才是全校最大的书虫,面对她需要些胆量,在卷毛儿身上花的所有工夫都是为了让她欲火中烧,之后她就会任人为所欲为,她习惯了每个人都拜倒在她的石榴裙下。"干了之后我就更有权利让你听我的。"她开始让我感到头疼,老说她每一门课都通过了,说她比任何人都更懂得解释那些定理,还要我去她家？真他妈的，我还得忍受她老娘？让她干自己吧，她哪里会料到会有人抛弃她？到现在她已经两个星期足不出户了，她姐捎来消息，说她把自己关起来，要学学生活的真谛，她还笑玛丽，不过玛丽真是可悲的呆瓜，为我如此痴狂。还真要感谢她的忠告，因为她老是说："你到底要不要写信给我？"这把我搞得很毛，我俩根本没戏，现在她又开始死缠着我了。哦，还剩十天，干！他妈的，学生宿舍还有难吃的狗屎，我还得忍受我老爸，那个臭玻璃在餐桌上说什么他都表示同意，总有一天我会再也受不了，到那时我发誓我会叫那个臭玻璃给我滚远点。当他开始来这一套："你儿子应该读好的文学。"我老爸回他说："他是一块当野兽的料！"臭玻璃又说："他有双慧黠的眼睛，我觉得他其实比他的外表纤细敏感。"继续呀，继续朝我身上搞事呀！说不定哪天我就把《爱经》及他的所有底细都跟我老爸说了。那个化学老师最好别再跟我说那些没半点政治意识的无知民众会让阿根廷垮掉，还说圣联邦万岁万万岁。星期六俱乐部活动结束后的深夜，他们就会聚在一起庄严地打手枪，这样星期天就能好好休息，直到下个星期六前都要强制拉上裤裆并禁止使用睾丸！！！要是我想自己打枪我会动手，哪怕是星期一早上，但只要地球表面还剩一个饥渴的压抑处女，那就很难做到。当然啦，要是她们发现你住在哪儿，那你就完了，这些可怜的黑妞孤零零地在布宜诺斯艾利斯，一个人也不认识，她们会连续一个月黏着你不放，最后你得不断说谎。总之小子你可别在附近瞎晃荡，也别听信任何人，除了你妈，我总爱跟老爸胡说瞎说，每天下午跑去集训，所有冠军都出自预备队，伟大光荣的大河二队，有点逊的小镇冠军赛可是没法比的：那些家伙哪里懂足球，他们哪里懂五千人同时看着你进入球场是什么滋味，让他们好好看看什么才算真正的中卫。

Diez
PAQUITA, INVIERNO 1945

第10章 | 小芭姬，1945年冬天

༺✦༻

青苔覆盖的这几面绿色墙壁和蒙尘的彩绘玻璃窗之间，上帝究竟会在哪儿倾听我们所有女孩的心声呢？他就在圣坛附近听我们的祈祷吗？今天是星期六，特别是明天，告解室附近，我们在面对祭坛跪着的女孩们旁边领圣餐时，上帝应该就在那里倾听前排女孩的告解，一定有一两位在告解同样不可宽恕的罪，而我会再加上一条，一条邪情私欲的罪。真希望在我"准备好全神贯注忏悔。除非罪人真心悔改，否则他所犯的罪将无以得到赦免"之前，上帝不会听到我的告解。我发誓不会再犯了，并请宽恕我发了誓，我老是不断犯下罪过。就算我没做坏事，心里还是有邪恶的念头，恶魔在我的耳畔轻声细语，因为我还有犯下罪过的欲望：亲爱的上帝，我发誓绝不再犯。还有一个，两个，三个，四个等着要告解的小学女孩，五个，七个，九个，十一个……我跟妈妈说谎了，我真的说谎了，我至少有三四个晚上没有祈祷，我真的没有祈祷。我从商店里偷了葡萄干，虽然付了面粉、糖和咖啡的钱，可是没付葡萄干的钱，没付钱就算偷窃，我真的偷了。而且我很吝啬，没有把明信片借给多多看，但这不算不可宽恕的罪。要是他还给我的时候上面多了一道折痕，我八成会杀了他。直到现在，老爸在背井离乡二十五年之后，一闭上眼都还能看到他的家乡。加利西亚是如此美丽，如此美丽，永远如此美丽，如此美丽，加利西亚很美，那老爸为什么要来到潘帕斯草原呢？真笨，因为那时候很穷啊！我们一无所有地搬迁到这里，白手起家，终于变得富有，可老爸永远不会知道我犯了不可宽恕的罪，因为神父不能跟任何人泄露告解的内容。那张风景明信片是两色印刷，绵绵山峦是一种颜色，长长的山坡底下有另一种颜色的河流在奔腾。不上色的石板屋组成的小村庄位于坡顶靠近山峰的地方。那些小屋位置越高，租金就越便宜，因为小屋紧靠山壁，所以不需要盖后墙。多多说："你可怜的爸爸后来就从这里来到了风沙滚滚的巴列霍斯。你的教父至少还有钱回去看看，他会带什么礼物给你？"我不知道加利西亚这地方这么漂亮。巴兰寄回了这张风景明信片。"亲爱的老兄，这是来自丘兰萨斯的热情问候。每个人都记得我们，还有过世的塞莉亚，愿她安息。大家都给你献上热情的拥抱，回头见，阿塞尼奥·巴兰。"听黛黛说，塞莉亚快死的时候，因肺结核发作喘不过气来，整张脸发青。她真的是个坏女人吗？听说她因为老爹的关系没有结婚。米塔说："可怜的塞莉亚，人那么好,可我在医院照顾她的时候,我们已经回天乏术了。芭姬,你读过《玛利亚》吗?玛利亚也死于肺结核[1]。塞莉亚真是个可怜的女人,她从来没有想过要跟她姐姐住在巴列霍斯。她说每个人都在背后说三道四,说她根本不想待在乡下忍受小舅子,还有小舅子他妈的闲言碎语。谁知道最后她在巴列霍斯只待了一年多就去世了。你能体会没有家的人有多悲哀吗?"米塔可不像这些住在巴列霍斯的人,她在药房值班,没法去参加葬礼,不然她一定会去。老爸也没去。巴兰、黛黛的舅妈和外婆都去了墓园。她死前领过圣餐吗?"我不晓得呢。上帝不需要穿袍子的男人去提醒说,这个可怜的女人吃了一辈子的苦。"塞莉亚曾是个美丽的女人,她的刺绣技巧比妈妈还厉害,却有一条非常致命的罪没有告解。"她有一双白皙如雪的绣花巧手,无时无刻不在编织刺绣。"米塔岔开了话题接着说:"冬日刮着冷风,能去哪儿呢?"塞莉亚整天帮爸爸做男装,还有时间绣花吗?米塔是社交俱乐部的合伙人,多多说:"来我们家呀,你怎么都不来我们家?要是我跟教练提到劳尔·加西亚,不知会怎样?"你以你妈的性命发誓,要是跟谁讲你妈就会死!他还太小不懂,劳尔·加西亚跟教练之间的差异简直就像白天与黑夜。教练很好,劳

---

[1] 此处疑作者误。该小说的主人公实际上死于癫痫。

尔·加西亚很坏。你妈跟你提过任何跟塞莉亚有关的事吗？"你爸给她的钱不够她付医药费，你运气好，修女学校没有男孩子。"你听过你妈你爸提起塞莉亚吗？"听说又有人在下课休息时间从学校逃回家了。"别跟你爸你妈说我问过你关于塞莉亚的事。"人不该对父母有所隐瞒，但我不能跟妈妈说你跟劳尔·加西亚的事，因为我发过誓了，可你没发誓，你怎么不跟你妈说？"给妈妈讲了这么多八卦，可到底是哪个女孩从学校逃走了？"我没说是女孩还是男孩。"那是你班上的吗？"这是个秘密。"我留下来继续跟他玩了一会儿他收藏的画卡，这简直是全世界最愚蠢的收藏，他自以为知道我所有的秘密。在酒店房间，教练打开门："你年纪这么小，来这里做什么？你在哭吗？"我爸打我，那个从加利西亚来的裁缝师、球员，他拿皮尺抽我，因为我把面包和奶油蹭到他顾客的布料上了，我只是一时疏忽。您无法想象有多痛，所以我才来了酒店。您生气了吗？哎呀！别碰我的背，很痛呀！我需要把书还给图书馆，您看过这本书吗？不会呀，房子里面不冷，别拿走我的鞋子，我怕赤脚在地上走会起鸡皮疙瘩。他把手伸进我的短衫里，想看看他冰冷的手会不会让我打寒战……没事，我越来越想把衣服全部脱掉。你知道吗？明年他们就要让我进社交俱乐部了，不是今年春天，是明年我满十六岁的时候，在家时除非有米塔太太陪着我，否则他们是不会让我一个人去的。不要！不要关灯，让这盏美丽的床头灯亮着，它看起来真像一顶中国瓜皮帽。"要是我们把灯关了，我会打开衣柜，你会看到一个玻璃瓶，瓶子里会发出一闪一闪的亮光，几乎就像一盏油灯。"他熄了灯，在黑暗中从衣柜里取出瓶子。"乡下有很多这种虫子，看着它们一闪一闪的。萤火虫是最可爱的小虫子了。"他夜里到乡间捉来这些萤火虫，只见那些虫子的光一闪一灭，我想闭上眼睛，衣衫不整地待在这个房间让我感到害羞。您把这些小虫子留在衣柜里？是啊！有一大群。他把玻璃瓶再放回衣柜，这时便再也看不见那一闪一闪的光了，闭着眼睛，我只能看到自己体内，我体内一片漆黑，但没关系，他用一只手抚摸我，劳尔·加西亚用来劈柴的大手和常撑在后院卡车上、被香烟熏黄的手指，它们的爱抚再温柔都让人感觉是虚情假意，您可不像他，您比他好。又一个寒战，仿佛身体里有小虫子在每一根血管里窜流。你能想象一个人的身体里有成千上万的血管吗？我紧闭的双眼再也不那么暗了，一群萤火虫在我身体里闪烁，从脚趾的趾尖到发根，成千上万只萤火虫在我的身体里飞舞。抚摸它吧！劳尔，抚摸它吧！劳尔·加西亚！劳尔，来吧！你有多想要我，现在我就有多想要你。轻柔地，轻柔地抚摸我。它们发光了，变暗了，亮了，暗了，亮了，劳尔！请爱抚我，爱抚所有在我身体里的小虫子，纵使伤害了我也没关系,深情地吻我,吻到让萤火虫都想要飞走,离我而去,那时我将看你最后一眼,最后一次闭上双眼,入睡……"芭姬,我不希望我们之间再进一步,请让我紧紧抱住你,就像这样。"教练解开他衬衫领口的纽扣,然后什么事也没发生!由于一时恍神,我把小说《玛利亚》遗忘在了他凌乱的床单上。约瑟夫神父说:"小心她只告解她的罪,却对她的恶毫无忏悔之意。"要是我离开酒店时已经死去,那我的死将赦免我不可宽恕的罪。还有五个,六个,七个,八个小学女孩在我前面排队等着告解。应该没有哪个学生会邀我共舞,因为尼娅塔说:"我发誓,成人礼舞会上我所有的朋友中没有一个会邀你共舞。"不过,他们所有人都会问她哪一本小说最好,她什么都懂。"你确定你真的找对书了吗?你一定不能错过《卡拉马佐夫兄弟》,不过我不确定你是否看得懂。"尼娅塔,埃克托尔真的对她为所欲为吗?我没有错,我也什么都不知道。尼娅塔夜里上床睡觉时,她脑子净想些什么?卷毛儿想着明天要上的课,把自己包得紧紧的,热水暖脚袋就在脚边,埃克托尔的双手开始抚摸她,那她就会有罪要告解:产生邪念的罪,但不是不可宽恕的大罪。卷毛儿会把她的双手放到被子里,床单和睡衣之间,因为天气很冷,这时埃克托尔的两只手掀开了她的睡衣,那双手开始摩挲她的身体,这一下她就有不可宽恕的罪要告解了,这比邪念要更罪恶。妈,塞莉亚人好吗?"好个荡妇!"那么妈应该知道大家怎么说爸跟塞莉亚喽?他晚归不是因为喝醉酒,要是天快亮时他才火冒三丈地回到家里,那是因为他赌博输了,有时会输掉下注的裤子,或者是裤子加外套,而且他这个冥顽不灵的赌棍玩扑克牌经常会把裤子、外套和背心都输个精光。多多说:"人不该对父母有所隐瞒。"要是他们允许,我放假时会架个高高的梯子爬到接近屋顶的位置,把圣坛后方的青苔刮干净,再往两边涂上油漆。要是经过这个漫长而干燥的冬天,上帝能下场雨,那么彩绘玻璃窗上的尘土就会被洗涤干净。"站在外面的大街上真是要被冻死了。"挺着大肚子,又感冒了,医生特别嘱咐米塔怀孕七个月之后千万别出门,担心这个孩子也会早夭。坐在壁炉旁,"如果有好片上映,我还是会出门去看,哪怕医生会生气……你有什么书?……《玛莉亚娜拉》[1]!这本书写得好美……故事的开头是怎样的呢?"。她不相信,《悲惨世界》是我从图书馆借出来的,老爸凌晨三点钟从酒吧回来进家门时刚好逮到我在挑灯夜读,即使这件事真的罪大恶极,在夏天,你可以说:"趁早起床,就着日光读书,开灯费钱。"可现在是冬天,早上直到七点,

---

[1] 《玛莉亚娜拉》(Marianela),西班牙作家贝尼托·佩雷斯·加尔多斯(Benito Pérez Galdós)写于 1878 年的小说。

天都还是黑的。要是我把教练的事全部告诉米塔,并对她发誓绝对不再犯,她会宽恕我的。就算有人跑来跟她说闲话,她还是会带我去跳舞。米塔:我有话想跟你说。"唉,芭姬呀!那个可怜的小女孩珂赛特真是吃尽了苦头,从早到晚都得用木桶替那个心肠狠毒的泰纳迪太太提水,从法国乡下冰天雪地的清晨开始,一直干到晚祷的钟声响起。"米塔是很久以前读的《悲惨世界》,却还记得整本小说的情节。把一切都讲给她听又能怎么样呢?没想到我竟然读过《笑面人》,这一本的情节我倒是不记得了。"我不记得了,芭姬……我都快忘光光了,你知道吗,我怎么也想不起《玛莉亚娜拉》开头写了些什么,《玛莉亚娜拉》开头是怎么写的?芭姬,来到巴列霍斯后,我把看过的很多小说都给忘光了……"米塔跟我说要读《玛利亚》,"那是最棒的小说,你读过吗?是不是写得很神?不过你会发现,要是待在巴列霍斯,你就会把它遗忘"。我说在巴列霍斯,跟在中国或加利西亚不是一样吗?"不是的,芭姬,要是你从来都不跟别人聊那本小说,你就会逐渐遗忘。"多多:"她已经把记得的全都跟我说了。"老爸说由于不断下雨,乡下田野里的一些小屋逐渐衰败破旧,这是关于加利西亚他唯一会讲的事,我想象男孩们赤脚在加利西亚的雨后奔跑,景致美如画,老爸和巴兰只身来到这里,三年后塞莉亚抵达阿根廷,给他们带来关于他们母亲的最后一个消息,在这之前,他们到底认不认识?真是一人一种命,塞莉亚的姐姐一踏上阿根廷这片土地,没缝制几件衣服就钓到了黛黛的舅舅,而可怜的塞莉亚干着裁缝助手的活,用更粗的针,缝制更粗糙的男装布料,腰背越来越直不起来,没有钓到老公,却染上了肺结核,她干吗不接她姐姐的客人?裁缝的活不那么累。"倘若你不是做裁缝的料,最好还是当裁缝的助手。"妈都做那么多年的衣服了,如果她不是做裁缝那块料,那谁还算得上?等到十六岁的舞会那天,我要钓个男朋友,越有钱越好。他们都住在黛黛外婆家的房子里。又一个告解完了!只剩七个在排队了。玛莉亚娜拉投井自尽[1]是因为她长得丑,米塔真怕她的宝宝会早夭,她不想在冷天出门,她只跟我说过一回:"如果你想来社交俱乐部,我们一定会玩得很开心,但是芭姬,你一定不能跟男孩子一起上屋顶,我可不想因为出了什么事而被责备。"要是巴列霍斯人发现我跑到教练房里,我该怎么办呢?"芭姬,《玛莉亚娜拉》最后发生了什么?"玛莉亚娜拉投井自尽。我跟米塔发誓我到俱乐部会乖乖的,一旦多多从我们身边走开,我就会开始告诉她一切真相。"玛莉亚娜拉沉入井里,人们再也找不到她,因为她被

---

[1] 此处疑作者误。玛莉亚娜拉试图投井自尽,但被人阻止,最终心碎而死。

野老鼠吃了",在她男朋友赶到并发现她是个丑八怪之前。但是那口井该有多脏呀!"最好是投井,要是你在辽阔的潘帕斯草原不知名的一棵树上上吊自杀,那些路过的燕子还会闪烁着晶亮的眼睛看呢。"海里的鱼儿甚至连睡觉都不会闭上眼睛。在地球的大洋洋底"有从深处窥探的眼睛"。海底深处透明的海水可以让人从最远的距离看到"美人鱼的眼睛",比任何画卡上十八岁的女孩都美丽。你不能否认卷毛儿长得漂亮。我看到她在游泳池边湿漉漉的头发,会想象她把头伸出海面的样子。"她唯一拥有的就是头发",尼娅塔就会瞎说,但她的意思是她头发湿漉漉的,有船经过时,卷毛儿会挺着身子看着大海,船上的水手们望见她,会把她当作美人鱼。我之前以为卷毛儿能看到有水手一头扎进海里(大海就像一张大嘴,可以一口吞掉一切),而她会尽可能保持镇定,经过了这些事,我不知道她现在会如何。"亲爱的小芭姬!"爸比没看我,他盯着正在缝制的背心、夹克或是裤子,"要是你想待在米塔太太家吃晚饭,得先打电话跟我说,这样我就可以在街角等你。这么晚了你不该自己一个人走在街上。"卷毛儿来家里最后一次试穿她的蕾丝裙子时,多多就在我身边,多多有一年多没见过她了,因为她除了上学都足不出户。她一如既往地爱撒谎:"多多,看你长得又高又帅!"多多一听马上就上了钩,这个傻矮个儿!他说:"我好久没见到你了,去年夏天我跟埃克托尔骑自行车经过你家无数次,不过,只是经过而已。"她说:"真的吗?"那个白痴说:"对呀,你在我的名单中排第一。"接着他开始说:"女孩名单里大家最喜欢你,你怎么都不出来玩?"那个爱撒谎的说:"我一直都会出门呀!"接着多多说:"你真那么爱他吗?"她说:"我现在再也不出门了。"那干吗做蕾丝裙子?她做那条裙子就是为了去卫生间吗?多多说:"卷毛儿你是巴列霍斯最漂亮的女孩,你在名单里排第一。""不,我不是因为埃克托尔才不出门,纯粹是因为我不喜欢出门。"反正撒谎不花钱,她说她一整年都窝在自己家里! 多多说:"要是你今年夏天会出门,埃克托尔就会回到你身边,而不是尼娅塔身边。他跟尼娅塔……"卷毛儿意识到苗头不对,突然对我说:"小芭姬,你能让我跟多多私下谈一分钟吗?"我就走开了,这真是要命的一分钟,当着我的面还不至于出事,你懂的。把玻璃杯紧贴着墙,厨房里什么声音都听得一清二楚。"小多多,你不知道我有多爱埃克托尔,你不知道我多爱他,所以我才不再出门,他不在巴列霍斯时,我都找不到出门的理由,可他在巴列霍斯时,我又怕再见到他,不是怕要跟他说'你去死吧'……而是怕要再度帮他带笔记,不过,我想他不会再看我一眼了……只有我自己知道为什么,多多!"多多心都软了,说:"为什么?"一脸懊悔的卷毛儿说:"因为……我不知道怎么跟你说才好……男孩子喜新厌旧。"卷毛儿这时把脸埋在双手中。见鬼了!她难不成哭了?多多说:"别把脸遮起来,爱一个人又不可耻。"这时你会听到那个假惺惺的给了他一吻,多多整个人都融化了。"卷毛儿……你不要这样。他想回到你身边……他就是因为见不到你,才去找尼娅塔的。"然后那个虚情假意的皇后说:"说得也是,说不定埃克托尔觉得尼娅塔更有意思。"多多就问:"为什么她更有意思?"她回答:"这个嘛……也许尼娅塔更机灵,懂得对埃克托尔掩饰一些事情或秘密,他又没那么了解她,对她也认识不深……"接着我听到每次回想起来都会瞠目结舌的话。"……卷毛儿,你真傻,他也在前厅对尼娅塔为所欲为,那时候她妈妈在听新闻广播呢!"哦!多多这个长舌男的舌头估计从这里一路伸到了北极。卷毛儿一时怒火中烧,但也很高兴得知了更多埃克托尔的事。"不,你哪里懂这些,你还那么小。"多多试图扳回一局:"才不呢,那些大男孩什么都会跟我说,前年埃克托尔跟你还有尼娅塔,去年暑假最后几天跟玛丽,今年是跟小豆子玛斯加格诺,在她堕胎之后。我是在医院药房听说她堕胎的事,再去跟埃克托尔说的。"哦!妈呀!幸好你只逮到我拿着玻璃杯在厨房听你说话,我不得已回了试衣间,卷毛儿一脸没事的模样。"我会到处跟人家推销说你做的裙子很漂亮的,派斯太太,我要穿去参加国庆节当天的舞会。"

说得我妈心花怒放。唉，如果我知道卷毛儿是怎么推销的就好了，某天下课后在前往广场的途中，有个人气急败坏地挡住我的去路，头一个字母是ñ，结束字母是a，她就是尼娅塔！"所以我们算什么，全是八卦和毁谤！"她说我利用无辜的幼儿毁了她的名节，她在俱乐部总说我好话，因为她以为我是个很聪明的女孩子，但是现在她懂了，我都读些垃圾小说，读得脑子都坏掉了，犯了罪过，接下来就坐等被罚。"你往后的日子可难过了，等所有亲朋好友暑假一回来，没有人会跟你打招呼，臭小子！"就是从那儿压力开始浮现，她又冲我喊了一句"臭小子"，接着用她的漆皮皮包狠狠地打了我的头，这个异教徒女孩！她另一只手里拎着的书掉落在地上，在她蹲下去把书捡起来的那当儿，我赶紧跑回了家，要不然她会用那部精装本《卡拉马佐夫兄弟》打我。这是一部让我觉得仿佛被天使带到天堂、飞至云霄的硬壳精装小说。所以我是罪魁祸首，因为没人敢跟他堂哥，那个小浑蛋说什么，现在在任何社交场合都不会有人要邀我跳舞了，我还期望着能碰上像塞莉亚她姐姐那样的好运呢，塞莉亚人并不坏！米塔的感冒一直持续到小孩生下来，米塔，靠壁炉那么近，好热啊！"别靠我太近，不然你会跟我一样感冒的。"米塔早已为先前夭折的宝宝准备好了全套婴儿用品，早上她到医院药房上一会儿班，之后就没事做了。米塔请告诉我，黛黛真的是过世的塞莉亚的亲戚吗?"不是的。"她的肺结核是从哪儿感染的?"《玛利亚》是我读过的最美妙的小说了,你一定要去图书馆借来看。"塞莉亚生病以后还跟她爸爸一起工作,幸好她爸爸运气好,没被感染到。"那个老太太不过是她姐夫的母亲,但一直照顾她,直到她过世。"那塞莉亚在巴列霍斯有交往对象吗?"《玛利亚》一开头写了什么我差不多都快忘光了。"没人想娶塞莉亚吗?"你还记得故事的结尾吗?我忘不了,在哥伦比亚的崇山峻岭间,春天火红的太阳到下午七点才下山。一入夜就是刺骨的冬季冷风,迅速笼罩在安栖白色坟冢的墓园。从天空和山顶上,可以看到埃弗拉因在坟冢间穿梭,正在寻找新近盖上泥土的坟墓,底下就埋葬着玛利亚。她死的时候才十八岁,天天计算着归乡之日的埃弗拉因,一毕业就赶回来要再见到她,等他赶回橡胶园时,玛利亚却已经不在房里了,她没在缝衣服,没在绣花,没去长满仙人掌的井边打水。"玛利亚让他碰自己了吗?埃弗拉因对她为所欲为了吗?"因为急着想见玛利亚一面,埃弗拉因再度骑上马,在太阳下山前几个小时的余晖中奔驰在遥远的群山中,在那里,白色的坟冢面对着火红的夕阳。哦!玛利亚,他很快就找到了他的玛利亚。可怜的埃弗拉因,他只要找寻最新下葬的墓地就能找到。"她死前告解过吗?"虽然知道自己离她那么近,却再也无法对她述说衷情了。但是埃弗拉因依然必须向她倾诉，他说了又说，说了又说，直到再也说不出话来，他知道玛利亚会听到他，也会从山顶的云朵间俯望着他。就算玛利亚一句都听不见，一句都无法回答，她也会一直听下去，那将何其安慰埃弗拉因呀！或许他还能见她一面，哪怕只是在森林里现身一瞬间。"果真出现的话，必定是童贞圣母玛利亚显现神迹。"天色已晚，山上的浓雾开始笼罩大地，埃弗拉因脸上爬满了泪水，每滴泪珠都宛如珍珠，如果真有奇迹，那就请童贞圣母玛利亚大发慈悲吧！埃弗拉因伤心欲绝，脸上的泪珠滑落到墓碑和草叶上。在上弦月的照耀下，圣母显灵了，他宛如珍珠的泪水，每一滴都映照出她苍白的脸颊和长至腰际的秀发，她眼底因为病重而出现黑眼圈，双颊因高烧而消瘦，因肺结核而惨白，每一颗泪珠就像银白的珍珠，映照得玛利亚如已逝之人那样苍白。她对着埃弗拉因微笑，说尽他想听的每一件事，真的是每一件事吗？"没错，圣母真的显灵了。"他想知道的事情只有三件：她还好吗？她不再受苦了吗？还有她还爱他吗？只要一抹微笑就足够回答他这三个问题。是的，玛利亚在微笑，似乎在说她很好，她不再受苦了，她也依然跟过去一样爱他，永远地爱他。可是她已经去世了，圣母的微笑一如她的离世，一切已成永恒，玛利亚将微笑到永永远远。"教练的微笑，他对我投来那么多微笑，却没有什么特别的意义，不带任何明确的信息，活着的人会对你浅浅一笑，却又立刻改变心意，我不觉得教练已经结婚。差不多开学没多久时，我把豪尔赫·伊萨克斯写的《玛利亚》借给他，结果他再也没靠近过我。图书馆管理员会把我杀了。"你怎么过了那么久还没把《玛利亚》还给我呢？真该死，这样慢吞吞的。"哪里慢了，我两个晚上就把《玛利亚》读完了，我还打算再读一遍，还有五个女孩在我前面排队等待告解，我趁这段时间去图书馆，一页一页地阅读，轻轻抚摸着每一页，要是教练跟我说他把整本书都读完了，我会用我的指尖轻柔地抚摸每一页，用我十根手指头的指尖，上下抚摸，要是他对我发誓他整本书都读完了，那他的目光就曾在每一个字上面停留，他那眉睫下的双眼，他那如羽毛般扇动的睫毛，那纤细的睫毛如同鸡毛掸子，会把每个字上面的灰尘拭去，当他把书还给我时，书页就跟石板瓦片一样干净。教练已经把《玛利亚》中的每一个字都读过了，那我也要把书一字不漏地再读一遍。神父得花多少时间才能听完我们所有人的告解呢？我的膝盖都跪得发痛了，但夜里一个人躺在床上时，试衣间只有人形模特看着我，熄灯后卷毛儿会在黑夜里想些什么？从床上我可以看见裁缝桌上老旧的工具、人形模特、缝纫机、皮尺、剪刀和劳尔·加西亚。多多别想监视我！学期结束后的几天，学生们会搭乘火车回家，下火车时，他们若没有远远地跟我打个手势，那就表示没认出我。

可如果他们逐渐靠近,却对我视而不见,那就表示他们不想跟我打招呼,我对他们来说已经不存在了,尼娅塔将报复成功。"下课休息时间,一个大孩子追着某个人跑,要干的事你想想就知道,所以小孩溜掉了,他的家人跟学校抱怨。"别跟我多说废话,你只想从我这里套有关劳尔·加西亚的事。"今年又发生了同样的事,那个小孩又溜掉了。"谁溜掉了?是那个大男孩,还是那个小女孩?"什么小女孩?"就是他们追着跑的那个小女孩呀!"对,就是溜掉的那个小女孩。"那个大男孩呢?"不是大男孩,今年追着她跑的那个,个头跟她一样。她妈告诉她爸,说他们跟小女孩说了,他又不是大个子,她怎么不捍卫自己?但是他们不知道,那个男孩还有两个同伙:一个躲在后院树丛后面,另一个躲在卫生间里。"那小女孩怎么不跟他们说呢?"她没说,那是他们第三次追着她跑了。"他们干吗老是追着她跑?"因为她成绩很好。她爸妈也问同样的问题,他们干吗老是追着你跑?他们告诉她要学会捍卫自己。"那他们怎么不把她送去修女学校?"我不能跟你说她的名字,因为我发过誓。"你确定你爸从没跟你妈提过塞莉亚吗?"塞莉亚和你爸一起工作的时候,他们不会像现在一样,过那么久才把衣服送到家。"我下定决心要出门见教练。妈咪说:我跟你讲的有关卷毛儿的事,你可别跟任何人说。"她们都是社交俱乐部的名媛,都在附庸风雅,她们是一群粗鄙的荡妇。"但是去俱乐部的人都出身良好呀!"要是我看到你将来跟她们一个样,我就把你给宰了。"我不想跟妈妈在试衣间喝牛奶,所以才在老爸的工作间,把面包牛奶拿在手里,我跟爸爸发过誓,我绝对不是故意把黏糊糊的面包和奶油蹭到克什米尔毛料上的!他用那把对折的皮尺抽我,你都能看到皮尺在我身上留下的印痕。"你整个后背都是皮尺抽的印痕。我轻抚你的时候会痛吗?"教练的手指上没戴戒指,难道他把戒指拿下来想假装单身?在面向天井的某个房间里,"他们会因为我让你进了我房间而把我的饭碗给砸了。我该去拜访你父亲,请他对你好点"。舞厅里他没邀我共舞,对我来说,他年纪太大了,其他同学也一样。米塔会说,拜托!请埃克托尔过来邀我共舞,请他告诉其他学生,大家都是他的好朋友,都过来邀我共舞,要是他们还没跟米塔说看到我从酒店里出来,我会立刻自己去告诉米塔,连一分钟都不耽误,甚至不等她吃完桃子。趁她一个人,身旁没有多多、没有埃克托尔,也没有宝宝的时候,马上跟她说。宝宝的手好小哦!多多说先前夭折的那个宝宝长得最英俊,埃克托尔不想回书房学习,是因为那里太热了。于是米塔说:"要是你想等夏天天气变凉之后才学习,那你永远也别想上学。"海军大学入学考试!米塔,我得跟你谈谈,这时多多嚷了起来:"再见了,小河,你爸早知道你是个白痴,你根本欣赏不了学校的校服。"接着是："你这个小笨蛋，别跟小河没大没小的，你年纪太小，不该谈那些有的没的。"米塔，听我说，我来抱着宝宝，我想跟你聊聊，大家都没看见桃子皮就在宝宝身边，他把皮塞进嘴里吞了下去，然后哽住了没法呼吸。多多别慌，宝宝不会死，你怎么吓成这样？宝宝喘不过气，拼命咳嗽起来，我们该怎么办呢？多多只是跑到后院又哭又叫的，就好像他的小弟弟已经没救了。家里帮忙的仆人是唯一知道该怎么办的，她把手指伸进宝宝嘴里，将长长的桃子皮掏了出来，可多多还是一直在尖叫，反正尖叫又不花钱。"你永远不知道会有什么后遗症！那些后遗症，说不定会让他断了气！一整晚都没法呼吸！"米塔，我们可以到厨房去一下吗？我有话要跟你说，米塔大声喊："多多，住嘴！"从街上就可以听到多多在大喊大叫："你们整晚都一定要好好照顾他，以免有后遗症！"然后埃克托尔说："够了，别到处嚷嚷了，别再尖叫了！你这个他妈的小玻璃，住嘴！你给我住嘴！！！"多多立刻回嘴："你奶奶才是臭玻璃，你才是闯进别人家的入侵者，入侵者！给我滚出这栋房子，滚！！！"就像演员指着人家要他滚蛋那样，多多老喜欢模仿电影里的动作，这时我以为埃克托尔会狠狠推他一把，让他跌坐在地上，他的确被冒犯到了。"我早就知道终有一天你会这样跟我说话。"他把自己锁在房里，他要是睡不好，中午十二点起来总会心情很糟。啪!每次经过蕨类植物盆栽,他就会把它的枝叶折下来,啪!看来这几天不知什么时候他会把多多的耳朵给折下来。米塔,听我说,听着,我得跟你谈谈,跟多多无关,不是,我没有要偏袒哪个人,是另外一件事,我希望在别人说之前先告诉你。"不要跟我抱怨。光是这两个大孩子跟这个小家伙就快把我给弄疯了。"我不是要抱怨!"我想先把这个宝宝哄睡着,他唯一会做的就是犯困,天晓得今年夏天什么时候才会结束?"事实上,潘帕斯草原跟岩石一样干燥,老爸来到巴列霍斯的时候,放眼望过去尽是风沙滚滚的小镇,估计连棵树都没有?早知道我就写信给塞莉亚叫她不要来,即便她会给老爸带来小村庄的最新消息;我没把那张风景明信片借给多多,他简直要气炸了,我是想拿去裱框,玻璃框得花一块半;要是我会画油画,我会画大幅的;从最廉价的某栋小屋窗口望出去,会看到底下的溪流和由成排堆叠的石块隔开的果园,那些果园很大吗?"不大,不过果园的主人会特别细心地照顾里面的每一棵树。春天一到,果园里就开满了白花,因为种的全是苹果树。"世界这么大,他怎么会跑来阿根廷呢?住在潘帕斯草原,他要终日关紧门窗以免风沙跑进来。幸好他不知道同学们在排挤我,我为何要接受这样的惩罚呢?童贞圣母玛利亚在干什么?是因为我和劳尔·加西亚躲在卡车底下吗?还是因为我想跟他一起躲进……

躲进被窝里，我只是在心里想了一下而已！是教练拯救了我，多多并没有前来救我一把，明年幸运的他就能去布宜诺斯艾利斯上学了，而我铁定要永远被困在巴列霍斯的修女学校了。"芭姬，芭姬，你无法想象那所寄宿学校到底有多棒，黛黛念的是修女学校，她们半夜都会跑到卫生间去读小说，四个人坐在里面一起读同一本书。"在乔治·华盛顿私立学校图文并茂的招生手册上，几间宿舍是分散在一个非常大的公园四周的。到了星期天，多多搭火车不用一小时就到了布宜诺斯艾利斯市中心。不！我不敢相信！只剩两个小学女孩还没告解！接着就要轮到我了！我偷窃、撒谎，我没祈祷，我对不起上帝！我还有满脑子邪念，还有没说的一堆事。不可宽恕的罪应该留到最后告解，还是一开头就先说？对倾听告解的神父来说，想要违反戒律就等同于或更糟于正在违反戒律。这样说来，夜里在床上想着劳尔·加西亚，跟一大早逃学溜进他房里并无分别。劳尔他爸跟他一样，不睡到中午十二点不起床，只不过他睡另一间房，劳尔一个人睡一间，我溜进他夜里睡暖了的被窝，顾客就坐在沙发上等着试穿用长针脚疏缝的裙子。上帝无所不知，无所不在，也许上帝也在无头的人形模特身上，上帝无须眼睛，什么也逃不过他的法眼。劳尔终于得以为所欲为！多多，过来跟我说说学校溜走的小女孩是谁？"没这个人，都是我在撒谎。"那他们对那个大孩子怎么样了吗？"没有，不过上帝会惩罚他。"那上帝会怎么惩罚他呢？"他的脸上会结满痂。这样他一走近，每个人都知道他有罪，就像身上有疮的狗一样。"那小女孩的妈妈再次跟学校抗议了吗？"没有，她走出电影院时碰到了老师，就跟老师抱怨了一番。"那她没跟校长抗议吗？"没有，因为我们校长从来不出门，不论是在商店还是电影院都见不到他。"那他们为什么不去学校找校长？"因为小女孩她妈妈觉得再去学校跟校长抗议实在是很没面子。"现在轮到我去告解室告解我所有的罪了，告解队伍里倒数第二个女孩正在画十字，她应该快结束了。我心甘情愿地让劳尔·加西亚在我身上为所欲为，可对倾听告解的神父来说，心里动淫念就算犯罪，而且只要犯了一次就要告解，我发誓从今以后再也不想念他了，但他那双伐木的大手滑进我的被窝，用他被香烟熏黄的手指爱抚我，然后在我鲜活的肉体上磨蹭，这已经比邪情私欲更糟了。哪天早上我醒来时，两手的手指都要被香烟熏黄了，那双伐木工人的大手，一个十五岁的女孩，双臂上挂着一双大人的手，那就是上帝对我的惩罚了！童贞圣母不知有多么幸运！上帝的福赐让她生了个儿子，还永葆童贞之身，她将保有纯洁直到永恒，这每个人都看在眼里，没有人会说她是个卑鄙的荡妇。老妈说："俱乐部里都是附庸风雅的人，全是些卑鄙的荡妇。"米塔说："上帝不需要一个穿袍子的男人提醒说，那个可怜的女人如何吃了一辈子的苦。"当着顾客的面，妈妈说："塞莉亚跟她姐姐都是荡妇。"老妈怎能那么肯定她们很坏？现在等着告解的小学女孩只剩一个了，我跟修女说我肚子痛，然后立刻溜走了，就好像要冲到卫生间去呕吐。劳尔说不定还在睡觉，我趁机溜进他的被窝，床单都是他自己洗，还是他爸？从黑色小隔栅的告解室小窗看不到坐在里面的神父，从高山上的小屋窗口俯视，可以看到山下的小镇开满了小白花，阿根廷的秋天正好是加利西亚的春天，他们种了很多苹果树。现在爸爸不让我一个人去任何地方，要是我待在米塔家吃晚饭，他甚至不会让我独自走两个街区。在去酒吧之前，他会先在街角等我，陪我回家。我是不是把《玛利亚》忘在酒店房间了？怎么又会出现在老爸的工作室呢？就放在贝尔托的新灰色夹克上。"小芭姬，这是图书馆的书，对吧？拿去归还，从现在开始，你的举止必须像个淑女，懂了吗？这样就不会有人跑来跟你爸说他女儿行为不检点。最好这是最后一次有人来让我好好管教自己的女儿，幸好你妈什么都不知道。"我呆住了，手里拿着书，正好要去图书馆，听到这些话，我的心差点跳了出来。"不，明天再去图书馆，现在已经很晚了，我不能陪你去，有个顾客马上就要过来量尺寸。"是的，老爸！那本豪尔赫·伊萨克斯写的《玛利亚》，我从来不知道教练到底有没有读过它，教练估计以他妈妈的性命发了誓,老爸才相信他没对我做什么?老爸铁定相信他,要是不信,肯定会海扁他一顿,再带我去找医生验明,还会把我关禁闭,拿皮尺抽我,他会把我抽死的,幸好他信了教练的话,教练说不定以他妈妈的性命发了誓,或者是以他老婆的性命做了担保?从头到尾,什么都没发生,我是怎么进教练房间的,就是怎么出来的,老爸全信了,老爸原谅我进了一个比我年长很多的男子的酒店房间。可从现在开始,我不能再一个人爱上哪儿就上哪儿了,他会全天盯梢,上帝让他原谅我,没有打我,甚至没吼我,也没跟妈说。幸运的是,现在不需要等那么久了,最后几个小学女孩一告解完,就轮到我们中学女孩的第一排了。要是老爸能在冈萨雷斯家女孩的庆生会结束后接我回家,我就不会碰到劳尔·加西亚,"这样就不会有人跑来跟你爸说他女儿行为不检点。你年纪还太小,分不清事情的对与错"。后来他把书还给了我,好让我归还给图书馆。"跟你妈说我不回来吃晚饭,在顾客来店里之前,我先去酒吧喝杯咖啡。去吧!跟你妈说。"黎明时分,我从床上依稀听见面向街道的门打开的声音,这表示他已经回来了,亲爱的上帝,万能的主!我恳求您,别让他打我,说不定他今天打牌输光光,下午还没发飙,整个人正在气头上,会抓起皮尺打我一顿。他走进浴室,又从浴室出来,接着走进他的房间,现在他躺在床上了。他在想些什么呢？所以他不打我了？感谢亲爱的上帝！感谢您告诉他要原谅我，或许就是在替贝尔托缝那块昂贵布料的时候，老爸听了您的话。或者是正在思量早知道就该留在丘兰萨斯，那样会发展得更好时，他突然听到了您的启示？他会直到老死还想着丘兰萨斯吗？先什么都别说，我想给他一个惊喜，我准备把那张裱框的风景明信片挂在他的工作室里，我之前怎么没想到这个点子呢？正想着呢！小学最后一个女孩就要告解完了。亲爱的上帝，我要向您念诵《玫瑰经》，请指点我什么是对，什么是错，黛黛说过世的人会为我们祈福，她为她过世的外公祈祷，她外公会在天堂为她祈福，多多为他早夭的弟弟祈祷，可他弟弟就没法为多多祈福，因为他弟弟死的时候还没受洗，所以死后会去炼狱。这是为什么总有恶魔在唆使多多吗？也许我在加利西亚过世的祖母会为我和老爸祈福，还有，塞莉亚还会记得我吗？那时我还那么小，我应该向童贞圣母玛利亚祈祷，我其实应该向我们万能的上帝念诵整篇《玫瑰经》，求他让塞莉亚的灵魂永远安息。

Once

COBITO, PRIMAVERA 1946

第11章 | 小可博，1946年春天

我非宰了这群畜生不可，当他们靠近鼠洞时，任何一个都别想逃脱，妈的车库简直被诅咒了，里面爬满了这群妖孽，他们在人行道上四处逃窜，已经没有时间躲到报亭后面了，这群叫人恶心的畜生，就让你们见识见识告发冷血乔的下场。先在腿上赏一颗子弹（这样他们就谁也别想逃走），再赏另一颗给手臂（这样他们就握不住枪），最后只能束手就擒，根本没时间拉起铁门钻进鼠洞里。藏身在车库地下密道的他们还自以为很安全，这是一群藏在一块超大奶酪里的鼠辈，奶酪有一个街区那么大，里面全是洞，外层是一个难以穿透的硬壳，他们全完蛋了，因为唯一刀枪不入的就是乔，一旦靠近这些胆小鬼，我就会朝他们脸上吐口水，再抽他们每个人两巴掌，先用手背抽，啪！再用掌心掴，这会更痛！妈的畜生，难道你们不知道我扣扳机都扣到掌心长出一层硬茧了？我手下的叛将跟犹大一样虚伪，你们给我站好，一个一个排好，虽说你们跟犹太人，也就是以色列人完全没有关系，但还是等着看冷血乔怎么收拾你们的狗命吧。等待可真难熬,我只能这样望着窗外一直到晚上九点半吗?街上除了那间废弃的小报亭,再也看不见别的了。谁会路过这所破学校呢?星期天连擦鞋的小弟都遛街去了,吃饭的工具乱七八糟地扔在报亭里面;那些打开而没有合上的鞋油干瘪的速度比我还快,鞋刷乱丢在鞋箱里。他们都是自由之身,不必忍受舍监的脸色,要是所有住校生都外出了,只留我一个人在宿舍,我才不在乎,穿着那双脏兮兮的皮鞋又怎样?舍监星期五上课前说:"哎呀!你竟然没刷皮鞋……还胡说个什么,去!"蠢蛋,我会直接被列入星期天不准外出的黑名单。等那帮叛徒在九点三十分又三十秒归来,各赏他们大腿一颗子弹,他们便会躺在血泊里等死;再往他们肚子上踢一脚,他们就会用吐着血的嘴巴亲吻芝加哥暗巷里的泥巴;再狠狠地朝他们的胃踹一脚,他们就会一五一十地吐露铁门的秘密,还会把在家吃的午饭全吐出来,我敢保证某个笨蛋最先喷出来的是下午喝的汽水,你想他们还会点什么?一客三人份的香蕉船[1],一人一大盘,这货能把一大匙冰激凌吞下肚,我会一脚把他踢翻,让他全都吐出来,嘿嘿!一旦从他们口中获得铁门的秘密,乔就会火速冲进车库:除非用那把藏在人行道瓷砖下的钥匙,不然就打不开。我在这群犹大还在痛苦抽搐的时候冲进去,真是一群他

---

[1] 一种冰激凌组合。

妈的浑蛋，不是吗？他们有亲戚在布宜诺斯艾利斯，星期天可以大吃大喝，加之他们还背叛了乔。乔走进躲藏区仔细检查通道，然后……妈的！早知道美术教室还有个出口，我就不会让卡萨尔斯逃出我的手掌心了，我想干他都想疯了，妈的卡萨尔斯！完美的犯罪需要费一番苦心准备，必须像钟表一样精准出手，科隆博这个急性子那个星期天就想逮他了，就是学年开始第一个可以外出的星期天（我也外出了，不像现在），其实我比他更猴急。"卡萨尔斯，你会回来吃晚餐，还是要等到宵禁的最后一刻回？"那个马屁精六点五十五分就回来了，这样吃晚饭他就能抢到第一，星期天第一个外出，还要第一个回到学校，什么都爱抢第一，而不是掐准时间在九点三十分三十秒回来……哦不是，是七点整，那个浑球，外面天还那么亮，他已经坐在第一排了，要是今天我外出了，一定会是最后一个回来：趁那笨舍监还没把登记簿拿走，我会纵身一跃翻过栅栏，单手支撑着地到登记簿那里。没错，乔是最后一个签名，时间掐得很准，恰好刚过时间，也就是九点三十分又三十秒，我把滨水区酒吧的威士忌酒柜射得稀巴烂之后不久。在头一个可以外出的星期天，差五分七点，城里有亲戚投靠的那个浑球一溜烟就进了小餐馆，这会儿天气还热，太阳也还炙烤着大地，妈的，掌管这家小餐馆的可恶经理竟然让城里没有亲戚的住校男孩星期天晚餐吃那道糟糕的冷冻菜，全是肥肉冷盘。晚餐过后,科隆博冲我使了个眼色,矮子卡萨尔斯一时沉默不语,眼神呆滞地望着虚空。你在想啥呀,卡萨尔斯?"没想什么。"嗓音就像小提琴的琴音一样尖锐。你该不会是在哭吧,卡萨尔斯?你不喜欢今晚吃的吗?"难道你喜欢?"我们要不要弹一会儿钢琴呀,卡萨尔斯?"在哪儿?"矮子问,鬼点子特多的科隆博说:"就在音乐教室呀,在旧大楼三楼。"这时矮子吱声了:"可是那里只有美术教室和化学实验室呀!"科隆博:"音乐教室在最后一间,你不知道吗?"矮子擦了泪水,抢在我们前面冲上三楼,在二楼和三楼的楼梯间,他立刻转了弯,因为不见有什么音乐教室,只见科隆博守在墙边,我守住楼梯扶手,我们把路都堵死了。这时他终于明白我们要干吗了,这个狗屎矮子,一个跃步跑回二楼,不过他漂亮外套的后摆被科隆博抓了个正着,乔最后将他的受害人逼到墙角,又命令他的上尉松手,不要开火!这只讨厌的臭鼬跑得再快也逃不出如来佛的手掌心,躲藏区域的所有密道都被堵死了,耗子哪里逃得过步步紧逼的猫……?去他奶奶的!到底是哪个货色把美术教室的门给打开的?里面都是画素描用的花瓶和假水果(来看看我的香蕉呀),这时矮子一溜烟从这里跑进有陶立克[1]式

---

1 陶立克式圆柱,一种没有柱础的圆柱,直接置于阶座上,由一系列鼓形石料一个挨一个垒起来,看起来比较粗壮宏伟。

圆柱的小房间（来抓住我的圆柱呀），科隆博像只兔子一样在后头追，追到了便紧紧抓住他的手臂，这次他插翅难飞了：进入这个小房间后就无路可逃了，一面墙前全是柜子，另一面墙是黑板，剩下的两面都是窗子，没别的逃生门了。这时乔强行解开他的裤子拉链，将这个可怜的讨厌鬼的双手紧紧夹住，只是这个小杂种猛然跳开来了，冲进有花盆的那个房间，但是乔可不准自己犯第二次错，下一次再进赌场，他会将身后的门锁死，科隆博问："你怎么不去追他？"算了，让他走吧，去他妈的！矮子已经从打开的门逃之夭夭了，从这里他会跑到美术教室，再从美术教室跑到二楼，再从二楼跑到一楼，不到睡觉时间舍监是不会让他进门的。明天就是星期一了！植物学、数学、文法和地理，四科都会被他们挂掉，他妈的我干吗在乎？反正到了期末我都得补考。夏天那个教地理的娘儿们会给我补考。她跷着腿露出她光溜溜的屁股，要我帮你扇扇风好让你凉快些吗，小姐？我坐在第一排，可以一直看到你的扁桃体。卡萨尔斯把第一排的位子让给我有什么难？有一次上地理课时，他让我坐那个位子，旁边就是老师的书桌，临时抽考可难不倒卡萨尔斯，他什么都会，他可不需要在她鼻子底下作弊，那位老师目光敏锐，连矮子这样的小人儿头上的虱子都逃不过她的眼睛，看呀，坐在那个位子，连阿尔·卡波内都不敢作弊。下午要上体育课和音乐课，整个学年没完没了,离放假还有三个多月,希望很快就能去巴拉那[1]河游泳:岸边有蟋蟀在鸣唱,我出了家门,躺在阴凉处钓鱼。要是握着鱼竿睡着了,我就很难再睁开眼睛,阴影随阳光挪移开去,我则仍然悠闲地徜徉在那里,在炙热的阳光下,我的两只眼睛几乎睁不开来,活像个中暑死去的孩子。不过除了双眼睁不开,眼前一片模糊之外,阳光并不碍事,巴拉那到晚上九点日晒都还很强,天色也还很亮,但老头会打烊,这样才不会浪费电。现在我哥当家:"就因为你挂了科要补考,又得多花一个月的学费,暑假你至少要帮我省下请伙计的钱。"科隆博会去乡下,卡萨尔斯会回他在小村庄的家,他们只想着放假可以睡懒觉,在学校时,整个学年每天早上七点钟就得起床。算了!这学期我都搞砸了,3月开学前他们还可以再搞我一次,不只是在12月的假期。就算科隆博不跟我一起,我明天休息时间还是会去洗衣房,全身酥软的时候去球场打篮球有什么好玩的?天气这么热,大奶洗衣妇会将全身的衣服都褪到衬裙边,她们洗衣时,可以从后窗偷看她们。快呀,用力搓那些内衣吧!快呀!再用力点,用力点!这样奶子就会蹦出来,快呀!你要把手帕上的精液洗干净,用力搓洗吧!这样就会蹦出一个奶子!这时我就可以射在你身上,天呀!

---

[1] 巴拉那,阿根廷东北部河港,恩特雷里奥斯省首府。

要是射到你眼睛里可会让你睁不开眼。"我身体变弱了。"浑蛋科隆博说,跟在光溜溜的屁股后头,蛋蛋都化了,洗完澡最需要的就是来一个光屁股的娘儿们,而不是去自习,但明天这个时候我会去自习室,这时洗衣妇都在外面寻欢作乐。暗夜时分,妓女会像野草一样纷纷在码头的微暗灯光下冒出来,越来越茂盛。肥胖又有龅牙的狗屎洗衣妇,这些拥护庇隆[1]的肥婆、让我着迷的胖妞,快来我身边吧!我一个人好寂寞!今天是星期天,学校公园里没半个人,趁我跟舍监扯淡的时候,你从边门溜出去,腿张开着在灌木丛后面等我。干!这些胖女仆!她竟然穿着开了嘴的鞋子,围裙都还没脱就厚颜无耻地挨过来,妈的!路上热得要命,在干她之前,我自己先玩完。这个星期天没有人,没有人留下来,大家都外出去找亲戚海吃一顿了。从那次以后,一到星期天卡萨尔斯便第一个离开,不到最后一刻不会回来。科隆博和巴拉圭小子韦格,这两个出卖我的狗屎,没有亲戚可依靠,他们还能干啥?七点整他们就会像苍蝇一样绕着凉了的油炸狗屎供品飞呀飞的。半里路开外的灌木丛后面,那个洗衣肥婆的大声尖叫,舍监应该听不到吧?要是她尖叫,我就踹她的屁股,然后狠狠地拧她的

---

[1] 胡安·庇隆(1895—1974),阿根廷民粹主义政治家,曾三次出任阿根廷总统。

奶子让她闭嘴。我们本该把卡萨尔斯带到那些灌木丛后面去。现在是六点一刻,那个巴拉圭小子,谁晓得他跑哪里去了?我敢说科隆博身上连一个子儿都没有,他想唬谁呀?就待在靠车站的酒吧看人家敲杆子吧!这个沉闷到发烂的梅洛镇[1],没什么商店,什么都没有。我假装没事地说:"科隆博,暑假的时候你跟我回巴拉那吧?"我要是真带他回家,我老娘准会宰了我。科隆博回说:"不了,我在潘帕斯草原逍遥得很,整整三个月都会待在乡下。""别这样!来巴拉那吧,我们可以整天钓鱼!"狗屎呢!那个畜生一直支支吾吾的,我只得打太极:"不然今年你邀我去你家,明年换我邀你来我家。"来到乡下,这个畜生便不说话了,只是盯着飞在车站台球房里的一只苍蝇看。说来不可思议,这里真的没有商店,要是我老哥把店开在梅洛镇,根本没人跟他竞争。这里唯一的一家破商店叫"魔毯",不过那个土耳其佬可没法跟我们比。令这里的人甚感自豪的是,先进的巴拉那镇有家生意兴隆的商店,名叫"红色康乃馨",老板卖着顶级的家乡美食,比如腌鲑鱼和鲱鱼、肉派馅,以及各式各样的油酥饼。因为在学校食堂老是吃汤加炖肉、炖肉加汤,妈的!等我离开学校,这辈子都不想再吃了。我把餐盘递给了卡萨尔斯,他喜欢吃什么就给他什么,

---

[1] 梅洛镇,位于阿根廷布宜诺斯艾利斯附近的旅游小镇。

像是汤呀，还有沾面包屑的炸肉排，从外面看起来是小牛肉排，其实里面只有一点点肉，其余的都是那啥的"肥肉"，那是卡萨尔斯唯一不吃的。"什么都要吃！"他老娘跟他说，所以他什么都得吃，他是个屎蛋，头一埋进书里，直到下课铃响也不见他头抬起来过，一次都没有过。你再不把头抬起来，我就拿斧头把你的头砍下来！话说他真有本事，头连抬都没抬一下，他老娘叫他什么都要读。你他妈的，干吗那么认真读书呀，卡萨尔斯？"这样时间过得比较快。"你不喜欢上学吗？"不喜欢，你呢，你还得多待一个月补考，因为课都挂了。"11月暑假一到，他就回家了，什么活都不用干，他老爸不会让他在店里忙东忙西。我才不想在这里打工擦皮鞋呢！我干吗要听我那个狗娘养的老哥的话？妈的，别又让我看店，我老爸说："去吧，小可博，去河边钓鱼吧！要是你钓到鳗鱼就带回家来，要是钓到米诺鱼就扔了吧！它们没什么好吃的。去吧！没用的小可博！亲爱的，别忘了戴顶防晒的帽子，太阳毒辣得很。"老爸要是还活着，我一定会写信给他，卡萨尔斯每天都给他老妈写一封信，我会写信跟他说这个破地方只有一家商店，卡萨尔斯问，你每天写满满两大页都写些什么啊？我老妈来信说："亲爱的小可博，我们都很好，生意兴隆，每天都很忙碌，你哥需要你帮他看店，今年冬天生意不错，要是你爸还活着，不知会多高兴呢，只是我一时心里好难过。要是夏天生意都跟冬天一样好，我们很快就能付清遗产手续费了。"大热天的，我却得待在柜台后面，我不爱读书，卡萨尔斯可认真了，他老早就埋头开始写他的信了，自习课下课铃跟吃饭铃响起前，他早已写好一整页，晚饭过后他一手拿着当甜点的橙子吸吮，另一只手在干吗呀？打手枪吗？哈哈，自作聪明的家伙，最后一节自习课上课铃响之前，他已经写好了第二页，还签了名，哈哈！星期一熄灯铃响起前，你干吗把自己锁在卫生间里两个小时？又写满一页了！你他妈的小矮子，你每个星期一都写信给你马子吗？"关你什么事？"哦，要小心呀，小女孩经常有不可告人的秘密哦……咔！韦格从粪坑出来时把那一页撕了，他刚在卫生间打完手枪。他可倒霉了，床就在舍监的床旁边。他一开始搞，床就会吱吱作响被人听到，连天气冷毙了的时候，这个狗屎巴拉圭小子也会跑到卫生间去打手枪，就在他射的时候，突然听见冲马桶的声音，出来的是卡萨尔斯，手里拿着纸跟笔，还有写好的整整三页信。"亲爱的妈咪：……"哈哈！"新的一个星期又开始了，这意味着我们相聚的时刻又拉近了一个星期。时间过得好慢！妈咪，还要熬一个星期，这个月才能过完，之后还有 10 月和 11 月。要是我跟这里的一个男孩一样，得多待一个月准备补考的话，我不如死了算了。伙食还是不怎么样，但我什么都吃，这样身体才会健康。"韦格边念边打手枪，我还没射出来，探头看他是否还在搞，只见他接着念起了第二页。"……昨天星期天，埃克托尔那货在车站等我，一如往常，他又迟到了。他爸直接开车带我们去吃中饭。伯父很生埃克托尔的气，他们都不讲话，因为埃克托尔几乎没有为考海军学校做过什么准备……"你他妈的皮条客！"……学生宿舍的厨房先上方形饺，然后是炖牛肉，真好吃……"这狗娘养的！"……后来埃克托尔想睡个午觉，因为他星期六很晚才睡。我们决定让他睡二十分钟，这样就可以在两点半搭公交车去看下午场的《意乱情迷》[1]，这是一部悬疑爱情片。我得一直催他才动得了身，我们终于赶到那里时，电影早就已经开演了，我错过了片头的演职员表，如果跟外面的海报一样的话，应该会是那种颤抖的字体……"我搞你的时候看你还抖不抖！"电影院里有几个四年级和五年级的女同学，但跟我一样的一年级学生没有一个，她们都看不懂给成年人看的电影……"火大的巴拉圭小子突然踢了矮子卡萨尔斯一脚，卡萨尔斯冲了出来，然后又被巴拉圭小子逮到了。我去抓第三页，但巴拉圭小子那浑蛋抢了先，把纸夹在自己的屁股缝里，那第三页是写给谁的？

---

[1]《意乱情迷》(*Spellbound*)，又译《爱德华医生》，1945 年上映的悬疑电影，由希区柯克执导，英格丽·褒曼、格利高里·派克等人担任主角。

哈哈，自以为聪明的小鬼。"……今天星期一，我要跟你说的这部电影很难说清楚，不写三到四页简直说不完，因为《意乱情迷》中无辜的被告角色，其身份扑朔迷离，让观众很难判断他是有罪，还是无辜的，我没弄懂他逃走是因为他认为自己有罪呢，还是害怕他们若抓到他就会判他有罪。无论如何，他立刻逃走是因为他们若抓到他一定会判他有罪，多亏女主人公把他藏了起来，还把来龙去脉弄清楚了。每个人都认为他是杀人犯，想追捕他，当然他也真的很叫人起疑，他的记忆有一部分被迷雾所困，让他记不得犯罪那一刻的真相，但由于他认为自己有罪，每次有人要逮捕他，他都会先行逃走，因为他知道自己是个杀人犯，或者感觉自己是杀人犯……"去你妈的杀人犯！巴拉圭小子韦格已经打完两次手枪了，给我讲讲，巴拉圭小子，快给讲讲卡梅拉那小婊子的事。这该死的巴拉圭小子，去年都还没长大，现在就已经搞了刚从意大利来的卡梅拉，来自查科的婊子，查科的意大利娘儿们都是骚货，假期结束前那个邮差就干过她，巴拉圭小子，快告诉我事情的经过，那个小骚货怎么样？你弄痛她了吗？她的屁股正不正？巴拉圭小子这次放假回家就要干她，臭玻璃浑蛋。不管怎样，那个邮差开学前就干过她了，用他那根种马老二。我也想插她，还有小劳拉，宝贝快来我身边，我会把你扑倒，你这个婊子，所有一年级的娘儿们都对高年级生趋之若鹜。肥仔巴托利和矮个玛丽妮,第一排的这些娘儿们,还有坐在中间的卡萨尔斯,第一排你有什么好抢的?反正那些婊子养的都想高攀高年级生。这些婊子对科隆博那小坏蛋也是爱理不理。玛丽妮有最棒的奶子,小劳拉也是犹太人,有什么好大惊小怪的?大胡子那双眼睛简直要把她吃了。"同学们,今天我们要讲的是腓尼基人……"腓尼基人跟小劳拉的屁股一点关系都没有,她到底在盯着什么看呀?大胡子!去把你缺的牙补起来吧,口水都快流出来了,他走到我身边,说:"乌曼斯基,你真的很会闯祸,你听好,在年轻女士面前不该如此过分,这不是男子汉该做的事,只有小毛孩才会这样。"这个浑蛋把我送交教导处,害得我被主任罚禁足一个月,这个出卖了我的卑鄙货色!我们的精神之父说:"男孩们!这一刻我是作为父亲在跟你们讲话,(父亲个鬼!)现在不是主任,而是怀有另一种情感的人在跟你们——我的儿子们——训话,孩子们,这是一位父亲在跟你们说话。"我这辈子都不会当你儿子!梅洛镇最大的那个混混才是你儿子。那货猛抽烟,猛打手枪,整个人瘦巴巴的,他一定从九岁就开始干这种事了,如果他没在打手枪,那是因为他一只手要拿烟,另外一只手正在翻他从巴拉圭小子那里偷来的淫秽照片。所以呀,唾沫横飞的长篇大论应该丢给他这个儿子才是。"我要跟你们谈谈性观念,但不是淫秽画报上那种让社会堕落的伤风败俗的性观念……性爱,性爱,性就是爱!"他老婆那个瘦皮猴的阴毛,你上去亲一口就动弹不得了,得叫消防队来才能将你们拉开。"自慰是一种恶习,就像所有的恶习一样,只能一步一步来才能戒掉,要将邪恶直接根除是不可能的,我们力气那么小,无法将一棵大松树连根拔起。今天砍掉一个芽,明天再砍掉一个芽,忍过一个晚上,再忍过两个晚上,慢慢砍下较小的枝丫,把那坏习惯减到一星期两次,然后是一次。砍掉大树枝它就摇摇欲坠了,只剩下树干。戒掉坏习惯,也别暗地里通奸。要是你们不是两情相悦,爱上一个她也爱你的女孩的话,只光着身子发生性行为不是出于爱。不是出于因尊贵的爱情而产生的两情相悦,而是纯粹的禽兽行径,这贬低了身为人的高贵。"要是那个瘦皮猴脱掉他老婆的内裤、奶罩,还有那些尊贵的盛装,身为人的两百三十三[1]根骨头就会一览无遗。当然要是天气太冷,他就得赶快把床单丢给她,或是给她一床用尊贵布料做成的被子,不然他也可以拿床垫盖住她,把我们的精神之母闷死。我生日那天问她,我可不可以跟科隆博同一桌吃饭,瘦皮猴当场表示不准,还说:"你绝对不能违背规矩。"该死的瘦皮猴,上面是不是很冷?他在保健室忙东忙西时,我偷走了一大瓶酒

---

[1] 原文如此,人体实际由206根骨头组成。

精，这样接种疫苗时，他就得用痰来给小孩的手臂消毒了。吞下一口酒，我的蛋蛋蓄势待发；两口酒下肚，我看那肥婆的奶子变得红通通；三口酒，不管有没有戴眼镜，我都已经花非花雾非雾了；四口酒下肚，我手枪打到射出来还意犹未尽，一定可以干到爽呆了，人间天堂！要是你干得过猛，还会弄死那个娘儿们，你要让她还魂过来，得来一次人工呼吸，她吸进我的氧气才可能复活。玛丽妮会是个酒鬼吗？让她喝一小口，再喝一口，就在灌木丛的后面。她不是犹太人，这可真气人！在巴拉那的码头，从第一家商店到最后一家，所有商店门前站的娘儿们都是犹太人。今天是星期天，河边的娘儿们一定会花枝招展地到处都是。不花钱又简单的事就是我自己去钓鱼，要是我把米诺鱼带回家，老妈就会用油炸，她这辈子都没炸过米诺鱼，还可以省点菜钱。与其待在这个狗屎学校，还不如跟科隆博待在河边，把米诺鱼掏肠取肚，随便找个空罐头放里头用油炸。为了庆祝我的生日，我从家里偷点东西出来，新鲜的米诺鱼配各式各样的油酥饼。看来我得在店里帮忙，要去拜访科隆博，我还得把饭钱省下来才行。科隆博可真烦，他都不邀我去他家，考完试都夏天了，我老哥会叫我窝在柜台后面看店，用来抵消我多付的一个月学费。到今年夏天结束就满一年了，可怜的老爸，一年来你已经瘦到不成人形，就因为那狗娘养的肿瘤，2月时店面重新开张，嘉年华之后店面就会开张了，为了服丧我们关店三天，老爸你实在是操劳过度啊，原谅我，我一回到家就会乖乖待在柜台后面。你从奥德萨来到这里后，一辈子都待在柜台后面，你投入所有，开了这家"红色康乃馨"。现在它已经是巴拉那这座进步城市中生意最兴隆的店面了，顾客上门时我就会仔细盯着他们看：他们一上门，你就先用临床医生那种目光打量他们，对他们的钱包进行X光透视。"红色康乃馨"货品的价格像快煮沸的牛奶的温度一样往上蹿，处理涨价这事，你得像在牛奶煮沸前迅速将水壶从火炉上移开一样及时打住，不然涨过了头，客人就会望而却步，老爸你要是还在世，就可以亲自指点我。以前下了课就直接跑去钓鱼和抽烟，我怎么就不回店里头待着呢？花点力气把一卷卷油布和装着窗帘挂钩的盒子排好，同时趁补货时察言观色：先做个假动作，在说出价钱之前先给他们看货，再依他们的喜好定价，先给他们看一些劣质货色，如果他们不想花太多钱，我给个低价，这些浑蛋就会上钩，然后"叮"，现金入袋！老爸你一生听过多少"叮"的一下现金入袋的声音？货架上的东西都没有固定的价钱，你知道我说的是什么意思吧？除此之外，你还须一眼看穿他们的钱包：客人一进门，你打量一下他们的脸就知道，这老哥长了一张粗野加利西亚有钱人的脸！我哥都二十五岁了，每天还是一副苦瓜脸，他知道怎么跟客人打哈哈吗？你认为他干过哪个女孩吗？今年他来布宜诺斯艾利斯看我时，只在梅洛车站对面的冰激凌店给我买了个甜筒。一捆橡皮筋十分钱，一条细绳二十分钱，那些钉子四十分钱，今年夏天他让我待在柜台后面，见第一个黑妞上门，我就上前关照，给她递上各式各样的油酥饼、腌鲱鱼，还有其他什么的，然后把她按在地板上，用一卷油布打她的头，把铁门拉下来，扯掉她拥护庇隆的小徽章，我才不管她是不是处女，今年夏天再不干一场，我的蛋蛋就要发烂了，我还能有什么指望呢？那个柜台，还有每两分钟就进进出出的老妈或是倒霉老哥。俱乐部里的娘儿们哪里比得上小劳拉？她们都只跟年长的家伙交往，这样才能早早结婚。说到岛上的妓女，她们一次要两块钱，我就算断了气也不会在妓女身上花两块钱，她们是当生意来做，对我可是他妈的狗屎运！其他人都有好运，他们都干过了。什么也比不上暑假必须工作更叫人郁闷的，真恨不得全校老师全翘辫子死光光！我们的精神之父也是，这样谁都不会被留校，只留大头目自己一个人！要是能独自待在大头目的宿舍，那我早就搞过洗衣房里那个洗衣妇了。我第一次见到大头目时还不知道他是我们的舍监，他一头金发，还有个往上翘的鼻子，不过看起来还真的蛮像个犹太人的。那天天气很热，我看见他在自习室，扣子也没扣，胸前有条十字架金项链，他只带着他宿舍里那两个从没干过的小坏蛋，有个娘儿们就在梅洛车站不远的建筑空地上等他们，付一块钱给警卫，那两个小鬼就能如愿以偿，半毛钱都不必付给她。大头目搞定那个娘儿们之后就离开了他们，他不想让事情变得复杂，就在街区绕了好长的路，这样就没人会看见他走进洗衣房去见大奶肥婆了，要是被瘦皮猴或是她受人尊敬的老公，也就是我们的精神之父抓住把柄，那个大头目难保不被开除。丢了舍监的工作，他就没钱念完法学院，我在自习室带头闹他，他的吼叫声大到令整栋楼都震动起来。"谁打嗝了，站出来！否则全部留校察看！"我不觉得我的打嗝声有多响，可那巴拉圭小子嗝打得像拔苹果酒瓶塞那么响，简直是装了麦克风的年度之最响嗝！一靠近他的座位，就能闻到一股放了两天的炖菜肉的馊味。星期天，大头目在那里，谁也不准外出，周末就这样被那个巴拉圭烂人给毁了，我们谁都不招，卡萨尔斯又跟我们的精神之父展开争执，把事情搞得一团糟。矮子说："我都念整整一个星期的书了，不能因为舍监想留我们察看，就错过外出的机会，他要自己想办法把破坏分子揪出来。"矮子竟敢跟大头目呛声，要是他星期天一整天都出不去，就会知道有谁在木麻黄树丛后面等着他。巴拉圭小子以为卡萨尔斯要去告发他，便自己去找大头目招了。卡萨尔斯竟然没错过他伯父家的方形饺，狗运真不错。能进法学院一定酷毙了，大头目走进大学时看起来一定很帅,我的领带结打得跟他一样好,只是老哥那条领带可把我给害惨了,我要打他妈的三角形结的地方都沾满了油,得用宽的那头打,这样领结油腻腻的地方才不会露出来,领结打得还不算太糟,只是大得像个狗杂种。妈的!我老哥真是个笨蛋倒霉鬼!他难道不能拿条新一点的给我吗?大头目没擦发油,他的头发旁分,看起来真帅,不过我那头鬈发可没法这么弄,太多波浪了。没人能对大头目发号施令,回到巴拉那后我便只能窝在柜台后面。我敢说在法学院得像个狗杂种似的拼命念书,不过大头目脑子好,不用拼命念到脑袋冒烟。他巡视自习室时也一直在读书,晚上则继续在隔壁小房间里挑灯夜战。他脑袋特行,读书难不倒他,虽然他抽烟抽到爆,我倒是不担心抽烟会烧坏他的脑子,听说大头目也在大学念书的马子长得很不错,他房间里有张她的照片,科隆博说她不是大奶妹。宿舍里该死的害虫那么多,他当然没时间边看照片边打手枪,不过他八成半夜会边想她边打。抽烟应该对我的脑子无伤,在巴拉那我会狂抽,可在这里我没法偷我老爸的烟屁股来抽,要抽就得自己买。以前我会偷烟盒里的烟,然后直接跑到河边,自由自在地躺在草地上抽,可在这里我能偷谁的烟呢?不知在巴拉那的日子将会如何呢?今年夏天回去时我能偷谁的烟来抽呢?大头目脑子到底比我好多少?他跟巴拉圭小子说:"课文读两遍,心里默想你读的是什么,若你不是个傻子,就能熟记于心了。"巴拉圭小子韦格估计并非生来就是个傻子,而是因为他不时打手枪,脑子已经打到变傻,他打枪次数比我多一倍吗?据科隆博说,夜里大头目把马子的照片摆在他躺着能看见的地方,好庄严地打枪,可要是他有洗衣房的大奶肥婆,干吗还需要打枪?科隆博真是个笨蛋,都不明白像大头目这样脑子好的人,是不会跟巴拉圭小子或科隆博一样老在打手枪的。更何况,一个都已经有马子的人干吗要把他的琼浆玉液用手挤出来?我没听说干会伤脑子,如果大头目能带我一起去他妈的"干"活,再带两个从来没有干过的小屁孩一起去……狗杂种真是好狗运,那天我在自习室打嗝时,听见的人若是另一个舍监而不是大头目就好了,搞得他现在看我不顺眼,不然的话……打手枪对身体和学业是最有害的,但烟也是对人很不好的东西,妨碍身体和心智的成长,我才不会把钱花在烟上。大头目一定也看卡萨尔斯不顺眼了,他曾经因为不能外出跟大头目呛声,但是话又说回来,要是他星期天整天都留下来……我可以去找科隆博帮忙,要是大头目看到我们把卡萨尔斯带到灌木丛后面,说不定会睁一只眼闭一只眼,因为他看卡萨尔斯不顺眼,但是他也看我不顺眼呀。干!不如让科隆博单独把卡萨尔斯骗来,这样我们说不定还有点机会。我在灌木丛后面守着,然后会把子弹放在人质身上,这些被诅咒的战俘,在这场警察与黑社会势力的大比拼中，囚犯落在我手上……我会对他下令：瞄准……开枪！卡萨尔斯打算去念法学院吗？让他去做梦吧！反正他就要死了。今天是星期天，我该在他肚子上补一枪狗屎子弹，这样他今天吃下肚的方形饺就会从弹孔里流出来。那这两个人呢？他们获准在星期六下午带他离开学校。这两个人在会客室等候，是一对，他们会是校友吗？他们已经毕业四年还是五年了？男的看到主任搂着卡萨尔斯走过时便站起身来。从椅子上起身的那个男的长相蛮像卡萨尔斯，原来他不是校友，而是卡萨尔斯的父亲；他母亲也一样，看到矮子，就像中了乐透一样眉开眼笑起来，狗杂种矮子也眉开眼笑起来。为何不笑呢？他就要离开这该死的鬼学校了呀！一年只来一次，但还奢求什么，他们就算只来这一次，也总会带他出去大吃一顿。我可没吃过青蛙腿，还有用牛奶当饲料养的鸭子、玉米薄饼，然后还去剧院看场戏。最叫人伤心的是，你的冰激凌甜筒就要吃完了，再舔一口就只剩甜筒了，他妈的冰激凌都到哪儿去了？更别说花一块半看电影，那个狗屎的星期天我还得回学校才有晚饭吃，真够他妈的！反正在布宜诺斯艾利斯的酒店里，我老哥和老妈本来想吃香肠三明治，后来我老妈自己点了奶酪，什么都比在巴拉那贵将近两倍。要是你在布宜诺斯艾利斯不当心点，加上请律师的费用和遗产手续费，不用一个星期就能花掉大把钞票。"妈,梅洛镇没什么好看的。"但他们还是来了,在布宜诺斯艾利斯,星期天日本游乐场的所有游乐设施都开放,你可以在射击场赢点东西,所以并不都只花不赚。"我们要去梅洛镇!"我们逛了广场和土耳其人开的那家唯一的破店,我老哥还搞不清楚这是梅洛唯一的一家商店!当然啦,这也怪我老忘了写信告诉他。七点之前我还有时间,去他的星期天晚餐,科隆博一不留神就会赶不上吃饭时间,我能找谁谈谈心呢?忍一忍犹大和瘦皮猴的嘴脸,再把一瓶瓶酒全喝光,讨厌的瘦皮猴。放假前一天准备下手时,我会打开另一瓶三氯甲烷,在矮子睡醒前,我要用那条浸过三氯甲烷的手帕捂住他的鼻子,这次一定会成功!幸好他没揭穿我们。反正我们也没做什么,没什么把柄可以让他控告我们那天下午用三氯甲烷对付他了。"你别白痴了,科隆博,我告诉你,最好的下手时间是下午五点三十分,因为篮球赛之后他会进去洗澡,所以我们会有超过半小时的自由活动时间,到差五分钟六点时,自习室的铃声才会响起。仔细听着,你躲在衣柜后面,他洗完澡身上只围着浴巾进来时,你等我一分钟,我会尾随他进来。""你,巴拉圭小子,你跟在我后头,抓住他的双脚,这时科隆博会抓住他的双臂,接着我会用浸了三氯甲烷的手帕盖住他的鼻子,我说得够清楚了吧?""等一下,狗屁巴拉圭小子,万一他耳背没听到,冲完澡立马出来了呢?别闻,笨蛋！三氯甲烷气味可比屎刺激，跟乙醚一样，时间未到绝不可攻击矮子，否则你会把一切搞砸，一定要等到他进入房间后才行动！""狗杂种，别动！把他的两条腿按紧，巴拉圭小子！很好，科隆博，对！就这样，紧紧抓住他……闻闻香水呀，矮子！这味道真好，对你的脑子好，我们让你闻是为了让你，咱们的室友，赢得最佳学生楷模奖……你是所有住校生中的第一名，也应该赢走读生。你，巴拉圭小子，千万别松手！快抓住他，已经五分钟了！需要过一会儿他才会昏过去，快呀，嗅一下你妹妹阴部的三氯甲烷！科隆博，别松手！这个矮子书虫疯了一样扭来扭去，他就算不想，也很快就会昏过去。接下来我要干他，然后轮到巴拉圭小子和你，该死的小子，你这辈子都还没干过。他怎么还不昏过去？你他妈的怎么还一直扭来扭去的？狗杂种，别动，别扭来扭去了！""巴拉圭小子你这两面三刀的，别让他逃了！要是矮个儿跑去打小报告，我就拿你是问，都是你的错，王八蛋！要是他昏过去，醒来时就什么都不记得了，我们会把他的浴巾裹好，就好像他才刚洗完澡，身体干爽，他什么也不会发现，你看现在他八成会跑去找舍监，说我们企图干他，然后妈的，事情就这么全部败露了！这都是你的错，我跟科隆博会一口咬定是你出的主意，没错吧，科隆博？"这个点，科隆博那个坏蛋该出来吃晚饭了，他干吗整个下午都在梅洛镇台球房里看那些敲杆子的家伙？他很快就会出现的，虽然有出校通行证，可身上没半个子儿，能去哪儿？他最好别那么吹牛，现在他可是跟我一样泥菩萨过江，自身难保。反正梅洛镇没什么好看的，我跟我老妈，还有我老哥说，梅洛就是个鸟不拉屎的小镇。星期天我十点就能外出，他们却到下午两点都还没出现在会客室。十点到十二点之间，我只能眼巴巴地望着我们的精神之父教他儿子下棋，这个讨厌的笨蛋懂什么？十二点二十分，我跟没外出的学生一起吃完了午饭，直到两点他们都没有出现在会客室，要是有家长带了糖果给小孩，他们会分一点给其他小孩。她现在头发全白了，穿着一身黑衣，我老哥手臂上别了一小截黑纱，她则从上到下一身黑，开始参观学生宿舍、橄榄球场、体育馆、灌木丛，还有校外的梅洛广场、主街，然后再吃完那个草莓、香草两种口味的冰激凌甜筒，从下午五点一直逛到了九点半。还有几个小时？我该什么时候回学校呢？难道没时间跟他们一同去市中心吃晚饭了吗？"要是你爸知道你在最贵的学校念书却挂了科，他还得多付一个月的学费，那可要闹笑话了，就因为他小儿子科科不及格还得补考。你会想，反正他也看不到，可就算他过世了，他在天之灵还是会把你的一举一动都看在眼里，并且会好好打你一顿。你那苦命的老父亲，他都去世了，你还一直我行我素。"老妈喝了一小杯啤酒，老哥把剩下的都喝完，酒对我老妈可不是个好东西。"你都不爱你父亲,你还小的时候他多宠你呀!我跟他说别把你宠坏了,得叫你到店里帮忙,你就老跑去晒太阳。医生说得没错,到户外做点运动有助于长高,但你有必要整天耗在河边吗?顶着大太阳泡在水里,搞得精疲力竭,现在他可知道溺爱你的下场了。你要是爱他,就守规矩点,可你根本不爱你过世的苦命老父亲。"我干吗还跟他们去酒店呢?他们买了香肠三明治回酒店填肚子。老妈只吃干酪,因为香肠会伤她的肝。那天晚上七点整,有星期日晚上的特餐,专门供给没有亲友在布宜诺斯艾利斯的学生的两道菜,那种冷冰冰的烂食物谁想回去吃?我才不要呢!让别人去吃那狗屎餐吧!公园里树上的橙子酸得要死,可是科隆博塞了几个?三个?我吃了两个。你凭什么说我不爱我老爸?老妈说得过头了,早知道他那么快就挂了,那我就会仔细研究笨蛋上门时老爸会怎样抬高货物的价格,而不是跑去河边抽烟。我会认真学的,不像我那笨蛋老哥,他哪里懂怎么做生意呀?现在我还能跟谁学呢?谁会想守在柜台后面呢?没人想呀!只要想,他们任何时候都可以敲我那弱智老哥的竹杠,就算他们不敲,他还是会觉得得降低价钱才能卖出东西。生意不能这样做对吧,老爸?若依我老爸干活的方式,我首先会给所有的物品涨价,然后让他们一点一点杀价。说好的不打折呢?我会先抬高售价,再打五折卖出,再谢谢大家光临。今年夏天老爸你就看我的,除了例行的假期,即星期天跟星期六下午,我都不会跑到河边去鬼混了,会尽心守着柜台。我那把剩下的啤酒都喝光的弱智老哥说:"你期末考试最好科科都过,要是放暑假时,他们给你的成绩是'不及格',秋天开学前就需要补考,那还得多花两个星期的学费,算一算我们还得多花一个月的钱,钱可不会自己长出来,我们还得付遗产手续费。你呢?每天一大早就把地拖好,帮我跑腿,帮我把布料从地下室搬上来,至少暑假可以帮我省下请伙计的钱。"我?帮他跑腿?科隆博整整三个月假期都跟他的家人在乡下混,什么也不用做。卡萨尔斯那个惹人厌的小矮个儿会第一个回家,他一直在计算还有几天,甚至还有几个小时放暑假……只是现在我可不想回巴拉那,下了船,眼睁睁看着那些码头和商店在眼前晃来晃去,却只能直接回家吃饭,在柜台前帮忙卖半磅油布、称一磅鲱鱼、拉半磅屎,什么都得听我哥的。那巴拉圭小子在干啥呢?这家伙可真狡猾,整个暑假都跟他马子在查科,她比最骚的婊子还辣,如今他已经搞定了卡梅拉,那个臭婊子那样的我也能搞,他那三个月都待在查科,那里比巴拉那他妈的好上千千万万倍。巴拉那,他妈的狗杂种茅坑!我可不想再回到这里!我一天都不想待下去,就留他们自己发烂吧!在查科,我和巴拉圭小子整天钓鱼,丛林里只有两条路可走。"嘿!韦格,你走这条路,它通向水质澄澈的潟湖,这样就可以把水壶装满。"巴拉圭小子会走这条路,那还用说,它通向潟湖,哪里来的什么潟湖?屁啊,不管走哪条路,他都会迷路,花两天才能走回来。到时候我会回城里,等入夜后就去那个落破区。我的领带结都松了,半吊在那里,我偏分的头发梳得整整齐齐,从我袒露的胸前你能看到我的十字架金项链。拜托,什么鬼十字架呀!我会躲在最浓密的树林后面等她,她一走过来,我就一把抓住她。在查科,夜里暗到伸手不见五指,卡梅拉还真以为我就是巴拉圭小子,既然如此,我干脆把她的裙子掀起来……

* * *

要是科隆博不回来吃晚饭,我就踢他屁股,他以为他在唬谁呀?他要是没回来,不是在车站酒吧讨到了一块三明治,就是台球房那些敲杆子的家伙请了他。我会让他吃不了兜着走。

Doce

DIARIO DE ESTHER, 1947

第12章 | 埃斯特尔的日记，1947年

星期天，7日

我该开开心心的，却开心不起来。那是哀愁，虽然还不到悲恸，但依然有一种在胸中盘桓不去的哀愁。这是由于星期天黄昏时分，渐次昏暗的暮色夕照吗？这个星期天即将飞逝，带着那些黄金般夺目的未竟诺言……入夜之后，它们就会黯然失色，跟我那薄而光滑的锡质胸针一样。我别在胸前的 E 是埃斯特尔名字的首字母，E 象征着"盼望"[1]吗？代表我的首字母刚买来时就跟黄金一样耀眼，可现在只是一个别在我心口的锡质字母，这可以算作我的心之大门吧！"埃斯特尔！"有个声音在轻唤我的名，我该像个傻子一样对任何声音都做出应答吗？有些至情至性，有些却虚情假意呢！

夜已然降临于我住的郊区，如同降临在大都市布宜诺斯艾利斯最具贵族气派的住宅区。夕阳为每一个人西

---

[1] "盼望"（Esperanza）一词的首字母。

下，对穷人来说实为一份安慰。几何学课本几乎都没打开过，晚饭前我早该复习完的。埃斯特尔……埃斯特尔……我真不懂你，你有个去电影院看电影之前会先把晚饭准备好的好姐姐，而且你的小外甥就像天使一样，从来没给你找过麻烦，那个小可怜，我若能马上取得医生资格证，头一个要给他买的就是自行车，当然喽，这还得等我念完中学加七年的医学院……可怜的孩子静静地坐在人行道上，眼睁睁地看着隔壁男孩骑着自己的自行车绕了街区四圈。男孩每骑完四圈才借给他骑一圈。还能怎样……既然出身贫穷。或许他阿姨会有自行车？我们没那个命，不过这不幸的魔咒很快就会破解。小达尔多，你阿姨很有福气，上帝在学校所有学生里选中了她，这所位于我们这个杂草丛生的郊区的学校，学生人数可是很多的。她会搁下手里的笔再带你去那里，会穿过那几块荒地（知道吗，有你在我身边我就不怕，你已经长成了小男子汉），沿着羊肠小道，小心绕过荨麻丛，跃过栅栏之后，你只需要悄悄溜过有倒刺的铁丝网，横越火车铁轨，面向火车站的就是我们学校，这里是铸造明日栋梁的地方。"一位出身于这一区域贫寒人家的同学，对学业孜孜不倦，跟同学相处融洽，注重个人卫生，即便今年多发暴风雨，也保持了无懈可击的出勤率，从未缺课，堪称全校楷模。埃斯特尔·卡斯塔尼奥，这个年轻女孩是我们今年的奖学金获得者，奖金将由位于梅洛镇颇负盛名的乔治·华盛顿私立中学颁发。"校长走进六年级的教室,公布了奖学金获得者是谁。这是一所专给有钱人念的名校。

虽然我们没有自行车,但以后我的孩子们都会有。难道不是吗?今天星期天,要不我去市中心逛逛?小达尔多,我来你家待上一整天,其实就是为了解解闷……这里离家五个街区远。一天下来,我们过得很开心,虽然他们丢下我们出了门,你妈整个下午都在电影院看电影,你老爸到委员会会场执行任务去了。坏小孩!要不是为了你,我就跟他一起去了,可我怎么忍心丢下你一个人呢?

小劳拉和格拉谢拉是有钱人,她们当然会依照原先的计划,早早地就到了市中心,看下午三点半的电影。不是一票看三部,甚至不是两部,都不是!她们是去看单场首映哦!票价很贵,电影四点四十五分散场,所以她们还有时间继续撒钱,就仿佛看豪华电影首映还不够,又点了咖啡牛奶,配上美国电影中那种浇上高甜度炼乳的煎饼。卡萨尔斯说:"这个煎饼不像我家乡做的那样,卷起来又薄又扁,而是圆润又厚实,感觉有一公斤的高甜度炼乳铺在上面。必须用刀把炼乳向煎饼四周刮开,直到抹满整个煎饼。"你以为这样就完了?还没呢!五点半到六点间,他们会去阿德隆听圣安妮塔爵士乐团的演奏。阿德隆!阿德隆!阿德隆!这个神奇的阿德隆是什么地方？卡萨尔斯说："这是所有女孩和男孩都会去的糖果店，他们坐在一起吃各种色彩的零食。'春天'是一款草莓汁和烈性酒混合而成的鸡尾酒。"我在卡萨尔斯告诉我的那条满是名贵商店的街上找来找去，为什么就是找不到呢？他是这么跟我说的："在那家很大的珠宝店对面，不是靠银烛台的那一边，横穿卖手镯、戒指和其他金饰的那条街，在陈列皮草的橱窗后面，你会看到阿德隆糖果店的入口。"可我就是找不到。还有，我姐急急忙忙要去买床单，也不知道有什么好着急的，因为不管怎样，我们都能赶上清仓大减价。他们用很低廉的价钱卖那些白色床单，附赠有天蓝色衬边的枕套和一条有天蓝色衬边的床罩。这些就够了，没别的了，为什么还需要更多呢？

星期一，8日

我早就知道！昨天命运之手莫名地紧紧揪住我，让我差点喘不过气来，确切地说，不是手，而是爪子。我们教导主任要走了？是他病了吗？真的还是假的？会不会有谁在背后搞鬼？考场里鸦雀无声，我不知怎么就沉溺到内心深处被撕裂开来的哀号里，那里面有个哨兵时刻保持着警觉，为此我深怀感激。

我差点大喊："我们要我们的教导主任！我们不希

望他走!"也许这样我会有办法感动这些孩子。他们就是一群没心没肺的孩子,敢因为我们教导主任可能会被解聘而高兴到不行,只因他们中的某一个曾差点被他休学。

但是亏欠他很多的人就会愿意为他赴汤蹈火。某天,一位德高望重的老师拿着一份他签了名的书面通知,上面记录了优秀的成绩,通知该年度奖学金获得者是附近学校的一位出身贫寒的女孩,一位蓝领工人的女儿。他为这位素未谋面的女孩投注信任,甘冒可能会危及他光明教育生涯的风险。因为我有可能成为他一世英名的一个污点。这是我获得奖学金的头一年,要是确实优秀,那么第二年还会继续拿奖学金(事实的确如此)。依此类推,这样年复一年,直到该学生结束学业,进入大学就读。

我原本想告诉妈咪,但是我如鲠在喉,实在说不出口,何必扫她的兴呢?她会特别为我用平底锅热牛奶(我难道不是个无可救药的懒虫吗?),时不时搅拌一下,就像之前她为家里其他人热牛奶时所做的那样。妈,请把凝乳舀掉,我不希望牛奶中有凝乳!她特别为我保留了凝乳,以为我会喜欢,还以为我比家里其他人更想吃,因为我是个读书人,可是我真的不喜欢凝乳啊!没人喜欢凝乳。小劳拉家会扔掉凝乳。凝乳味道很一般,看起来又很恶心,难道你觉得我们扔掉它就会变得更穷苦吗？你真这样认为？唉！也许我姐姐会明白我的煎熬，也许她并不明白。但我的学业岌岌可危，我需要找个人聊聊。一整个下午枯坐在房间，连书都没打开，现在天色已经很晚了。如果我妈发现我把睡衣脱了又穿，并因此感冒了，她会杀了我的。如果有人陪着我就好了，小达尔多已经回来了，可以陪我，但现在他估计已经睡死了，他一口气跑了五个街区回来，简直是个飞毛腿小兔。

我没有学习，也没有跟我姐姐说。要是今年他们不给我奖学金该怎么办？我不理解，为什么动物学得五分，数学四分，历史也五分呢？因为这位年轻姑娘不学习！课本打开了又合上，还让可怜的父亲关了收音机……默默闻着炖肉锅里的气味，一个小时又一个小时在炖肉热腾腾的蒸汽中度过。她双眼扫过白天课上画的重点线，同时心思兀自四处漫游。这不过是又一个愚蠢的少女所做的白日梦，总是漫无边际，一无所获。

格拉谢拉可真蠢！她以为我会信她说的一切，要是下课铃声没响，她就会没完没了地讲下去。她跟我约好明天音乐课上会坐在我旁边，跟我一五一十细说她的那些故事。我其实没太在意，结果她在做笔记的地方画了一个箭头指向一张小字条。她在小字条上写着："我有事要告诉你。"我其实早就知道，她要跟我说那些凯子的事。我连她没说完的情节都知道，比如"他对我如痴如狂，但我对他却爱搭不理"。是哦！她爸爸银行里有的是钱，她就以为全世界的人都爱她，人们说什么她都信。现在她对亚德玛尔的迷恋退烧了，我明白为什么女孩们全都为他痴狂，他那迷人的睫毛、一双乌溜溜的眼睛，还有玉米田般的金发，才十六岁就已经跟高年级生一样成熟了。我敢保证格拉谢拉现在满脑子想的都是名字以"H"[1]开头的某人。或者说，格拉谢拉和我一样，现在满脑子都是 H。那伤感的眼神在找寻可以让他的泪水栖息的静谧之处，他的胸膛是痛苦之火淬炼的熔炉，从中绽放出一颗颗钻石。一滴纯洁滚烫的男儿的眼泪。他很早就失去了母亲，相形之下，我不认为亚德玛尔哭过。他为人温柔又有教养，也许是因为他的生命只是一座蜂巢，一座蜂蜜的城堡，要是那些蜜蜡的墙壁哪天垮了，我可以想象他会哭得像个无助的小孩，男儿的眼泪最难能可贵。

格拉谢拉会看上 H 有点奇怪，但她要的不过就是换换口味，肤浅的可怜虫！我看透了她的心，那里空空如也："所以他们要炒那个老秃头鱿鱼喽？"这是她听说那位老教导主任的遭遇后发表的评语。我那可怜的、亲爱的教导主任。

姐夫今天几乎都不跟我打招呼，是因为我没依约去

---

[1] 埃克托尔（Hector）的首字母。

参加委员会会议，不高兴了吗？无论如何，从马坦萨斯来的代表原本要上台讲话，但到最后一刻却没有出席。我是多久没去了？……好吧，去年夏天以后就没再去了。

星期二，9日

卡萨尔斯救了我一命，他上文法课时到教室前面去回答问题，站了几乎整整一小时，要不然黄油球今天绝对会叫我上台。埃斯特尔……你怎么了……怎么了?!打起精神来，倒霉的女孩！明知今天差不多要轮到我上台了，而且最近的成绩也让奖学金岌岌可危。我的梦想虽然比天还高，此刻却像一座在厄运的飓风中飘摇的纸牌屋。老爸以为我正在做作业，连收音机都不敢打开，要是待在卧室里做作业，我可能会被冻死，难道家人的爱敌不过烧着柴火的温暖厨房吗？没人把收音机打开，这样我才能做作业。我到底算老几呀？我是家里会念书的那个，聪明的那个！此刻却没在念书！有只乌鸦飞进家里，可没有人察觉，大家都静悄悄的，已经过晚上十点了!啊，老爸，我可怜的老父亲呀，他错过了十点的新闻，就为了我！他用他断了的胳膊摊开报纸，再用他的左手翻页。现在也有我们穷人读的报纸了，好几页都是我们领袖的演讲词，他说的每个字都包含了人民的心声……庇隆！在您担任我们总统的这一年里，您为我们所做的事，报纸每个月每一天的版面全部用上都装不下，而您的心里却装着孩子，想着给他们买玩具！阿根廷共和国所有需要玩具的弱势儿童。还为所有劳工制定法律，让他们不再受到歧视，给那些经年累月负担不起开销的穷人和失业劳工发救济金！我可怜的老爸，活在他卑微的世界里，离开家去工厂，再从工厂回到家，每个星期六晚上打一次牌，喝一杯格拉帕白兰地。我老爸是个真正的男子汉，一杯格拉帕白兰地下肚，顶多会让他的眼睛闪烁一下，而刚刚过去的一天实则已让那双眼睛蒙上了艰辛和痛苦的阴影……

很久以前有一座巨大的工厂，里面有一位最优秀的领班。他负责操作厂里最重、难度最高的工具，把弄起来得心应手，还会帮着修理部门的每一台机器，那座巨大的工厂每天都生产好几百万码布料。多亏老爸的努力和他的敏锐眼神——它不会让机器上的一块铁片松动，工厂源源不断地生产着布料（同样源源不断的还有命运的背信弃义）……有一次，或许是因为发现什么东西出了问题而分了心，他将右手最后一次搁在杀气腾腾的滚筒上，滚筒立刻将那只手臂切了下来，那台油布滚筒太爱他那只强壮的大手，就这样将它永远地带走了。

控制电梯门开关的把手，操作起来再简单不过了，现在我老爸负责工厂的电梯门，每天用他的左手开开关关无数次……"小达尔多这样八岁大的孩子都做得来。"我老爸笑着说。他曾经统领一整支可怕的机械大军：活塞，夹钳，螺丝帽，钉子，架子。这是一支组织严密、卖力前进的工厂大军。眼看都快十点了，我忘了告诉他可以把收音机打开，他却什么也没说，因为这样我才能做完功课，结果我并没做功课。惩罚我吧，亲爱的上帝！我的内心深处有只乌鸦在筑巢，暗夜紧紧揪住我的灵魂，我的灵魂被沾染上了它羽翼上的黑暗。

卡萨尔斯说住校最棒的地方就在于可以读书，这样时间比较容易打发。格拉谢拉走过时，他问我："你更喜欢哪个，我堂哥，还是亚德玛尔？"在格拉谢拉告诉我之前，我早就猜到她想谈的是哪一个凯子的事，她要是知道了，可会宰了我。星期六的校际杯冠军赛中，H就坐在我身旁，在我和卡萨尔斯之间。我只知道H比较喜欢看足球，而不是当天我们学校代表队丢脸惨败的排球赛，我还知道他跟卡萨尔斯每个星期天都会去看日场电影。

卡萨尔斯的堂哥名叫埃克托尔，H不发音，我们知道这个小小的字母在那里，仅此而已。今天有某种情绪盘踞我心，那个念头也是不出声的，但就在那里。或许听不到声音更好。让我们静默不语吧。车子在这一刻擦肩而过，搅动着水坑里的水，现在已经远去，我再也听不到了，耳边只剩下一片空白，它属于过去，一段一群年轻人正在喧哗呐喊的过去，一个排球队输了比赛，他们正为此而欢呼，而他没有欢呼，我知道，他是想再踢一场足球比赛！他的静默和对喝彩的不参与，也在我耳畔留下一片空无。埃克托尔，你的目光中蒙着一层古怪的阴霾，你的静默就像你的名字不发音的首字母一样吗？你几乎一句话都不跟我说，当然，在你看来我不过是个穿着平底鞋和白袜子的小女孩，而且还很呆！

十四岁了还穿得像个小女孩。没错，我只需要松开我的小马尾就会变漂亮，小马尾松开，我看起来就像个印第安人。我就这模样，可我姐就想把我打扮得像个印第安人。这个驴脑袋！她觉得我下半辈子都得感激她花半比索给我买了一条十八英寸[1]长的缎带，她到底在想什么？我这么打扮最好看？她知不知道那些被宠坏了的小妖精都把钱花在买衣服上？那个驴脑袋甚至无法想象那些年轻淑女买件家居服就够我们全家一个月的开销。她们都有高跟鞋、淑女的发型、合体的裙子。我还得终年不断地跟她说谢谢，就为一条无法绑好我这一头乱发的垃圾缎带。

当我在走道上转弯，准备离开体育场时，埃克托尔正在点烟，一言不发。我们这些黄毛丫头一定让他觉得很无趣。他今年十九岁，正望着冠军奖杯而陷入沉思。埃克托尔，我想帮你改名字，改成阿尔维托，或阿马德

---

[1] 1英寸约合2.54厘米。

奥，或是阿德里安，或是阿道弗。你知道为什么吗？因为这些名字都以 A 为字首，跟"喜悦"一样……[1]

星期三，10 日

上帝听得见我吗？昨天我们教导主任递上了他的辞呈，但校方没有接受。他为何会觉得有必要这样做呢？我会平安无事吗？在如此险恶的环境里，我能为他做些什么呢？住口，埃斯特尔！你是谁呀，还要帮教导主任？只要静默不语，然后祈祷，就像某个比我有智慧的人曾对我说的："沉默的祈祷是上帝最喜欢的音乐。"埃克托尔夜里会祈祷吗？你会相信我吗，埃斯特尔，要是我昨天对你说……这个星期天你能问埃斯特尔那个问题，以及其他一些事吗？愿上帝保佑你，卡萨尔斯！我对他说："卡萨尔斯，昨天下午我去劳保局帮我爸爸领他的证件，你也知道伤残劳工可以领抚恤金，我途经阿德隆所在的那条街，却没找到那个地方，我猜一定是你指错方向了。"我不太记得接下来的对话……是这样吗？上帝真的是一颗流星吗？这是什么话！我怎么胆敢提那件蠢事呢？总之，那是去年夏天的事了：我从我姐家出来，她那么需要上帝，老是抬起眼睛望向天空。在

---

[1] 西文"喜悦"（alegría）的首字母为 A。

炎热的午后，天空一片湛蓝，街道上有三三两两的情侣，还有一个出来呼吸新鲜空气的家庭主妇，我一抬头就看见一颗流星……快许愿！我得对着流星许愿！但脑子里闪过的念头让我脸红心跳，我真不知道该不该写在日记簿里。我应该为我妈妈的身体健康许愿……为我能继续获得奖学金许愿……甚至还有更多：为我可以顺利考上医学院，当上医生……也可以许愿，为什么不呢？让小达尔多收到一辆自行车……或者是中大乐透，这样我们全家就不用再这么省吃俭用，还可以给老妈请个女仆……然而我实际上许的是什么愿呢？我心中唯一浮现的（那一瞬间我对自己完全诚实）是只有格拉谢拉会许下的愿望，或许小劳拉也会：从我喉咙冲出的是一个四个字母的词，它让我仿佛喝下一口最浓烈的格拉帕白兰地，立刻醉得不省人事，又是一个愚蠢的少女，她许愿获得"爱情"。

好吧！事情是这样的，昨天烈日当空，阳光炙热，我们吃完午餐不久，小劳拉已经走了，卡萨尔斯过来坐在我身边，接着我们到公园散步，直到上课的铃声响起。那里的草地依旧潮湿，到处都泥泞不堪，不过我们终于可以在阳光下散个小步，在下了那么多天雨后，我们享受着这片宽阔的公园。

然后卡萨尔斯（我可没问）聊起了格拉谢拉，他说之前小劳拉会在背后说她坏话，但是现在总会为她辩护,他还说格拉谢拉是个讨厌鬼。卡萨尔斯是这么说的:"格拉谢拉那个人,埃斯特尔你知道吗?星期天我堂哥和我看完电影去'加拿大小屋'吃煎饼的时候,她跟一同去看校际球赛的朋友经过我们这桌,这个鹰钩鼻姑娘就在我们隔壁桌聊了起来,我堂哥叫她们过来同坐一桌。她们两个就坐下来,也点了一些煎饼吃,当我看到堂哥拿我要去阿德隆的钱帮她们结账时,我简直想宰了他!"就因为这样,卡萨尔斯没去成阿德隆!他还告诉我,这两个讨厌鬼说她们看过金格尔·罗杰斯的新电影的首映了。卡萨尔斯的原话:"她们说金格尔·罗杰斯是个老太婆,她们用那种好像我脑子坏掉了的脸色看着我,然后问我堂哥他喜欢不喜欢那部电影,没想到我那个白痴堂哥竟然说不喜欢!我还以为他喜欢呢!她们就问他电影是不是我选的,他说是,从来都是我选,她们就说真是可怜的哥哥,好有耐心哦!听听她们多恶心!"没想到外面正下着雨,要是他们没钱去阿德隆,又因为雨天不能步行到市中心,那在必须回学校之前的这段时间,他们还能去哪儿呢?只能困在桌旁枯坐。卡萨尔斯又说:"这是什么星期天啊!小劳拉说阿德隆很棒,沙鲁阿带着克拉勒家的两个女孩一起去了,一个五年级,一个三年级。""我还没跟克拉勒家的女孩说过话,你呢?她们的父亲是德国人,是个拥有里奥内格罗省几乎一半土地的大地主。你不觉得姐姐比较好看吗?

小劳拉说现场的乐队正在演奏《擦鞋布吉》，克拉勒家的一个女儿知道整首歌的英文歌词。就在桌旁，她用她低沉的嗓音唱了起来。小劳拉说另一个克拉勒家的女孩拿起汤匙、玻璃杯，还有其他杯子，当鼓敲了起来，每一桌的人都在看她们表演，她们玩得比谁都开心。"

这个可怜的男孩告诉我："埃克托尔把我们留在车站，你都不会相信，在车上，那个鹰钩鼻买了一条巧克力，我向她讨要一点，她便让我自己去买，我说她们刚刚吃的煎饼是我买的，还是她们已经忘记了？然后她分了我一半巧克力，又说我还太小，还不能和她们一起出去玩呢。"但她今年十四岁，跟我和卡萨尔斯一样！卡萨尔斯又补充了下面一句，让我听了觉得很丢脸："我知道你们都喜欢高年级生，不觉得他们对你们来说年纪太大了吗，他们都十七，甚至十八岁了。"

就在这个时候，我鼓起了勇气。生活有时需要刚强壮胆，难怪他们说勇者无惧，我告诉他我等不及要去阿德隆了，这时他终于想起来要告诉我阿德隆到底在哪儿，他说就在二楼的大珠宝店对面，"梦幻"皮草店旁，入口在长廊的尽头。然而，无论我在人行道上怎么绕，都看不到阿德隆的正门。卡萨尔斯说有乐队演奏的时候，得往上看才能知道音乐是从哪一扇窗户飘出来的。"那你为啥不找个星期天跟我们一起去呢？"一时慌乱的埃斯特尔立刻脱口而出："去哪儿？"他答道："去看日场电影啊！要是你帮我付买煎饼的钱，外加到阿德隆买杯橙汁的两比索的话。我们可以跟小劳拉坐一桌，这样我堂哥就有机会跟她聊天。"我问他，星期天那些男孩跟女孩约会，从见面到分开的这段时间，都在做些什么？他告诉我："他们会约在剧院门口见面，看电影的全过程都手拉着手，电影散场后会去牛奶吧吃点东西，吃完再去阿德隆聆听特别为情侣们演奏的音乐节目。坐在一起时，他们会彼此倾诉爱意，讨论他们刚刚看过的电影，并且计划下个星期天要看什么电影。最棒的是非周末的日子，要是碰上法定假日，他们就不需要再等一整个星期。时间一到，男孩会送女孩回学校，分开前他们会在漆黑的街道上拥吻。"我试探地问他："是埃克托尔告诉你的吗？"他脸色一沉，说："去年亚德玛尔跟克拉勒家的小女儿在交往的时候，因为她是住校生，他送她到女孩宿舍大门，虽说舍监是个好人，但还是会监视他们。克拉勒家的女孩不喝酒，因为她是新教徒，但亚德玛尔会在阿德隆点'曼哈顿'喝，那是一种把威士忌跟天晓得是什么的东西混在一起调的酒。一杯酒下肚，他不再羞怯，跟克拉勒家的女孩说起那些男孩宿舍都知道的话。"我问他男孩宿舍都知道的话是什么。他说："我问亚德玛尔他爱不爱克拉勒家的女孩？他回答：'像那样的小精灵值得终生疼爱。'天晓得他们怎么会分手。"然后古灵精怪的埃斯特尔逗卡萨尔斯："你喜欢的是那个鹰钩鼻,却不承认,因为她比小劳拉漂亮,我觉得你喜欢的是她。"卡萨尔斯以一种仿佛是从他的梦幻百宝箱飘出来的声音回答:"小劳拉最棒!"

可是小劳拉喜欢的是二十岁的沙鲁阿。卡萨尔斯又问我:"她不喜欢亚德玛尔吗?沙鲁阿是个野蛮人。"我于是接他的话说:"可要是你喜欢小劳拉,为何私下撮合她跟你堂哥在一起呢?""我堂哥有四百个女朋友,多一个小劳拉不算什么,最重要的是打进克拉勒家的女孩跟小劳拉的圈子。这可是我的秘密:我堂哥明年就不在家了,他得去当兵,到时候我就是那个圈子中的一员了。"

可怜虫,他正在做自己的大头梦,我告诉他,为什么他不找小一点的女孩子,比如十三岁的,他回答:"你跟她们根本谈不来,她们太小了。"他下面出其不意的一句话差点让我窒息:"我去打电话给我堂哥,问他这个星期天要不要一起去看电影,还是他看完大河队足球赛后来接我,因为现在他会让我一个人搭公交车去市中心,你要是想来,我就跟他说。"好好好!你会听到一个笨蛋女孩情不自禁的欢呼声,她的心就像在地上爬的宝宝,今天才冒险踏出第一步。

我永远忘不了这一刻,卡萨尔斯带我去秘书办公室打电话给他堂哥,我好想听他们说话,可这时办公室的文员正好来找我,跟我说了教导主任会留下来的消息,导致我一句都没听见卡萨尔斯对着电话说了什么。好吧，只能这样了。

星期天……星期天！埃斯特尔，这是你生命里的第一次约会。与此同时，小劳拉将于中午一点在她们家宽敞的红砖别墅里匆匆吃完午餐，那格拉谢拉呢？我可以想象，无论她做什么，她爸妈都会允许，她在天鹅绒般的法兰西广场前公寓的豪华餐厅里，一边解开头上的发卷，一边吃着厨房准备的精致甜点。就像其他跟她一样的梦幻小女孩一样（第三位就是我！），我们总是想要追梦，追逐着那些浪漫的梦想。

下午三点，布宜诺斯艾利斯最奢华剧院的壮丽大厅，真像《一千零一夜》里的梦幻宫殿啊！卡萨尔斯选的电影就在这里放映。仿佛我的灵魂所拥有的梦想还不够一样——如同被一阵强风张满的风帆，我的灵魂推动着我航行——另一场梦正在银幕上放映，它就像我们男孩或女孩常做的梦一样……人人都想去爱，正在爱，或者缅怀着曾经的爱。泪水、微笑，都是为了那位女主角，或为了她身上我自己的影子，直到银幕上"再会"的字幕浮现，大厅里灯光再度亮起。卡萨尔斯坐在我身旁，你喜欢这部电影吗，卡萨尔斯？你在学校苦读一整个星期，翻着一页又一页的课本，满心盼着的就是此刻美好的电影时光。此时我们正要离开这片人海，人群像浪潮一样涌向大都会中心区的街道。蓝与红是我们城市灯火的主调，那些灯火逐渐从变暗的蓝色天际浮现。布宜诺斯艾利斯的天空，灯火正缓缓浮现在蓝色天鹅绒的夜空，那些店面炙热的霓虹灯闪闪发亮，仿佛别在塔夫绸上的水钻，成为我身体的一部分，我将永远铭记这个美好的假期。

接着就到了去"加拿大小屋"享用煎饼的时间。我妈老说："万事万物皆有定期。"一位穿着美妙绝伦制服的小弟端来两份美式煎饼和两杯冒着热气的咖啡。时间差不多了，卡萨尔斯说六点十五分他应该就会到。谁会到？是埃克托尔吗？还会有谁？他最爱的球队的比赛一完，他就会往街上走，然后跳上公交车。他应该早就回宿舍洗了澡，走进温暖的"加拿大小屋"时，他那头像水豚毛发一般的短发还未完全干。晚上六点多，天已经黑了，太阳在哪里？我们待在剧院昏暗的角落，错过了午后短暂的温暖斜阳……要是我想伸手轻抚埃克托尔的脸庞，应该还来得及触碰到，哦，那温煦的霞光，夕阳将它火红的霞光映在所有挤在大看台上的女孩红扑扑的脸庞上。

万事万物皆有定期。这是我向他询问我想知道的一切的最佳时机，比如他最爱的球队、他最喜欢的球员、他是否打算继续深造，还有他的政治观，这样就可以知道他是否对穷人保有良善的心。我姐说得对："别小小年纪就结婚，千万别太早结婚！"这是年轻人当道的世界，他们在不久的将来就得担起人生的义务和责任，而现在是享乐的年代，要尽情地让内心深处的梦想展翅飞翔。属于你的时刻到了，埃斯特尔！愉快的交谈之后，我们会步行至市中心的街道（那是一条铺着乳白色方形砖的道路：我所在城市的中心）；仿佛被磁铁的一极吸引着，我们迅速爬上一段楼梯，立刻听见某个爵士乐队的电子节奏。在阿德隆向四周辐射的超现代金色氛围的灯光底下，乔治·华盛顿私立中学的学生意气风发，穿着他们最好的服饰。感谢卡萨尔斯的巧妙安排，入座时我被安排在埃克托尔身旁，乐队正演奏起节奏感很强的狐步舞曲。也许埃克托尔想换到别的女孩身旁，一个没见过世面的可怜女孩怎么可能知道举手投足该如何才像个城市淑女呢？哦，老天爷！此刻我感觉到的世界是真实的吗？仅仅此刻的美好就能扫去我心头的疑虑，那些缠绕灵魂的陈年蛛丝吗？……是的，这一切都已成真，没什么是丑陋、虚伪、伤感、糟糕的，因为，嗯，这世界是如此简单……这时埃克托尔已经在桌子底下牵起我的手，他把我的手握得紧紧的，我们的心随着狐步舞的节奏跳动。埃斯特尔，你还奢求什么呢？我已别无所求，城市里每个角落都成双成对，我已心满意足，我只愿一件事，是的，拜托，此刻我只求一件事，那就是时钟全部停摆，让星期天的时间永驻。

星期四，11日

幸福，你的名字是女人！难以捉摸，又无比狡诈是吗？你会答应了又食言吗？让我把话说明白：是我妈不让我出门，都怪我姐一口气跟妈说了我的事。一个可怜的懒鬼，我讨厌她。她披着那条芥末黄披肩，还以为是什么名贵大衣，真叫人同情，都是有个八岁儿子的妇人了，还想跟我们一起去阿德隆坐。她没听说过一个十四岁的女孩会单独跟男同学约会，只有她没有听说过，因为她是个从未踏出过这个倒霉地方的苦命女孩。当她把披肩拿下来，身穿那套两件式套装时，她真的以为自己光彩照人，其实衣服的布料都褪色了，只剩红黄相间的条纹。你会留意到它染过色，因为那布料看起来就好像烧焦了一样。

跟老姐在一起时，我就像个五岁小孩，需要有姐姐陪在身边，不然就会走丢。跟她一起出门，简直让人生不如死。姐夫嫉妒心又那么重，他就这副死德行，说我怎么不带"这些一无是处、自以为是的娘儿们"去参加委员会会议，这样他就可以好好教训她们一顿……有一个星期天，他想把年轻人锁在委员会，我问了他，他回答："把这些小姐带来委员会，你就会看到我们男人会让她们玩个痛快。"他那副粗鲁的嘴脸我一辈子都忘不了。

今天卡萨尔斯过来问我要不要让埃克托尔带我回家，他说话时不敢看我。不只是这样，他还说："你家附近很暗吗？不过你根本不用怕，他会搂着你、保护你，对吧？"你这是什么意思？"没事，我堂哥很快就会让你明白，你会跟他学到很多。"我再也受不了了，狠狠地拧了一下他的胳膊，卡萨尔斯拉着我的辫子，用跟我闹着玩但其实有点伤人的口气说："别傻了，你难道开不起玩笑吗？我和我堂哥会陪着你，别担心。有我在，一切都会没事的，除非你把我丢在一旁。"然后他笑了起来。我跟他说："这就是你想对小劳拉做的事。"这个不识相的小坏蛋回答说："我要是亚德玛尔，真不知道该选克拉勒家的女孩还是小劳拉呢。"

跟家里我得说是因为我们学校有聚会，说地点是在市中心，而非我们学校，还得说是为了庆祝我们教导主任留任，我们的好教导主任配得上有个庆祝会。不过，我还是宁愿说实话。跟我姐一起去阿德隆，我还不如死了算了，让我在斜穿市中心的时候被车撞死，虽然应该被车撞死的人是她，没错，让她一脚踩到香蕉皮，也许我应该拿把香蕉放在背包里，坐地铁时吃完香蕉就会剩下皮，她饿了也能随时用香蕉来填肚子。我不一样，我挨得了饿，要是没钱进酒店吃东西，我宁愿饿着，也不想像她买床单当天那样，往包里塞一块奶酪打发一顿。

嗯，这本从十元店买的笔记本（上面有一两点油污）就快用完了，它正好结束在即将消逝的这一天。我指的是，这一天我也留下了难以抹除的污点。

星期五，12日

俗话说得没错，会吵的孩子有糖吃，在这个世界，什么都得争取才能得到。一线机智的微光点亮了我内心的幽冥。我已经想清楚该怎样跟我爸据理力争了：既然他们会让我每天在高峰时间搭两班公交车和一趟地铁去上学，挤在满是人的车子当中，忍受那些肮脏淫秽、讨人厌的身体，为什么不让我在星期天搭几乎空荡荡的地铁去市中心呢？更何况，我晚上最晚九点就回家了。前提是得有人陪我回家，埃克托尔会陪我的。一个叫卡萨尔斯的天使打了电话（我知道，我知道号码……是贝尔格拉诺区6479）。他们交谈了一小会儿，不许我站在旁边听（谁晓得卡萨尔斯会跟埃克托尔讲我什么蠢话？）。通过他们，我一步一步地越爬越高，爬上梦想的顶端，他们都是我梦想的脚手架。

据说星期五不是个好日子，可就在这一天，我开始用这本新笔记本，在十元店买的那些脏笔记本已经用完了，我花了几分钱买了一本新笔记本，可以连写一个月的日记……我不会去想未来的日子该在日记里记录些什么，也不知道这些文字对于回忆有什么意义。卡萨尔斯这个小坏蛋，他问我之前有没有被男孩子亲吻过，直到我以我妈之名发誓，他才相信我从来没被亲过。只有过一个男孩，他在拉莫斯·梅西亚车站下车，那天火车里塞满了人，我们在拥挤的人群中紧紧握住了手，只是人们在沙丁鱼罐头般的人头攒动中看不见我们握紧的手。

"我要把话说在前头，我得跟你说。"说什么？快告诉我！"有件事你要很小心！"哪件事要小心？"你家前面的街道很暗吗？"挺暗的，有问题吗？"那你家房子看起来怎样？有没有前厅？房子前面有没有小花园，或是一扇遮阴的门之类的？"我家房子有一道很长的走廊，几扇通向各个房间的门，不过没有前厅，有一座小花园，当然了，还有个小门。"那你要小心，埃斯特尔！"跟埃克托尔的时候吗？你干吗这么说？埃克托尔难道不是正人君子？"你别乱想，也别跟他乱说！"不然是什么？"你不知道跟一个男孩在乌漆墨黑的地方会出什么事吗？"你不光对他很不尊重，还指桑骂槐，当我是……是个骚货！"你在发神经还是怎么了？"我们聊到这里就不再多说什么了。

乌曼斯基的座位有人坐了，幸好是个女孩，她看起来不错，是俄罗斯人，但不是犹太人。她父亲是哥萨克大公，大革命时期，他们和母亲一起逃了出来。可博·乌曼斯基的妈妈会怎样对待他呢？他八成已经在巴拉那了，现在不管我的裙摆有没有被风撩起来，我都松了一口气，因为那个讨厌鬼不会在这里偷看了。我觉得没有比被学校开除更丢脸的了，不过也只有乌曼斯基会对着舍监的衣服吐口水，还往他的鞋子里塞屎。明天见了，有着崭新、洁白、朴素页面的小笔记本（能够让人们阅读你是一件很酷的事情，我知道你不喜欢被人窥探，我知道，我知道，就因为这样，我才把你藏在厚重的动物学课本和西班牙语课的资料夹之间）。明天见了……我的小笔记本，明天见……我的朋友。

星期六，13日

一切都完了。本不该如此的。

家所在的街区仍笼罩在夜色中，我透过这些朴素的薄印花窗帘望向外面的街道，可以想见布面上的那些花朵都已经褪了色。老爸说，在工厂里不能靠那些打印印花窗帘的机器太近，因为那里都是廉价墨水的气味，更何况他们都是拿二手布料做薄印花窗帘的。生命的一切都是命运的安排，我也搞不懂为什么在这么廉价的薄印花窗帘上面，他们还会设计如此疯狂的花朵。要是这些花朵真的存在，那估计是热带的稀有品种，只是色彩都快褪尽了。布料那么薄，透过它都能望见外面的街道和对面的房子。从这里我可以看见对面有扇门、两扇窗户和隔墙；然后是另一栋房子，前厅的侧面有扇窗户；接着是另外两三扇窗户，那是另一栋房子的，他们有扇铁门，不过这些都是平房建筑，如果屋顶跟电影院一样可以朝广场那一头敞开，那么当大家去睡觉时，整个街区的人都会望见同一片天空。

我的邻居每晚都会安稳地合上眼睛，浑然不觉他们有可能会像梦中最渴望的那样，触摸到那颗最遥远的星辰……凝望遥远的那颗星辰，再望着他，我想起与他初识时就油然而生的情愫，那股疯狂的思念几欲飞向天际，像只疯狂的纸鸢，那根丝线从我手中挣脱，高大、虚荣、自负的纸鸢兀自飞向高处，它想触摸天边的星辰。今日是星期六，我看见纸鸢了……你跌在烂泥中……人生难道是一摊烂泥？希望难道也是一摊烂泥？雨后，学校的公园里全是烂泥。肯定是因为暴风雨的关系，文法老师才没来上课。卡萨尔斯一如往常，每次有老师缺课，他就趁机写信回家，或是提前准备第二天的功课。像今天早上，从十点到十一点，为了度过漫长的课堂时间，他就问我可不可以坐在我身旁。

我立刻感觉到一团阴霾袭来，我只能无精打采地瘫在座位听他讲。他开始跟我说电影《意乱情迷》的全部剧情，说那是他过去这两年看过的最好看的电影。谁在乎呀？唉，卡萨尔斯，你连一只苍蝇都打不死，却有办法整死我！你一开始讲的是电影，却突然转移了话题："我们星期天必须早点回家，不能去阿德隆玩了。"我问:"为什么?"他回答:"没办法啊!时间不够,我得跟埃克托尔一同陪你走回家,晚上九点半前我就得回到宿舍。"我说:"这样我们就别看电影,早点去阿德隆好了!"他回说:"不行,不管怎样,我们都要去看电影。更何况阿德隆六点前根本没人。"我说:"你没必要陪我回家呀!你回学校宿舍,埃克托尔会陪我。"他说:"你在说笑吗?""没有啊,你怎么搞的……这对每个人都好,这样你就可以去看望你的小劳拉了。""不行,要是我不陪你回家,我们就不去电影院,我们哪儿也不去。"他的眼睛突然睁得好大。"这全是你自以为是的傻念头,你为什么一定要陪我?我照顾得了自己,我打赌埃克托尔想自己单独跟女孩子在一起,不希望身边有你这个电灯泡!""你在说什么?""你个子那么小,还老跟大孩子们在一块!"于是他靠过来,缓慢地开口说道:"你这不要脸的贱货,你没资格念这所学校,你这下流坯子……你自己跟你家小区的烂人去阿德隆呀!"我跟他说:"我真高兴能就此跟你决裂,你那堆疯话我听得都烦死了……你也不照照镜子,老想追年纪比你大的女孩,老自比亚德玛尔,你堂哥对你那么好,你还胆敢批评他。"他想阻止我说下去,但是我一发不可收拾:"你还自以为很了不起,你不过是个娘娘腔的小玻璃,整天黏在女孩堆里,再说,你干吗整天亚德玛尔、亚德玛尔的?你难不成爱上他了?你就算想疯了头,也不可能变

第 12 章 | 埃斯特尔的日记,1947 年　319

得跟亚德玛尔一样,你只是个假惺惺的小玻璃。"我发现自己管不住舌头说溜了嘴,但马上就后悔了。我开始担心卡萨尔斯会跑去跟教导主任打小报告。教导主任是他的监护人。不过他默不作声,过了一会儿,他从座位起身,去了洗手间。

回到教室后,他背对着我,故意不理我,开始黏着那个新来的女孩。当然喽,她爸妈是老外,白俄罗斯人,她母亲是唱歌剧的女高音,卡萨尔斯运气好,她的座位就在他前面。他开始问她有没有看过海明威的《永别了,武器》。

我真替那些住校生感到难过,星期六他们都得留在教室里,午后我们走读生就都回家了。这些可怜鬼,他们都不知道该怎么打发这漫漫长日。卡萨尔斯让那个新来的女孩一刻不得闲。"你待下来嘛!要是我求教导主任让你留下来跟我们住校生共进午餐,他一定会答应的。这样午餐过后我们就可以去公园散散步,我就能跟你讲电影《永别了,武器》在演什么。"他花了不少力气说服她。不难明白,他将永远对我怀恨在心,因为当小劳拉、格拉谢拉和我要走的时候,他对着她们两个说:"咱们明天阿德隆见!"

亚德玛尔比埃克托尔帅吗?美丽的黑眼睛和一头像玉米田的金发。

好,让他们去阿德隆,让他们明天星期天见,我自

丽塔·海华丝的背叛

己改天再去……不过,什么时候能去呢?若非此刻,更待何时?此刻难道不是享受欢乐的时刻吗?若非此刻,更待何时?我和我的邻居都触摸不到星星,有人却可以,这真让人伤心欲绝。我就要在这张薄印花窗帘后面虚度我的花样年华了。

星期三,17日

亲爱的日记,多少个太阳和月亮已横越穹苍,我们却再也回不了昔日的美好时光,那些宛如灵魂伴侣的默契,都在这些日子里消磨殆尽。我日渐憔悴(被自私吞噬),蓬头垢面(被噩梦侵扰),今天我已经不在乎自己外表如何(这难道不是我的成长?),而只穿一件洁白的围裙(没绑辫子,没有浮华的装饰,只有一身雪白),头发往后梳理整齐,直发盖住脖子,发尾微卷。最重要的,亲爱的日记,并不是头发或围裙,而是智慧与坚定,坚定如外科医生的双手或手术刀,或是那位和蔼的公会牙医手上那把讨厌的牙钻。

今天星期三,我没想到自己能去布宜诺斯艾利斯。老爸昨天见过那位心思缜密的女牙医之后特意替我约了今天的门诊。他疯了不成!我心里想,上学日还进城去!明天星期四,有任务繁重的动物学、数学和文法课。女牙医告诉我生命的一切都需要条理,一切都得按部就班，井然有序，我这会儿才明白她说得真有道理。

搭地铁去的途中，我抽空温习了几个定理（我记忆犹新，真该感谢老师的细心解释，还有我的专心听课），回家的路上复习了动物学。吃过晚饭，我用半小时复习了文法，然后重新誊了蜘蛛网结构图稿。此刻我从内心深处感觉到失而复得的自由与平安。我再次与你在一起，我已经完成今天应该完成的任务了。

那位女牙医语重心长地对我说，一切事物都有轻重缓急，甚至到市中心散散心也需要衡量优先次序。今天天气非比寻常地燥热，连续几天的高温会让你想把羊毛衣丢进垃圾桶里。幸好去年的衣服还很合身，所以我穿了件天蓝色的棉布衫，再套上短夹克，其实这是我唯一像样的衣服了。

幸好我已经把定理都温习过了，抵达市中心时我的心情好极了，走在优雅的林荫大道上，我一点也不自卑。小劳拉说所有从巴黎进口到布宜诺斯艾利斯的布料都在这里。我看到了，梦想和现实就这么被玻璃橱窗隔了开来。我继续晃悠着，有那么多、那么多漂亮的东西可以买，要是有机会能让我从中挑一样，我还真拿不定主意。要我放弃那条紫色薄纱围巾就跟略过那个水貂耳罩一样为难，我的脑袋要爆炸了，我的朋友，这些事情有时真叫人郁闷又愤怒。林荫大道美丽宽阔，人们脚步迟缓，展现出一种去哪儿都无所谓的闲适。朝港口的方向，顺着人行道微微向上的坡度可以走向视线不可及的港口，走到最高点时，可以看到一个充满贵族气派的华丽广场，此刻阳光灿烂妩媚，一栋摩天大楼挡住了视线。根据黄油球，哦抱歉，根据文法老师的说法，这栋摩天大楼"得体地遮住了河水和混乱的港口"。

在广场的阴凉处，我察觉到气温骤降，一阵风猛地从河面吹来，虽然只是一阵凉风，却让人感到冰冷刺骨。我只想赶快回家喝杯热腾腾的马黛茶，不难想象走在大道上的我，没穿大衣，冷风就在我的脊柱间直蹿，单薄的衣服盖在我身上，就像薄薄的蜘蛛网，可是我无法进入附近的房子避寒。我所在的城市天气说变就变，根本不事先打招呼，让人的心情起伏不定。就像孩子一样，一会儿笑，一会儿哭，想哭就哭，想笑就笑。

我冲进女牙医的办公室，比预约的时间早到二十分钟。那位把我照顾得无微不至的牙医能干又漂亮，在诊所里来来回回地忙。她多么有活力呀，为人们不辞辛苦的人最美！她总是无微不至，病患至上，一直站着，来来回回地替病人拿纱布和药水。她是个知道自己为何而活的明白人。不像那些在林荫大道上闲晃、好吃懒做的驴脑袋。黄油球，我想去感受码头工人身上那股生活的热情和干劲，别再跟我说劳工和他们的汗水都是城市不光彩的一面、需要去赞美摩天大楼之类的话了，大楼挡住了有钱人的眼睛和良心，这样就看不到粗犷的劳动景象和叫人痛心的低廉报酬了。

  从马坦萨斯来的代表在星期天的会上说:"他们再也无法否认一股新势力的存在,寡头政治必将面对劳工的需求,哪怕这意味着劳工必须拿铁锤敲开他们的头颅,用手指写进他们的脑子里!用寡头自己的血当墨水!"这话虽说残酷,却是真知灼见。我初听见时心里无法接受,非常抗拒,但仔细一想,残酷但是真实。劳动是神圣的,因此劳工都是神圣的人。他们身上流的汗水让他笼罩在神圣的慈光里。他们可以是手拿铲子辛苦流汗的工人,也可以是操作着钻牙、拔牙、治疗蛀牙等器材辛苦流汗的医生,甚至还可以是为罹患腹膜炎、脑膜炎或出车祸的病患动手术的大夫,简而言之:他们细心照顾并治疗着我的同胞,我所挚爱的同胞,我愿化作一名小小治疗师,伸开双臂拥抱你们所有人。

Trece CONCURSO ANUAL DE COMPOSICIONES LITERARIAS TEMA LIBRE

第13章 | 年度作文比赛

自选题："我最喜欢的电影"

学生：何塞·卡萨尔斯，二年级，B组

维也纳那个炎热的夏夜，人们了无睡意，加沃特舞曲的旋律从大舞厅的窗户飘了出来。尽管像加沃特这样缓慢而安详的舞曲，人们还是难挡大暑，附近的住家，不管是抽烟斗的、下棋的，还是随手翻翻报纸的，人人都恨得牙根痒痒，老掉牙的音乐听了二十年，都听烦了。

最后一对情侣正准备离开这个宽敞的舞池，睡意已经征服了最后一个受害者，就在这时，管弦乐队里年轻而气盛的小提琴手拉完乐谱的最后一个音节，却没有放下他的琴弓，而是向圆润的双簧管手使了个眼色，接着瞬间扬起一阵急促而欢快的全新旋律。一些傲慢的小区老客人满脸惊讶，挑起眉毛问：这是啥玩意儿？这么体面的场地怎么能演奏如此低俗的舞曲？附近的邻居也听见了，有的把手上的棋子搁了下来，有的把报纸懒洋洋地摊在桌上，有的烟斗瞬时喷出一阵急促欢快的烟雾，每个人都开始手舞足蹈起来。一脸茫然的行人停下他们的脚步，拉车的马停驻不前，每个人都在问这独特的音乐到底是什么，那被禁的名字开始口耳相传，这叫华尔兹！

气急败坏的舞厅老板无计可施，只好叫警察来把这个胆大包天的小提琴手抓走。没想到走道上人满为患，他根本挤不出去。这个老古董怀疑这群人是不是要放火烧了舞厅，结果这些入侵者立刻两人一组，冲进了空无一人的舞池，开始旋转起来，让人眼花缭乱。尽管裙摆僵硬沉重，然而在华尔兹舞曲的旋律中，它们就像轻盈的罂粟花一样在空中旋转，不消一会儿舞厅就挤满了人，终于有了能让他们对热气浑然不觉的舞蹈了！他们铁定会喝上很多啤酒，生意可就热络了，没有哪个人会比老板还乐的。

约翰舞动着的小提琴琴弓如今成了指挥棒，最后一个音节结束时，立刻响起一阵如雷的掌声，他觉得自己好像置身于梦中。

就在不远处，一辆敞开的马车正穿过帝国花园，里面坐着一位国王禁卫队的军官和一位金发淑女。两人都静默不语，只听得见马儿小跑的声响。军官试图聊各种话题让淑女分散注意力，她不是简单回答"是"，就是回答"不是",一句话都不肯多说。她觉得燥热不堪,他们早已远离她的圣彼得堡,那儿到处是波平如镜和布满阴凉的运河。

空气中回荡着一阵微弱的回音,听起来像是谁因喝了伏特加而热血沸腾,伴随着狂放的哥萨克小提琴舞曲,不出几分钟,这对傲慢的情侣就进了舞厅大门。她整个人心花怒放,播放的哥萨克舞曲虽然不是她最心仪的那一首,却有着同样的对生命的喜乐和激情,那年轻的指挥家眼里燃烧着何等的火焰呀!一小撮黑发盖住他的前额和眼睛,却没有阻止他在人群中看到那位金发美人向他投来的赞许的微笑。他仿佛认得她,到底在哪儿见过呢?他无法克制自己,开始想象她站在巨大的舞台上,只是那位淑女并没有在跳舞,难道她不喜欢他的音乐?这时她向他走来,递上她那白皙的纤纤玉手,好让他帮忙扶上指挥台,她向他要了乐谱。

这首舞曲名为《梦》,前几个小节的歌词衬在管弦乐的节拍里就像花瓣上的露珠,这位女士的嗓音也如晶莹剔透的露珠般令人沉醉。约翰没看走眼,她就是伟大的卡拉·唐纳[1],帝国歌剧院的首席女高音。"梦想如今

---

[1] 卡拉·唐纳(Carla Donner),1938年上映的电影《翠堤春晓》(*The Great Waltz*)中的女高音歌唱家,她曾给予施特劳斯灵感,激发他创作了不少名曲。电影为奥地利音乐家约翰·施特劳斯的音乐传记片。

终于成真，闭起双眼只见那魂牵梦萦的美丽面容，过去只能安静想象，虽在眼前出现，却无法亲自碰触，如今终得轻抚她如雪的肌肤，轻吻她如红珊瑚的唇，那翡翠般的双眼宛如海洋，我为何沉醉其中？我在其中寻找什么？情人们在那片海底寻找什么？"随着华尔兹舞曲最后的高音，卡拉的嗓音直入云霄，现场的观众对她报以如雷的掌声，尽管约翰露出央求的眼神，她还是跟在那位严厉的军官后头消失不见了。

几个月过后，约翰与他的管弦乐队所到之处无不所向披靡，某天他决定返乡探望他的未婚妻和母亲。农场的人们无不欢欣鼓舞，好几天都在烘烤饼干，从食物柜里取出肉片冷盘，还有为特别场合准备的果酱。约翰会在乡下农场待多久？以前的日子跟现在大不相同，他大半的时间都找不到工作，生活饥寒交迫，只能回到乡下农场向母亲寻求安慰和庇护，并细说维也纳的一切。母亲兴致勃勃地听约翰讲，手中却一刻不得闲地忙着帮他打包食物好让他带回维也纳。但现在他再也不需要这些了。母亲为他准备的食物，他几乎没有动，他坐在餐桌旁，母亲一如往常，急切地等着看到他大快朵颐之后眼里闪出的满足火花，那是一种一个已经饿了很久的人一顿饱食之后独有的眼神。

不过，这次约翰已经远离那个总会饿昏头的年代，他吃得比以往少很多。屋里的人都有点不安，这表示他不再爱我们了吗？但没关系，一会儿约翰会跟他母亲细说一切的。他也跟母亲详述了他遇见卡拉·唐纳的经过。他眼里闪着火花，那火花仿佛威胁着要烧了果园里的蔬菜，之后火势还会蔓延到结满青梨的果树上，他母亲年复一年会将它们采下来制作果酱。如今已经不用再替约翰准备让他带回去的食物了。

家里人继续吃吃喝喝，这时约翰打量起厨房。他注意到厨房需要重新粉刷，把所有的煤灰盖住，把瓷砖上厚厚的油渍刷洗干净，恢复原本的亮丽光彩。他望着他的老母亲，打算跟她说这些，但也许应该首先告诉她，她脸上的皮肤干裂，应该擦点面霜，还有她该把凌乱的头发扎起来，露出高挺而尊贵的前额。

一段时间过去了，约翰履行婚约，跟温柔的波蒂在维也纳的郊区住下，他的音乐俘获了所有人的心，但是他已经很久没有谱写新的华尔兹舞曲了。维也纳此刻正处于政治风暴之中，人民吵着要更多面包，年老的国王终日卧病在床，身体虚弱到无法端正弊害。社会上出现越来越多的自由派团体，约翰也是其中的一员，他们把希望全寄托在一名叫哈根布鲁的大公身上，他是亲近朝廷的政治显要。

又到了夏日，约翰沿着多瑙河畔在每家酒店买醉，心情郁闷的他在一杯杯冒着泡沫的酒杯杯底找寻新的旋律。他答应几乎已经失去耐心的出版商，会尽快谱写新曲。他醉醺醺地走进一家豪华客栈，蒙眬醉眼里看不清楚面前的一切。就在被层层厚重的锦缎帘幕半掩的桌子那边，他看见了卡拉·唐纳，跟她的护花使者坐在一起，也就是那位军官。约翰想转身让自己消失于夜色当中，但是太迟了，卡拉已经认出了他，还跟他打招呼要他过去坐坐。过去那么久，她还认得出他来。

约翰摇摇摆摆地走近，恭敬地向她身旁的护花使者问好后，邀她共跳一支舞。那位军官发了火，骂他是个肮脏的酒鬼。约翰不想理他，再一次邀请女士跳舞，那个军官于是在音乐家的脸上赏了一拳。约翰在地上翻滚，鼓起勇气挣扎着站起身来。这次轮到他。他勉强起身冲过去把那个魁梧的军官撞倒在地，用尽身上最后的一点力气请求身旁的群众为自己加油，不然就用哪张桌子上尖锐的匕首取代拳头，直接向军官刺过去……就在这时，他听见店家大声喊着："把这个袭击哈根布鲁大公的浪荡子丢出去！"什么？哈根布鲁大公？那个粗暴的怪物是他的政治偶像？而他，约翰，想拿把刀刺杀被自己视为奥匈帝国新希望的人？约翰如果不是个音乐家，会想要成为像哈根布鲁那样了不起的政治家。这次他费尽力气站起身来，不知道到底该不该还击，他一时没了主意，向前跨了一步，大公这次以更凶狠的蛮力朝他的眼窝一拳挥了过去。

约翰流血倒地，有些客人一听到哈根布鲁之名就义愤填膺地站了起来。他们是大公的反对者，政治的狂潮一如枪火，一触即发。争战从客栈引爆，漫上了街头。一场颠覆活动撼动了半个维也纳。约翰在美丽的卡拉的救助下逃进了一辆马车里。只是他们该逃向何处？马车夫建议前往维也纳森林。倾盆大雨中，他们已经远离了那座城市。卡拉清理约翰的伤口，他因为醉酒以及精疲力竭，在女高音的膝上睡着了。她紧接着也被马匹小跑的节奏所催眠，渐渐进入了梦乡。

初入森林时一片漆黑，现在已经不再如此阒暗，马匹跑了好几个小时，地平线的尽头出现一抹淡淡的粉红。鸟类是创世以来最快乐的生物吗？有可能它们清晨一起来就开始歌唱，是因为幸运的它们每天夜里都能忘掉白天大地上的邪恶，而且，它们在枝叶繁密的树顶筑的巢能得到阳光最早的轻抚，所以它们可以沐浴在晨光中，用啼唱唤醒卡拉和约翰，两人整晚噩梦连连。身为人类，无论是在梦中还是醒着，都无法忘怀尘世种种。他们撑开沉重的眼睑，透过一夜惊惧织成的蛛网，隐约看见那不同凡响的苏醒之光，面对彼此，他们再也无所畏惧，终于可以互吐心声。他们静默不语，生命重新苏醒的时刻是如此珍贵，令人百感交集，难以言喻。

一道道白色光束穿过树丛，想要模仿卡拉身上那层层叠叠薄纱的雪白，毫无倦意的马儿充满节奏地轻跑着。这时车夫转头对他们说："日安。""日安！"彼此互道早安后,他们终于找到了贴切的语词,"日安",这表示美好又甜蜜的一天到来了。森林里的其他生物以叫声宣示自己的存在,绵羊在咩咩地叫,牧羊人的号角随着回声愈发响亮。日安,再来更多的日安吧!车夫随即拿起猎人的号角,吹出不甚和谐的音符,这是车夫对森林所吹奏的情歌,仿佛在诉说着:"我爱你。"爱你,爱你,爱你。约翰一时心慌,想着卡拉对他是否有所期待。卡拉说:"唯有你的华尔兹舞曲能胜过这清晨的树林之歌……"树林,树林!约翰已经感受到那新旋律的轮廓了,一首新的华尔兹舞曲已经开始在耳畔回荡。

"告诉我,告诉我,告诉我,告诉我,告诉我你是否把我放在心里。我不敢直接问,我是如此地卑微,我望着你那双凝视着大雪中的圣彼得堡的眼睛,我望见你那雪白的面容,那仿佛以光勾勒出的你脸庞的轮廓,还有那在空中悠游翱翔、盘旋缠绕的白鸽。哦!人间难寻的天上流光才能描摹你双手的优雅……我的生命如此卑微,母亲总说,这世界如此之大,没一个女子配得上她小儿。我的母亲养我育我,她想怎么想就怎么想,毕竟她是我的母亲。摇篮里的小宝宝安睡在蚊帐里。我的母亲守护着,让我免于被蚊虫叮咬。她总把我当宝贝,透过蚊帐朦胧的纱网端详我,母亲对我的爱让她眼中的我总是比真实的我更加完美。她不知道我其实与你并不相配,只是母亲是那么善良,总认为事实不该如此。我害怕这个世界会将你从我身边带走,我对这个世界无能为力,我只想知道你对我真正的感觉,我已不敢再有其他奢求。对你而言,我是如此渺小,只是我的母亲如此善良,以至于认为事实并非如此。如果你那么好,和我妈妈一样好,你对我会有什么感觉?"

就这样,约翰一字一字将那首新的华尔兹舞曲口述给卡拉,她唱了起来,音符直落叶松、山毛榉和菩提的树梢,响彻云霄。蓝色苍穹也许会有看不见的神祇听见我们凡人的歌,他们会仔细倾听吗?还是他们根本听不见我们?抑或是,他们会瞧不起生命如此短暂而脆弱的我们?卡拉哪怕是在高歌时都依然保持着微笑,她虽然因为过度专注于高音和颤音,无法听到清晰的吐字,因而无法完全明白歌词的含义,却让人感受到她的歌声仿佛天上流动的音符,自由自在,高歌不止,无懈可击。

突然间,森林里出现一块明亮的平坦空地,那里有一个典型的狩猎人常驻留的小客栈,客栈的另一头是被风信子花丛染成淡紫色的大片阴凉地。车夫又舔了一下自己的大胡子,觉得肚子真饿,于是向这对恋人提议在此停留吃个午饭。在风信子花丛的荫凉里,你会看到有寥寥几对情侣散坐着。年轻的女士喝着饮料凉品,年轻的男士则喝着啤酒。其中一对应该是学生,书籍堆在桌旁,也许他们趁着城里一片混乱,逃学没去上课。他喝了些酒，也许是为了借酒壮胆，好向她吐露他只敢对死党说却不敢对他所爱慕之人说的话。他们真是叫人称羡的一对，她恬静安详，他外表英俊，还有一双黑色的眼眸和一头如玉米田般的金发。他天性善良但不会允许任何人以此占自己便宜，他不光肩膀宽阔，还手臂粗壮，防身技巧纯熟。车夫说："我饿了！"卡拉和约翰这时才想到他们需要用钱，在仔细翻找计算之后，他们发现所有的钱恐怕不够付午餐费及车夫的费用，但够付一个房间的房费，他们实在需要休息一下。趁车夫离开去马厩的空，他们俩走向老板娘，跟她要了一间房，说他们是夫妻。

老板娘斜眼看了一下他们之后领着他们来到一间阴凉的房间，正中央有一张天篷床和一张软垫沙发。卡拉回避着同伴的目光，径自躲进了盥洗室。才短短片刻，约翰跟卡拉再度单独共处于昏暗的房间。接下来她会怎么反应？他们甚至连吻都还没接过。哈根布鲁一定吻过她了，说不定还拥有过她，他们一定早就是一对情人了，那个铁石心肠的男人举止莽撞，五官粗犷，一旦戴上单片眼镜，看起来就更凶猛了，他的魔爪想必早已伸向卡拉娇弱的身体……她怎么可能允许这件事情的发生呢？如果她允许这件事发生，正是由于受到了他兽性般性格的吸引呢？那样的话，约翰也需要像哈根布鲁那样强吻她吗？狠狠抓住她娇小的双肩，在她雪白的肉体上留下紫色的抓痕。她白皙的皮肤表面已经留下了紫色的瘀青抓痕，这表示一番蹂躏已经伤及她的肌肤，令静脉和动脉破裂，导致少量内出血。这只不过才开始，就在哈根布鲁变得跟禽兽一样狂野时，也许还用牙齿咬伤了她，接下来的暴行实在不堪设想，他发狂到不见流血不罢手，而她越来越衰弱，连最后一丝抵抗的力气都没有了，说不定他还下过几次毒手。他就像个狂暴的刽子手，只想叫他的受害人鲜血直流。可是卡拉怎么可能会同意让这样的事情发生呢？连我也猜不透，或许这是致命的吸引力吧！哈根布鲁或许握有什么让卡拉不敢不从的秘密？说不定是她在古老的圣彼得堡有一些身为间谍的黑暗阴谋过往？一定是有什么见不得人的秘密被他抓住当作把柄，卡拉才会允许他蹂躏自己雪白的肌肤。

她的肌肤雪白，别跟我说雪白是没有颜色，其实那才是世界上最美的颜色，那是纯洁的颜色，雪白当然不是没有颜色，物理学教授早已向全世界证实过，洁白无瑕的雪花里隐藏着百合花的紫色，那是悲伤和忧郁的颜色。也看得见蓝色的存在，它意味着平静的沉思，倒映在街道水坑里的天空期待着我们的目光。蓝色紧挨着绿色带来对清澈的盼望，然后是田野雏菊的黄色。没有人种植，它们兀自开着花。它们自生自灭，无须费心栽培寻找，就像好消息总是不期而至。已经成熟的夏日橙子，颜色被称为橙色的确非常合适，橙花在炎热的夏天化成果实。最让人喜悦的莫过于种子发芽了。植物的成长就像人类的青春期，会逐渐进入果实生命的青春少年时，开始收成鲜嫩多汁的橙果，成为炎炎夏日午后，人们享用的香甜多汁的果实。从那儿到热情的红色只差一步，红色正隐藏在白色当中。同样地，卡拉也隐藏在纯白当中。她就像如此纯洁的白色。是否这就是为何哈根布鲁想要她白色的纯洁被红色的流血玷污的原因，以证明她不过跟他一样下流吗？

事情不该如此，要是卡拉跟雪一样纯洁雪白，那她就配得上贞洁之人应得的待遇。我再说一次，她就配得上贞洁之人应得的待遇！

一想到此，待在封闭的房间，让约翰再也受不了了。他浑身燥热，火红的太阳将要西沉，听见蟋蟀在鸣叫，这意味着附近应该会有一个湖泊。事实上，它就在森林里的一处灌木丛后方。在确定没人瞧见他之后，这位年轻人脱光了衣服，想好好冷静下来。几乎难以察觉却温热的微风吹过他的肌肤，让他更加欲火难耐，但倒映在湖水表面的身影激怒了他：松垮的胸膛，瘦弱的双臂，有点驼的后背。他讨厌自己。当他躺在草地上时，那阵阵热浪就愈发环绕在他周围。

是的，没错，他无声地坦承自己想要卡拉，约翰跟其他男人一样，也是一头野兽，现在他想奔向卡拉。他站起身来,坚定果决,他知道一切都会没事的,她会像他接受她那样接受他的。约翰望着灌木丛和倒映在湖水里的天空,湖水也映照出他的身影,这时他比之前更加讨厌自己,他希望自己是那个他在凉亭看见的学生,强壮又俊美,这样卡拉一定会爱上他。就在这时,一阵脚步声向他靠近,约翰连忙抓起衣服遮住自己,躲在树叶后面偷窥起来。他看见那个学生跟他亲爱的甜心就在离他几步远的地方,他们正朝森林里偏僻安静的角落走去。

那个学生借着一点小酒壮胆,之后一定会跟他的同伴诉尽衷情,现在他们极有可能在寻找一个地方单独相处。约翰反复思量那个学生会怎样掩饰他要对那个无辜的女孩所做的坏事?他要怎样说服他的甜心,保证不会幽会几次后就抛弃她,并且跟死党笑话她?那个学生要怎样才能让她明白,他肉体上爱她是出于自然本能?他必须向自然本能低头,那时候他最想要的就是将她紧紧搂在怀里,紧紧握住她的手,不让她再走进森林的深处。那个学生会怕她为了摘花而不自觉地走进森林深处,迷失了去路吗?那里处处都有危险,可能有凶猛饥饿的动物,他就会拉着她的手,让她尽情畅谈。也许他们会聊到约翰所写的华尔兹舞曲,现在已经在全奥地利闻名遐迩了,那个学生就问她的甜心,她最喜欢的是哪一首华尔兹舞曲?出于奇迹和爱,她选的也正是他的最爱。他们将终生没有任何争执，甚至连下辈子也不会，爱将他们变成天上的神祇，携手同游银河，他们若是愿意，可以在夏天来临之时，飞向南十字星座那四颗幽微的星星。

"约翰！"有个声音在呼唤约翰！那不是别人，正是卡拉，她已经换好了衣服，正在找他。他们一起坐在凉亭里喝冷饮。因为已经入夜了，管弦乐队弹奏着约翰的华尔兹舞曲，一首又一首，浑然不知作曲家就坐在眼前。就在风信子花丛底下，卡拉随着音乐唱了起来，她的声音如此脱俗出众，空气里都飘着歌声，声波传荡着迭句，一句接着一句，没人知道它们将飘荡去哪里，只知道他们途经之处必将充满紫藤的香气。

天色暗了下来，太阳已然西下。这对情侣开始感觉到一点寒意，他们在月下漫步之前先回到房里套了点衣服，好让身子保暖。他们一进门就满怀惊喜，那位勤快而好心的老板娘早已在这间漂亮的房间里生起美妙的炉火。她这么做是为了鼓励他们留下来欢度美景良宵。

他们进门时并不需要点灯，炉火虽柔和却温暖地照亮了整个房间。他们一会儿就忘了门外的寒意。屋里弥漫着一股暖热的气息，卡拉伸手去拿她的外袍，这时约翰也正好要拿他的，突然间他们眼神相会，随后向彼此走近，在壁炉前牵起了手。他们将各自的掌心伸向火焰，仿佛想抓住木柴燃烧时振翅飞起的蝴蝶花火。约翰在卡拉面前跪坐下来，卡拉也面对他跪了下来。

她觉得自己终于从噩梦中醒来了，残暴的怪物和嗜血的恶棍早已消失不见，她再也无须数小时不断地练唱，以保持声音的完美无瑕，这一切都被抛在脑后，就好像噩梦早已远离。现在她的目光从炉火转向也爱着自己的人身上，这个人已借由华尔兹舞曲的歌词向她表明他所有的心意。她望着他，在金黄的火焰里他看起来无比俊美，她从未见过他如此模样。强壮的臂膀和结实的双臂将永远捍卫她，她再也无须恐惧，这让她放下了心中那块大石头。当火焰将它金色的光影投射在他的发梢时，他的双眼和睫毛比任何时候都更显得乌黑。现在这位年轻人的头发就跟玉米田一样金黄，这表示爱情的奇迹正在发生。

卡拉拥抱着他，双手无法环抱住他孔武的胸膛，他那双乌黑的眼眸到底在诉说什么呢？她看着他，无须问他对自己的爱是良善的还是邪恶的，因为邪恶在人的眼中无处遁形，粗暴会导致虹膜的光丝阴森暗淡，而这在他眼中从未发生过。相反，他有一双善良的眼睛。

卡拉依偎在他结实的膀臂里，眼睛望着火焰。但她感觉自己其实不该浪费时间凝望火焰，而应该看着他的眼睛，她想躺卧在厚厚的地毯上望着他。这时卡拉在他黑色的眼眸里看到那闪动的火焰，还有别的什么，就像花火，只是跟所有其他的花火不同，它永远不会熄灭。

他眸中的花火恒常闪亮，卡拉幻想他的灵魂就在壁炉的火焰当中，卡拉庆幸自己就在那里，在炉火旁，因为他的灵魂正从火中凝视着她。

是的，卡拉昏昏欲睡，并应他的邀约开启了一场充满危险的旅程。她睡在他的怀抱中，不一会儿就开始做梦，而且她有种笃信的感觉，知道他永远不会抛弃自己，她是如此确信，就好像他已经在十个判官面前发过誓。她静静躺卧在他怀中，迫不及待地想知道自己那天晚上会做什么样的梦。她已然熟睡。他们都有同一个梦想，那就是一起遨游木星和火星等行星之外的银河系群星。他们的身体合二为一，一个强壮的男孩在空中飞舞，玉米田般的金色发丝随风飘扬，卡拉常会害怕他松开手臂，这就是为什么她要他时不时望一下自己，当她看着他安定的眼眸，就会感到平安。他的双眸是如此辽阔，再也不是有火焰在闪烁的双眼，而是在他正翱翔其中、有着无垠星空的整个宇宙。

可怜的卡拉并不习惯自己如此快乐，以至于她梦见自己在旅途中睡着了。她还梦见其他景象，梦见他正朝着最遥远的银河星系飞去，这些星辰比冰还要寒冷，光是看着它们就会全身哆嗦。就在这一瞬间，卡拉怕了，她求他改变方向，她不想让他朝那么远的地方飞去，她想让他转头飞回南十字星座。这时她一挣扎，一不小心就从他怀中松脱。她朝他伸出手，但只有指尖轻轻滑过,他试图抓住她,但出于某种未知的原因,他们的身体在银河星系中被拆散,他们一点一点飞离,慢慢地听不见彼此在说什么。卡拉努力想看清他眼睛的颜色,却再也无法看清楚了。她反复告诉自己他的眼睛是黑色的,黑色的,黑色的,这样才不会忘记。接着她想着他的鼻子、他脸庞的轮廓,好将他的脸永远铭记在心。她再也触摸不到他,听不见他,闻不到他,几乎连他的人都看不见了,尽管他们那么多亲吻的余香还留在唇间,那笑容是怎样的?他笑的时候嘴唇是怎样展开的?她不记得了!他笑的时候眼睛像中国人吗?是还是不是?他的脸颊上会有酒窝吗?她不记得了!一路上她已经没有了力气,她应该让他把自己扛在肩上,如同她死了一样,这样他们就可以继续飞翔,她可能已经死了,他会把她扛在肩上,她逐渐成为沉重的负担。随着时间的推移,她会萎缩,变得越来越轻,然后粘在他的背上,像块羊皮一样,他会带着粘在背上的羊皮永远在太空中飞翔,仿佛那是他自己的肌肤一般。不过那已经不可能了,迷失在银河中的卡拉再次远远望向他,现在他只是一个远远的不确定的轮廓,由于他的身体逐渐变小,宇宙中的星辰变得越来越大,现在他只不过是太空中一个微小的点了。

  幸好那强烈的悲伤唤醒了她,原来只是一场噩梦。两人每次旅行回来都想知道对方最喜欢旅途中的什么,但他们只要静静地微笑就足够了,因为他们知道最美好的部分是飞过的流星,随后再次思考,又笑了起来,他们那样说不对,他们忘记了,最美好的事情,是当他们都从噩梦中醒来时,他们还在一起,没有被拆散。于是他们开始嘲笑那场噩梦,"什么嘛!竟然在星群中迷路",仿佛两个孩子一样嬉嬉闹闹,其实他们连那些星群叫什么都不知道。卡拉可不想知道那些星群叫什么,那一点也不要紧,只要她在他身旁,为何还要理什么占星术?

接下来,几个月过去了,这对恋人旅行的足迹遍及欧洲各个首都,但就是没有回过维也纳。他们在各地都有音乐会,场场成功,直到维也纳的盛情邀约络绎不绝,他们才终于鼓起勇气去面对这座他们初次相遇的城市。他们的演出极为轰动,卡拉回到化妆室换装,准备最后的安可曲[1],约翰待在指挥台上指导乐手。当卡拉走进化妆室时,她发现有个人早就在那里等着自己:是波蒂,约翰的发妻!

她是一个优雅而善良的女人,总为约翰做最好的打算。她告诉这位女高音,约翰并不适合她,他是个太过优柔寡断的男人,为了自己的歌唱生涯,她势必要云游四方,哪天时间到了,就会弃约翰而去,到那时约翰一定会彻底崩溃,要是她现在离开他,约翰还更有可能挺

---

[1] 安可曲,指演出完成后歌手应乐建要求而再次返台演唱。

过去，因为现在正值他作为作曲家声名的最高峰，他还能在故乡维也纳沉浸于工作以将她遗忘。

起初卡拉的态度粗鲁而傲慢，渐渐她明白波蒂所言全是实情。提词员敲了敲门，就仿佛她的歌唱生涯正在呼唤她。她谦恭有礼地跟波蒂告了别。这是约翰最新的轻歌剧在维也纳的世界首演，音乐家跟歌手都赢得了最热烈的掌声。

约翰问卡拉想怎么庆祝如此成功的演出，接着他们上了马车，卡拉让车夫载他们去多瑙河畔，更准确地说是前往码头。是的，卡拉就要离去了，今晚是约翰此生在音乐上的巅峰时刻，他更容易将她淡忘。

他不知道是波蒂从中作梗，一脸茫然，望着卡拉坐上汽艇渐渐在夜色中消逝。她怎么会一声不响就突然弃他而去？是不是有什么不可告人的政治阴谋？绝对不是因为他做了什么，虽说一定有什么致命的关键，但如果她正疯狂地爱着他，就会对一切缘由充耳不闻，置之不理。爱的奇迹已然谢幕，约翰又只是约翰了。

事情就是这样，要么不爱，要么爱得疯狂。码头昏黄的微光中，动物油脂火把在燃烧着。他意识到自己从未成功让她疯狂地爱上自己，疯狂的爱意味着敲破了头也要跟至爱永不分离。火炬映在河面上，水中出现一道船只航行过后留下的黑色油渍。船渐行渐远，约翰站在码头，整个人失魂落魄。一个被子弹击倒的死人也是失魂落魄的。他受了致命的伤，一直躺在地上，直到被人带回最后的栖息之所，但这个栖息之所，约翰却再也难以找回了。

为了逃离绝望的深渊，约翰比以往更加卖力地工作，谱写最精彩的华尔兹舞曲，然而不管怎么努力都于事无补。有一天在维也纳的家中，恍惚之间，他开始回忆自己出生时住的房子，想到那个小村庄，还有他的童年。他几乎看见那间有着茅草屋顶的房间，里面有他儿时的玩具，有点像阁楼，一个美丽的房间，从那里，他依稀看见那明亮而色彩缤纷的床单，以及外面幽静的小村庄。

约翰心中突然涌起一股想要返乡的渴望，浑身颤抖起来，他相信自己会在那里恢复内心的平静。自从他的父母去世以后，那个房子就没人住了。约翰决定央求一位邻居帮忙打扫。他一辈子辛劳，怎么也要把老家重新修缮，让它焕然一新，相信过世的母亲不会希望家中的任何东西沾上灰尘。终于有一天，约翰打起精神，再次回到了村庄，重又睡在了儿时的小床上。

那是秋日下午的四点，在太阳消逝前的余晖中，大自然仿佛静止，万籁俱寂，从树梢上的鸟巢里传来幼鸟的稚嫩啼声。当他进入屋中时，一切都井然有序。他往楼上走，来到自己的房间，打开门，房中一片漆黑。他来到窗边打开窗子，飘浮着尘埃的光线照了进来。然而，房间并不及他记忆中美好，床单还是老样子，玩具也没有人动过，一切都维持着原样，记忆并没有欺骗他，只是眼角的余光意外地瞥见，这些物件都笼上了一层阴影。约翰才发现，自己进门时没有把门关上。

是谁未经邀请溜了进来？原来是那位只准演奏加沃特舞曲、独裁而傲慢的女主人，还有他的母亲，他天使般的母亲。在她生前的最后几年，约翰总会给她寄漂亮的衣服和珠宝。母亲走进门时，整个人看起来蓬头垢面，她的脸因为缺乏保养而布满皱纹，她的围裙和头发一样灰白。约翰希望母亲能穿上新衣服，不过母亲并不理他，她埋头在角落擦拭着家具上的灰尘，这时舞厅的老板看着她——他的出版商也在这里，正不耐烦地用手指敲击着桌面。他不止一次欺骗了约翰，现在他正把手搁在约翰刚写好、才从维也纳带回来的乐谱上。波蒂也在这里，她马上把乐谱抢了过去，把它们整理好。约翰跟她说了不下一千次，让她别碰他的乐谱，可她执意要将它们排列整齐，这样才不会乱，不好找到。这时哈根布鲁从开着的门里走了进来，命令他母亲站到一旁，以便搜查房里的一切。他进门来铁了心什么都不放过，正当约翰要喝止他时，卡拉也进来了，她并不看约翰，眼里只有哈根布鲁，后来她实在是疲惫不堪，只好躺到了床上，哈根布鲁向她走过去，让她快快睡觉，眼里露出邪恶的意念。约翰在维也纳时憧憬渴望的这间房，跟记忆中一模一样。可当他打开门，这些回荡在脑际的身影就随他一同进入。他们不过是些幻影，却将一切都破坏殆尽。心碎让人痛苦，他将自己埋进放着儿时玩具的角落，抱着它们失声痛哭。

很多年过去了，奥地利当局盛情邀请这位以华尔兹舞曲享誉世界的老作曲家进入皇宫。一对年老的夫妻进入国王的房间，那是约翰和波蒂。他们由随从搀扶着，走向国王并向他鞠躬。让人惊讶的是，从王位走下来的那个深受百姓爱戴的人不是别人，正是哈根布鲁。他拥抱了波蒂和约翰，他是一位英明的君王，给他的百姓带来了富业繁荣。

他感谢约翰和波蒂亲临于此，这是他莫大的荣幸。约翰回答这是他们莫大的荣幸才对，他感谢君王为维也纳的人民创造福祉。国王对他微笑，以诚挚而饱含情感的声音回答他，就算他已为维也纳的人民创造了福祉，维也纳也是另一个男人的新娘。他见约翰不明白他话里的意思，便指着紧闭的阳台。一位朝臣趋前，将门敞开，然后请约翰走出门去。可怜的约翰，他年事已高，没有什么气力了。岁月的沧桑已耗尽他从前的活力。他提不起勇气走出门，进入楼厅，在国王的一再恳请下，才终于走了出去。

宽阔的王宫花园、城里最大的广场，整个维也纳展现在他面前，大批的群众正在风中挥舞着手中的手帕。约翰一踏进阳台就听到了礼炮鸣响，所有人都在翘首盼望，这是国王私下为他筹备的致敬活动，欢呼声慢慢有了节奏，是华尔兹舞曲的节奏。大批民众动情地歌唱："梦有时会成真，那如此美丽的面容，只能在魂牵梦萦里相遇。"突然间，约翰看见高处，在群众的上方，有位天上的女神，她的身影越来越近，越来越清晰，那是一位年轻的女士。是的，那是卡拉，正在高歌他所谱写的乐曲。她的嘴唇并非红珊瑚，她的双眸也不像翡翠海，她的面容在维也纳天空的映衬下显得如此透明。约翰焦急地想着那天堂般的景象是什么颜色。他无法辨识，开始感到沮丧，是三棱镜折射出来的七种色光吗？紫，蓝，红，黄，绿……不，不是这些颜色，是这个世上不曾存在的颜色。那是一种无与伦比的美丽颜色，像他这样的老人，就算费尽心思，又怎么可能找得到这个世上并不存在的颜色呢？

那令人昏眩的景象渐行渐近，就像现实一度趋近于幻梦，是的，"梦想如今终于成真"，约翰曾对着自己说过，那时卡拉就在他怀中，某个瞬间，他曾"轻吻她如红珊瑚的唇，那宛如海洋的翡翠般的双眼，我为何沉醉其中？我在其中寻找什么？情人们在那片海底寻找什么？"。这是全维也纳人在海滨步道上高声欢唱的问句，这座城市知道该如何去爱，该如何回答那首华尔兹舞曲中所提出的问题。而约翰从来不知道答案，他不能加入合唱团。一定程度上是因为，他年纪太大，耳朵已经聋了；最让他哀伤的是，在他还来不及弄清楚自己最想知道的事情的时候，就要死去，他的痛苦将无法平息，这让他想诅咒这活着的一生，以及死后的世界。

不过慢慢地，卡拉透明的幻影渐渐向约翰靠近，如此亲近，以至于他突然想到，如果自己问她，地球上不存在的那种颜色的名字是什么，她应该会听见，并且给出他想要的答案。

Catorce

ANÓNIMO DIRIGIDO AL REGENTE DEL INTERNADO DEL COLEGIO GEORGE WASHINGTON, 1947

第14章 | 致乔治·华盛顿中学教导主任的匿名信，1947年

依我之见，你这次真是错得离谱，老大。听闻你要推荐小圣徒卡萨尔斯为年度模范生，此举很不妥当。

就让我来帮你开开眼界，谁知道呢，说不定你读那么多书视力都不好了。你知不知道事情都乱成什么样子了。自从上星期六下午，卡萨尔斯和科隆博跟六年级女学生莱蒂西亚·索托，还有另一个女孩比阿特丽斯·图达里安在公园约过会之后——此前他们跟宿舍全体男孩宣布，两个小妞终于答应他们了——两个女孩就羞得无处躲藏。根据这两位绅士的说法，两个小妞已经答应跟他们搞，但约会当天，连不小心碰一下胳膊都不行。就算这样，当天晚上这两个小混账还是放话说他们已经玩过她们了。

星期一一早，在一位受人尊敬的老师——你也认识——的课堂上，某人让这两个小妞难堪，索托委屈得当场放声大哭。事情已经弄得越来越难收拾了，小伙子。流言传得满天飞，要是让图达里安家的大哥发现，就要有大麻烦了。他可不会轻易放过那两个浑蛋，这事才过去不过几天，就已经变成一颗随时都可能爆炸的定时炸弹。

所以，这就是你心目中的模范生。他对那位今年转学过来的哥萨克女孩的单恋也让我们揪心。她虽然不承认自己是犹太人，却比犹太人还犹太人，毕竟身为俄国人就很难不是犹太人，你不觉得吗？还是说回卡萨尔斯这个小混账吧！这个卑鄙小人还耽溺于一些古怪的坏习惯，不信你去问问亚德玛尔，那个臭小子告诉亚德玛尔，说希望自己能长得像他一样。其实这小子最想要的就是别人说他长得帅，这让亚德玛尔感到既恶心又厌烦。卡萨尔斯盯着亚德玛尔，问他都是怎么锻炼胸肌的，还问他一个星期要打几次手枪，老二才能长得跟他的一样壮。这臭小子一定常常在打手枪，打到脑袋都坏了。我不否认他刚入学的时候是个聪明伶俐的小子，不过现在跟科隆博没两样。科隆博什么德行，不必我说，你也清楚得很。全体寄宿男孩的精神教父，我由衷恭喜你，恭喜你教育出了这样一群学生。

Quince
CUADERNO DE PENSAMIENTOS DE HERMINIA, 1948

第15章 | 埃米莉亚的心情笔记本，1948年

……………………………………………
……………………………………………
……………………………………………
……………………………………………
……………………………………………

"玛丽·托德·林肯是全美国最受人景仰和羡慕的女性之一，这合情合理，因为很少有女性能像她一样，拥有如此有利于发展自身个性的天地。玛丽·托德·林肯单身时，正值美国文化萌芽之际，那时她已经在文化圈崭露头角，不仅因为她智慧过人，其刚烈的性情也令其颇为知名。她深思熟虑，做决策时也果敢而充满激情。经过跟亚伯拉罕·林肯先生风波不断的婚约，她成了美国第一夫人，这证明了她旺盛的精力和无人能出其右的直觉与魄力，而正是因为如此，居然有人污蔑她施行巫术。但她是一个深受总统爱慕和敬重的女人和妻子。可以说全世界的目光都聚焦在她身上，如同节日庆典的灯火一般耀眼。

"噩耗恰恰发生在节庆的日子,就在剧院的一次演出中,林肯总统在包厢内与妻子比邻而坐,当场被一颗子弹射杀。那一夜,玛丽·托德·林肯目睹所有的灯火瞬间熄灭,几年之后,由医生组成的委员会宣布她心智彻底失常,并将其财产全数没收。"

报纸上这则短文让我心情低落,并陷入深思。现在我已经不知道,是不是应该享受所有灯光一起点亮的瞬间,哪怕只是片刻,哪怕立刻会有陷入永恒黑暗的危险,就像我自己的人生一样——一个乏味又平庸的单身人生——在花样年华隐约看见一线微光,然后再看着它迅速黯淡下去。我现在才三十五岁,却早已被遗忘。我想,年过四十之后,仅剩的一点点希望也会消失殆尽,然后迎来彻底的黑暗。

《新闻报》星期日版有篇丹麦思想家古斯达夫·汉森所写的文章,必须承认,我并不熟悉他的作品,但他为该报纸的同一栏目写过不少文章。据说古斯达夫·汉森谈论物质世界的浩瀚与精神世界的微不足道,他的立论根据来自他造访波利尼西亚的阿拉渥人土著部落时所获得的印象。他被带去探视部落住宅的遗址,在那里他发现了一块完好无损的面包。村庄遭遇地震,那座住宅被掩埋,但族长在逃生前不久切下的那半块面包至今仍完好如初,直到几个世纪后被一个同为阿拉渥族的居民发现。

汉森说，某些东西以惊人的新鲜度保存了下来，比如一种类似于桌布的覆盖物上的折痕、印在垫子上的人体部位的轮廓，以及同一批垫子上的污渍。汉森坦言，当守卫没有盯着他的时候，他很想在那里留下自己的痕迹。禁不住诱惑，他在木头架子上留下了咬痕，并通过将右手拇指用力摁在桌上，试图留下拇指纹路。他回想那些废墟给他的心灵留下的深刻印象，但又能如何？就算他一生都难以忘怀，这些情绪依然会消逝。在他死后，灵魂将进入神圣而未知的秩序当中，即便那些涂鸦和他在一些物品上留下的痕迹将持续存在好几个世纪。

好了，这个题外话让我很苦恼，不是因为他所言不实，而是因为，自读完这篇文章已经过去几天了，我左思右想，却依然找不到理由来反驳汉森。今年距离我在音乐学院得到金牌已过去十七年之久。那时我弹的是《唐怀瑟》[1]的序曲，要是我听信了大家对我大好前程所做的各种预测和赞美，我的幻灭感只会更重。

但有一个因素让我不得不停止幻想。这不是尚未奋斗就要放弃，而是医生已经警告过我，由于哮喘的关系，我必须尽快离开布宜诺斯艾利斯。没有人会真的死

---

1 《唐怀瑟》(*Tannhäuser*)，又译《唐豪瑟》，全名《唐怀瑟与瓦特堡歌唱大赛》，德国作曲家理查德·瓦格纳的一部歌剧。

于哮喘，但是若不小心，它引发的心脏病是致命的。任何钢琴家都可能在演奏会现场因心脏病发作而猝死。为了改善身体状况，巴列霍斯附近潘帕斯草原上的干燥空气可以让钢琴教师活到九十岁，哪怕他仍深受哮喘之苦。

然而，我没有意识到的是，空气干燥也会让人肠枯思竭。多多对我不喜欢现代派作曲家很惊讶。他嘲笑浪漫派作曲家真是不应该，这是他这个年纪的年轻人典型的自以为是，连肖邦、勃拉姆斯、李斯特都不放在眼里，他就是这副吊儿郎当的模样。他明年不能住校，只能待在巴列霍斯准备大学入学考试，这让他很不痛快。

当然也有可能是他带回来的那些唱片吓到了我，我已经很久没听过这类新音乐了。这是巴列霍斯的错，在这里，你连收音机都不能听，除非是天线信号良好的探戈音乐电台和教育大众当心暴徒手刃隔壁女仆之类的广播节目，反正我连收音机都没有。

一不留神，我已经离题甚远。我只想谈谈毕业考试前那段日子里的某一天。弹《唐怀瑟》的颤音部分时，我一直无法弹得干净利落，那些八度和九度音阶其实比较适合手大的人。我一如往常感觉胸口不顺，同时咳嗽也来做伴，但我还是弓着身子在钢琴前拼命练习。突然，伴着一声咳嗽，带血丝的唾液溅在了琴键和裙子上。我未及拿手帕掩住嘴巴，便把带血的唾沫咳了出来。这真把我吓坏了！我还以为自己罹患了肺结核。幸好这不过是虚惊一场，原来是我喉咙发炎了，跟肺部完全无关。就是在那一刻，我决定离开布宜诺斯艾利斯。

当时，我立刻把琴键上的血迹拭去，再把裙子浸在洗衣槽里刷洗干净，这样就看不见血迹了。但是在我的记忆里，这一幕挥之不去，只要一想起那个瞬间，我就会再次看见唾液里布满的血丝。真实的污渍只短暂存在，在心里它却鲜活而长久地存留。当然，作为一名钢琴教师，活到九十岁时也同样会被上帝接走，到那时，我曾在琴键上弹出的颤音和留下的污渍都将消逝。但是汉森先生，请允许我向您展示我灵性上的小小胜利。

精神分析师和廉价占星学家的任何假设都完全不值得关注。至于弗洛伊德的《梦的解析》，这本书的书名曾引起我的注意，只是相对我的阅读口味来说，内容还是有点过于做作。他几乎就是把一切编目，只为证明他自己的理论是对的。我诚心觉得，一切都比上面这些人想象的要复杂得多，虽然梦确实应该具有某种意义。

我已经很长时间没做过像昨夜那般激烈的梦了。我梦见自己躺在光亮的床上，火车头眼看就要坠落并撞上我，但它却是从天花板上掉下来的，仿佛失重了一般缓慢地坠落，又以极其缓慢的速度向我靠近，就像树上某片叶子在空中慢慢飘落，看起来不像是会直接撞上我。这番景象不断出现，一遍又一遍，我醒来又重新入睡，又做起了同样的梦。直到我意识到是这种睡姿让心脏受到了压迫，改变睡姿后，噩梦才结束。感谢上帝，我可以回去睡觉了，因为已经不再胸闷了。

我想咨询一下医生，因为我发现偏左侧卧会导致心脏受压迫，血液流动不畅，当它终于设法流出心脏时，就会喷涌着流向大脑皮层，因而会过度刺激脑部，不知道我的理解对不对，这样会刺激到脑部最隐蔽的黑色褶皱区域。我想，每当人们想暂时忘记所有不好的记忆时，都会将它们存放在此，就像存放进一间黑暗的地下室。

现在，我想解析一下自己的梦，可想了一整天，甚至教钢琴时也想着，却一无所获。等到最后一位学生走了以后，我都累坏了，心想洗个澡会让自己好过点。我决定烧两锅水，再把壁炉点燃，让屋子暖和些。要是晚上着了凉，夜里胸口就会气闷。我宁愿做噩梦也不要睡不着觉。没间浴室真是糟透了，在木浴桶里洗澡简直是一种折磨。

最后我决定先洗头，再把身体擦拭干净，而不是进浴桶里洗。我的意思是，这样就不必花一个多小时的时间等两锅水滚沸。洗头前我在镜子里端详自己的头发，不敢相信会这么脏。头发因为头皮分泌的油脂而变得脏兮兮的，这真叫我恶心。照了镜子才知道自己有多脏。

其实这一切都是因为生活条件艰苦，特别是像现在这样的冬天，住在马桶和自来水水管都在后院阳台的房间里着实不容易。妈妈不觉得有那么不能忍受，那是因为她年纪大了，不容易出汗，也因为她更能逆来顺受。对音乐的热爱让我对于美好生活有所渴求。我在音乐学院念书时，老爸说过一句话，也许他只说过一回，可它却在我的心头翻腾过无数次："舒伯特的一生意义非凡。"我不认为老爸是在反讽，我相信他对这句话深信不疑。对我来说，舒伯特是一个伟大的音乐家，却到死都没有获得一点尊荣。他在冰冷的阁楼里度过生命的最后几年，每次洗完澡，浴缸里总会留下一层灰色的污垢。舒伯特死于肺结核，谁知道这病是不是他在洗澡时着了凉染上的。

我认为做梦梦到火车一定有其含义，估计跟朝左侧卧有关。昨天一整天都感觉很糟糕，部分原因可能是听到芭姬订婚的消息。我通常不会妒忌人。一个才十六岁的女孩对我来说不过是个孩子，却已经要建立自己的家庭了，跟一个看起来很优秀的男孩共结连理，光想到这儿就让我心情沮丧。多多说，起初他以为那个男人已经结婚了，就像大多数调到巴列霍斯的银行职员一样。可现在连芭姬的准婆婆都来巴列霍斯看望她了，一切都再明白不过。我不是说，她往后的生活必将一帆风顺，可身旁有个伴侣，生活就会变得大不相同，尤其是当那人还有个好工作。小芭姬明年就能获得教师文凭，这样她也可以工作了。

如果我走的是教职之路，而不是把一生都奉献给钢琴，相信我也会有一份稳定的工作。我不怪老爸，事实上他一定比我更爱音乐，他真的很爱音乐，就像个优良的米兰人。让我不开心的是，老妈像鹦鹉一样重复着他曾经说过的话："我女儿为了音乐放弃了一切。"想想当我获得金牌时，小芭姬才刚出生呢！我真不该这样说，但我多么羡慕死去的老爸。上回我梦见他，他在读一份米兰的报纸，他告诉我大战即将结束。如果他在墨索里尼倒台和意大利战败之前就去世了就更好了，无论如何，他现在已经安息。

我在关于火车的梦中找到的唯一含义，是我生活在贫困的重压下。我没有钱买新衣服，出门在外都穿得很破烂，虽然我很重视头发和指甲的整齐清洁，可即使在年轻的时候，我的眼睛也总是发红，由于胸中隐伏的闷气而满腔怒火，若不涂点胭脂，我的脸就会像教堂蜡烛的余烬一样苍白。

那个火车头跟所有的火车头一样是黑色的。仔细想想，我钢琴的木头也是黑色的，说不定火车头正是我钢琴的象征，其实我不该这么说，我是靠钢琴谋生的，就算不好说出口，我还是得承认我痛恨钢琴。

最耐人寻味的是，对于同一个人，同一所房子，同一首曲子，每个人感受到的东西都不尽相同。比方说，每当我想到这间凄凉的屋子和它的隔墙时,就会恨之入骨,特别是当我在给小男孩上乐理课时,我会因为听到墙后面老妈弄出的窸窸窣窣的声音而分心。老妈打开床头柜的小门,把她的拖鞋拿出来,再把它们丢在地板上。虽然这是无心之举,却会让每个人都知道她要起身去点火烧炉子煮马黛茶。似乎上课的男孩都知道这会弄得我神经紧张,因为他们没有等到听见炉子烧火的声音,就不会继续弹乐理课程的音阶。这种时刻,我就会想到自己有多讨厌这个房间。但是一想到如果外面在下雨,这个房间还能遮风挡雨,让我不会被淋湿和着凉,我又会觉得这里是个舒适的避难所。但这不是一个很好的例子,或许多多的例子更接近我想要说的意思。

多多是个特别会惹我生气的男孩。他才十五岁,但在任何人和任何事情上都固执己见。当他批评那些只想着吃吃睡睡和买车的人时,我真的很讨厌他。他几乎每天读一本书,但其他人根本不读书,也没人听音乐,这让他很反感。他不跟任何人交往。他在巴列霍斯不跟任何人做朋友,他说他跟谁都无话可说。我一定是个例外,因为每天下午他都会来找我聊天。但是他也会批评我,因为我喜欢浪漫的音乐家,我不知道是谁让他这么打心底里讨厌肖邦,说不定讨厌肖邦就是现在布宜诺斯艾利斯音乐界的时尚。

从某一方面来说,我也有错,因为我从来不敢告诉他，其实我很乐意跟巴列霍斯任何一位家庭主妇互换生活。这个想法很强烈，可每次我想告诉他时，心里就有什么东西让我张不了口。我乐于和任何一个家庭主妇交换生活。她们拥有自己的房子、收音机、浴室，还有一位不算过分粗鲁、有能力养家的丈夫，只要有了这些，有没有车子我都无所谓。此外，要是每年都能去布宜诺斯艾利斯看歌剧，或是一些精彩的舞台表演，那我就更开心了。

但另一方面，有时我还蛮同情多多的，这表明我跟他是亲近的。比方说，有时小芭姬跑来跟我说别理多多，说他是个讨厌鬼。我并不怀疑小芭姬说的是事实：有一天晚上，多多看完电影回家，途中跟小芭姬的未婚夫聊了起来，后者有时会跟还在念书的学生聊聊天。多多告诉他，小芭姬很久以前就跟劳尔·加西亚有过纠缠不清的情事，诸如此类。小芭姬的未婚夫对她说，他不在意她的过去，但是她最好跟多多断绝往来，甚至别再去他家了。我知道多多说人是非很不好，他只是嫉妒小芭姬要嫁人了。小芭姬曾是他最好的玩伴。我明白他的心情，要是我年龄再小一些，也会跟他一样冲动。这几天我如果在路上碰见来巴列霍斯看望小芭姬的准婆婆，说不定也会忍不住跟她说，巴列霍斯多多的是比小芭姬更好、更成熟懂事的女孩，像我过去教的几位学生，都会弹琴，可以让家人与音乐相伴，一家其乐融融。像多多这么聪明的小孩都要自降格调去八卦小芭姬，这更加证明这可怜的小子最近过得有多糟，我的自身经历让我能够体会他的心情。话说现在我非常好奇，很想见见那个俄罗斯小女孩，既然多多这孩子这么挑剔，那他交往的好朋友也一定非比寻常。但他不肯把那些信给我看，这让我忍不住怀疑，这一切是不是他编出来的。

总的来说，多多有时候会惹恼我，有时候我又为他感到难过，更多的时候是什么感觉也没有，无所谓，权当他是个怪人，特别是当我不理解他的奇怪言行时，我就当他疯了。就像有一天他跑来跟我说他正在读契诃夫的短篇小说《疯子》，我问他小说写的什么，想知道他看懂了没有。虽然我没读过这个短篇，但知道它讲的是一个为了治疗肺结核而住进疗养院的病人。我从来都不想阅读这类主题的故事，因为会让我悲伤。于是他开始说小说讲述的是一个俄国男孩的故事，他爱上了一个住在首都的女孩，而他待在自己的小村庄，感到非常寂寞（他说到这里，我就开始怀疑了）。由于寂寞难耐，某天夜里，他在广场等邻居家的女仆经过。每天晚上，女仆都会把剩菜带到那个女孩家，她家很远，女仆经过广场之后还有很长一段路要走。他遇见邻居女仆后开始跟她交谈，他知道女仆喜欢自己，因为她总是望着他，黑夜里他陪着她走到主人家门口。在黑暗中，他开始亲吻女仆，尽管他真正梦想拥有的第一个人是他远方的甜心，但他还是无法抵挡住想占有这位女仆的诱惑。起初小女仆拒绝了，于是他开始爱抚她，既温柔又粗鲁地引诱她。但奇怪的事发生了。他触碰着她，却没有触碰到她。他的指尖在女仆身上游走，却感觉不到自己在抚摸她，就好像他的手指穿过的是空气。他就这么在那里待了一个小时，身体紧贴着女仆。第二天夜里他又来了，同样的事情再度发生，于是他点了一根火柴，再把另一只手的食指靠近火柴，看看自己有没有知觉，结果他的手指被烧到了，他痛得大叫起来。人们听见了他的声音，随后谣言四起，都说他疯了。人们开始恶毒地取笑他，兴奋地四处说镇上有个疯子。

这个男孩终于准备去见他身在远方的甜心，好终结这场噩梦。他写信给她，说要去看她，可正当他背上背包准备出发时，却收到了她的来信，她说不会再等他了，因为她很快就要嫁给另一个男人了。深受打击的男主人公疯掉了，于是，镇上居民的恶意猜测竟成了真。故事就在这里结束了。

他有什么必要撒这样的谎？我真不懂一个生活无忧、前程似锦的男孩怎么会这么无聊，尽想着什么空气做的手指和其他一些鬼扯淡，编出一个不一样的悲伤故事，原本的故事就已经够悲伤了。这就是为什么我总是跟多多有距离感，我们根本就没有共同语言。青春期果然是心智不稳定的年纪。

好吧，我知道我还未提到是什么让我发出这般感慨。昨天是星期天，多多过来跟我说，他家的收音机此刻没人用，因为大河队足球赛暂停了，所以他老爸这时没在听广播。他觉得这是听哥伦布剧院星期日歌剧广播的最佳时机，这是在巴列霍斯唯一能收听到的哥伦布剧院广播节目。这时收音机正在播放下午场的《吟游诗人》，由头牌男高音贝尼亚米诺·吉利[1]主唱。简直棒极了，仿佛我们正置身于歌剧院中，我已经好几年没有听歌剧节目了。第一幕精彩绝伦，就在我们开始听第二幕开头的时候，卡萨尔斯先生刚好回到家，告诉我们足球赛转播时段已经协调好了，他要听足球赛转播了。他说话很客气，可是我们得走了，好让他听球赛转播。我们从客厅来到了后院，因为多多的母亲想摘几朵花送给我，而多多的小弟弟正在那里玩电动玩具火车，有铁轨、火车站、交通灯等。火车在铁轨上转来转去，行经不同的车站，过桥和穿越平交道时会亮起不同颜色的灯。

事情就是这样，小火车红灯亮起时表示有危险，绿灯亮起时表示可以通行，黄灯亮起时是什么意思，我就

---

[1] 贝尼亚米诺·吉利（Beniamino Gigli, 1890—1957），意大利歌剧演唱家。他被广泛认为是他这一代人中最伟大的男高音之一。

不知道了。一想到多多批评中产阶级、告小芭姬的状，或是捏造什么手指穿越空气的故事，我就会对他产生一种夹杂着愤怒、亲切和冷漠的情感。

今天我原本想去看电影，不过幸好这几堂课要很晚才上完，就没出门。我之所以感到庆幸，是因为要是看电影的人很少，影院里一坐就是两个小时会很冷，要是座位离空调太近，散场时胸口也会受不了。

那部电影中的演员我一个也不认识，只有片名引起了我的兴趣。片名是《情欲》。然而我觉得这部电影应该叫《亚特兰蒂斯》，或是《黄金国》，让人觉得充满希望，却完全不知所以。细想想，"情欲"这个词似乎总带点迷离，如果夸张一些讲的话，它似乎意指某种真实存在却分量轻盈的东西。情欲到底是什么呢？类似于某个小女仆因一时糊涂任由男主人将其带上床这种事？

反思之后，我发现自己无法对未知的事物随便下论断。此外，如果稍微睁开眼睛环顾四周，我就会看到，每天早上我都在跟多少纵欲之流互道早安哪！像我那些邻居，光是他们就够多了。比方说德利娅。我敢保证德利娅的丈夫是巴列霍斯唯一不知道他老婆睡过小镇至少一半男人的可怜家伙。现在她还在跟埃克托尔来往呢！天哪，这毛头小子竟然跟有夫之妇有染！

今天我到底在瞎扯些什么呢？我简直在写八卦专栏了。算了吧，我说不出什么好话，还是闭嘴吧。对别人评头论足真的缺德，我这样做很不好：在评判他们之前，我应该先跟他们一样，意思是应该身体健康。身体健康的人估计都对情欲无法抗拒。说真格的，我连"情欲"是什么意思都没明白，想必是一种血气丰沛的感觉，不仅不会犯哮喘，胃口还会很好，尤其能吃很多肉类和蔬菜，只是这些都不便宜。

今天出门时风沙太大，把鼻子露在外面完全做不到，步行两个街区去电影院更是成了不可能的事。我最喜欢的谚语是："塞翁失马，焉知非福？"所以喽，狂风帮我省下两角电影票钱。我喜欢这句谚语，是因为我可以依据每种情况灵活引用。我有先天性哮喘，所以永远不能搭泰坦尼克号豪华游轮，远洋航行中海上的雾气会让我的支气管湿气太重。我的支气管跟一张薄纸没两样，纸张要是湿了，一碰就会碎裂开来。但就算我没有哮喘病，没有钱的我还是永远都上不了泰坦尼克号，所以说我是个运气双重背的女人。

今天是我这个星期唯一下午没课的一天，我决定阅读字典来消磨时光。一开始我打算读的是多多借给我的《魔山》，但是想到要开始读那么厚的一本小说，我就觉得累。教课已经耗去了我所有的耐心，我可不能再把时间挥霍在阅读长篇小说上面。

说回字典，虽然字母 W 带着些异域色彩，以它开头的词总会让我本能地抗拒它。人怎么能不知道一个词的意思就开始抗拒它呢?可这样的情况发生过数次。尽管我只知道"wyllis"(薇莉丝)这个词与著名的芭蕾舞剧《吉赛尔》相关[1],但我还是始终抗拒阅读剧情大纲,不知是什么让我早早地对《吉赛尔》产生了警觉,我只知道吉赛尔是一个薇莉丝。

今天我忍不住想探究一下。原因非常简单,薇莉丝女孩们生前都是处女,死后就住在森林里,整晚都会手拉着手跳舞,怕迷了路,薇莉丝皇后会带动舞步,让她们一直跳,直到曙光乍现。为了避免这些不幸的人儿跟在森林里徘徊的牧羊人私奔,皇后开始创作要求越来越高的舞步,强迫薇莉丝女孩们跳呀跳呀,直到她们都筋疲力尽。等太阳一升起,她们的形体就会消散。只有当夜幕低垂时,月光才会让她们再度返回人形。

造化真是捉弄人,我怎么能在还不知道一个词的意思的时候就抗拒它呢?我心里有个声音不断提醒我,明白词意对我没有好处。不过"塞翁失马,焉知非福"?今晚我心跳加快,在床上翻来覆去,无法入眠。我以后会少想位于院子里水管上方、镜子下面的梳妆台上、肥皂后面的那把小剃刀,我多次用它来剃腿毛,它已经有

---

[1] 芭蕾舞剧《吉赛尔》讲述了乡村女孩吉赛尔英年早逝之后,其幽灵保护其爱人,使其免遭一群邪恶的女性幽灵"薇莉丝"伤害的故事。"薇莉丝"皇后为玛莎。

点钝了。就像我以前说的,虽然钝了,却还是足以割开血管,帮我结束胸闷和失眠,不过我不能这么做。我不该老想着那把小剃刀。此时我再度想起薇莉丝,这个传说想必有几分可信之处。我不想在转世之后还继续受苦。

我有哮喘病,不知道薇莉丝皇后会不会网开一面,允许我跳舞,而且,我长得还算美。皇后也许会想,没有哪个牧羊人敢绑架我,他们会让我坐在角落,无须跳那么多单足旋转的动作。我明白皇后会想让我做什么了:她会让我弹琴,好让其他女孩随着琴声起舞。

夜里要为白天做的事付出代价。我突然预感今晚会睡不好,因为今早从房间出去的时候风沙很大,我在外面勉强用自来水洗了脸,吃完午饭再出去用自来水刷了碗盘。风沙让呼吸道很不舒服,好几个小时在床上翻来覆去,辗转难眠,直到胸口平复下来。但在我看来,对一个患有同样疾病的人来说,最糟糕的就是睡了三四个小时后,毯子在不知不觉中滑落导致没盖被子,黎明时分醒来时胸口顿时喘不过气来,再也无法入睡。

去年冬天我就饱受这样的煎熬,也许我把火盆放在门前,风吹进来,房间就会变暖,我得让煤炭持续燃烧,这样火盆就整晚都不会熄灭。以前老妈坚持要把火盆放在床边,到凌晨两三点火就熄了。不晓得为什么,我宁可先煎熬一阵再入睡——胸口透不过气来,好不容易吸进一口气，会发出一种呼啸的声音——而不是一躺下就睡着，因为我知道自己清晨会醒来，那时我得用力喘气才能让宛如游丝的气息进入肺里，再无入睡的希望。

我已经很久没有像那天一样争论过了。这是因为没吵赢架而恼羞成怒，虚荣的典型表现，但我有时无法避免。

多多聊起一个粗鲁的男人，他说这种人甚至都没想过自己的人生其实荒唐不羁，每天吃饭睡觉就只是为了长时间工作，而拼命工作就为了有钱吃饭，有个家睡觉，如此恶性循环下去。我头一次敢对他坦白我的想法，跟他说我挺乐意跟这样的人结婚，因为这种简单是快乐的基石，而没有比跟一个快乐的人共同生活更加美好的了。

可多多不认同我的想法，接着我又说，恕我直言，健康的生活来源于不思考。于是多多问我，你自己为什么不先开始过不思考的生活，我又得跟他说，尽管我也思考，但是简单的生活是上帝赐予的，并非人人能拥有。

他继续辩道，简单并不意味着强大。他大言不惭地说："我很强大，比野蛮人更强大，因为我认为强大的人就是那些会思考并且懂得自我捍卫的人。"

我反驳了他这个观点，我说一个人想得越多，就越脆弱，他的那些追问不会有答案，到最后只得自我了断，像叔本华这样的哲学家，下场都是如此。

这让多多好一会儿都说不出话来。他像一只受伤的野兽，在心里暗暗挣扎，却装作并没有被子弹击中。在他低头思考之际，我继续发表自己的观点：尤其是聪慧之人，活在这个世上会很辛苦，因为要被如此多的未知所困扰；对一位得到上帝赐福的普通人来说，人生就是工作、吃饭、睡觉，还有生儿育女。作为女人，她要面临的任务也可以很简单，比如嫁一个普通人，然后活在他的庇护之下。

多多再度展开攻击，反问我凭什么说普通人会得到上帝更多的赐福，最重要的是，我凭什么这么确定上帝真的存在。

为了反驳他，我开始引用天主教的信条，也就是，上帝的存在会在我们对他的信心中显现，虽然对理性思考的人来说，这是既盲目又不切实际的。

他接着问我，要是我失去了对上帝的信心该怎么办。我回答他，要是真有那么一天，我会自我了断。接着他推断，我是在以上帝之名抗拒自杀的意念。我回答他，信仰是人对上帝的直觉感知，而这个直觉感知是无法描述清楚的。

于是他问我有没有看过某部他已经忘了片名的法国电影。为了让我记起那部电影，他把整个剧情都说了一遍。结果我既没看过也没听过。他说的电影剧情是这样的：据说在勃艮第有位有权有势的封建领主，他受到他的农奴的拥护和爱戴。对于自己的诸位儿子及那些出生于其采邑的最强壮、聪明的男孩，他都一视同仁，一起将他们养育成人。这位封建领主打算将他们打造成一流的士兵和战略家。白天，有法国最负盛名的大师一手训练他们。只是这位领主是个两面人，白天他为人和善，到了晚上则会全力摧毁他白天所创造的一切。等大家一入睡，他就会对这些后辈，包括自己的亲生儿子，施行各式各样的卑劣手段。他偷偷往一个男孩的双臂和颈子上塞蚂蟥，让它们吸他的血，让他的身体日益羸弱；又给另一个沉睡的男孩灌酒，让他的身体对酒精成瘾，心智被逐步耗损；跟另一个男孩悄悄讲述其同伴们的无耻行径，说他是他们中最棒的学生，其他人都在密谋反对他、否定他；派一个半裸女奴到一个已是少年的男孩面前，在他准备追求她之际，她却从密道中消失不见。总而言之，他都是趁他们在睡梦中时做这些的，因为这时候他们的无意识力量不受限制，并因此踏上了领主为他们设下的不归路。

时间就这样过去。即便遭受陷害，在这些年轻战士中，仍然不乏克服险境，从中脱颖而出的天生将才。他们即将迎来第一场战斗。领主允诺，要是他们打赢就能享有无尽的荣华富贵，他也将赐给他们幸福和乐的生活，其中就包括中世纪最珍贵的一样东西：心灵的平静。

为了测试这群年轻人，全能的领主秘密雇了一支专事破坏的雇佣兵，在某个黑夜尽头的黎明，他吹起战斗的号角。两军在浓密的森林里交战，战事持续了好几天。勃艮第的妇人都焦虑地引颈盼望她们的男人归来。

他们铩羽而归。有些人因体力不支而倒地，有些人则因开战前太过紧张而喝了太多酒，有些人因嫉妒出众的同侪而饱受嫉妒之火的折磨，在后者提刀准备攻打真正的敌军之际，也在背后磨刀霍霍。

封建领主接见这些手下败将，并严厉斥责他们意志不坚，没有极力避开人性的陷阱，也就是贪吃、色欲、嫉妒、恐惧，以及其他。惩罚的时刻已经到来。每一位战士都依其所犯的各种过错接受不同的惩罚。片尾，这位领主从折磨犯人的囚室离开，因为天色已黑，他得去"侍候"新一代的男孩，他们正在城堡的另一侧厢房沉睡着。

以上就是电影的剧情。他问我对这位男主人公有什么看法。我说他是一头怪兽。多多回答，跟上帝比起来，他的残暴不仁不过是小巫见大巫。我差点没勒死他，不过我克制住了，问他为什么是这样。

多多回答，这位封建领主算准年轻灵魂天真不懂事，猛给他们加码洗脑，注入各种有毒的思想，等他们成长到拥有自由意志的年纪,再强行施加超越他们能力的考验。如果其中哪个人强大到能够完全与之对抗,那就是他的能耐。但是大多数人都会顺服于各种诱惑,余生都在赎罪,也就是受尽折磨。如果这些战士事先能得到保护,避免被邪恶侵染,那这一切原可避免。如果这位领主能够将恶从他的城堡中驱逐出去,那这一切就可以避免。

到这里,我一时冲动,蠢话脱口而出,我说就算这位封建领主不费尽心机陷害他们,恶还是会无孔不入地钻进城堡。多多回答说,这就是为什么上帝比这位领主还坏,因为他有权为所欲为,他是万能的,他应该消灭世上所有的恶,然而事实并非如此,他宁可坐观邪恶发生,以凶残的力量摧毁他脆弱的子民。

我以天主教的教义回应他,说人生来被赋予自由意志,若一个人堕落了,那是他自己的错。多多接着说,一个人会堕落是因为自己的愚昧和恶行,没有人想堕落,若每个人都生而聪慧,不受恶的引诱,那就根本不需要地狱,因为每个人都很清楚该如何免于罪恶。

多多最终得到的理论是,上帝让邪恶存在于世上,还创造出不完美的生物,所以他不可能是完美的造物主,更有甚者,或许上帝是个虐待狂,会因看到人们被玷污从而饱受折磨而欣喜若狂。反正多多宁可认为上帝并不存在,因为如果上帝存在且如此不完美,那他会成为全人类的头号威胁。

所以,这就是他的结论,我竟找不出任何论点可以反驳他,只好中断讨论,说等我改天准备好会再叫他过来继续辩论。我敢保证我会找出有效的论点来驳斥他。

我从琴凳上站起来,打开了面向街道的大门。他问我是不是要赶他走,我根本没这个意思。就在我要说点什么的时候,他已经走出门去,连句话都没说。

他会再来的。很可惜他没留下来,因为我不知道是出于愤怒还是别的什么原因,坐下来弹了一曲贝多芬的《破晓》。我感觉这次弹得前所未有地好。天已经刮起了凉风,身处美丽的科尔多瓦山脉如此清新的空气里,只需要穿一小件羊毛外套就不会着凉。在这个完美的傍晚时分,群山在眼前慢慢转为蓝色,想象太阳在地平线之外的群山背后逐渐沉落,这是我住在巴列霍斯最爱做的一件事。潘帕斯草原的地平线简洁而清晰。说回科尔多瓦,暮光中的蓝色群山慢慢转为蓝紫色,等到夕阳完全落下,我们回到酒店的餐厅,享用美味的晚餐,不远处的壁炉正烧着散发香气的圆木。白天我们搭乘一辆轻便马车出游,得骑在驴背上才能越过小溪。约莫午后三点,阳光炙热。我待在外头只需要穿件短衫,无须添衣,完全不会着凉。此地的空气是如此清新。山涧的小溪清澈而干净,可以见底,尽管小溪是从高山上倾泻而下的,水流湍急。唯一必需的就是帽子,以免中暑。白天都在外面活动，所以吃晚饭时总会大快朵颐。饭后我们会下棋或玩多米诺骨牌，好消化肚子里的食物，接着上床睡觉。我们都已经累瘫了。在科尔多瓦山脉，生活每天都差不多。十八年前，老妈老爸为了治我的哮喘曾陪我到这里休息了两个星期，不过这是多年前的事了，到今年10月正好满十八年。一回到布宜诺斯艾利斯，我的病情就毫无起色。

今年小芭姬的妈妈等女儿的婚礼结束后就会去科尔多瓦，我真想把自己塞进她的鞋里，好跟着她一起回去看看记忆中的湖光山色。从我们的酒店搭轻便马车，差不多一个小时就可以抵达耶稣会修士盖的修道院和古老教堂的遗址。都这么多年了，每块石头仿佛还跟当年一样，被注满虔诚的信念。清晨的钟声最为祥和。小芭姬的妈妈会跟她丈夫去望弥撒，一起为操劳奉献却也饱受上帝祝福的一生感谢上帝。这是小芭姬的妈妈此生第一次出远门，也是她爸爸从西班牙移民到这里之后头一次离开巴列霍斯。他们看到自己的牺牲奉献有了福报，而且已经完成了此生的天命，那就是抚养女儿长大，让她受教育，再陪她长大成人。芭姬的爸爸是一个沉默寡言的人。每次经过他的裁缝店，我总是会看到他在那里一动也不动，全神贯注地缝制着衣服。

我也渴望有个沉静的丈夫，总觉得这样的男人必然有无比丰富的内心。女人跟男人结婚之后才是一生冒险的开始。因为她将逐渐看清她丈夫灵魂的深处！当芭姬的妈妈来到这座教堂时——我会满怀热情地推荐她去——当她双膝跪地时,心里绝对不会想:上帝是个虐待狂,喜欢看人类受折磨。她会祈祷并感谢上帝赐给她的所有资产,甚至还会体会到一种单纯的喜悦,感到自己亏欠上帝,并因此奉上赠礼或诺言。

即使芭姬的妈妈像我一样——或是直接这么说吧:要是她就是我,内心深处有跟我一样的痛苦与酸楚,也跟我一样对上帝的意图保留自己的看法和怀疑;但我还是相信一切终会有所解答。我会跟随我作为榜样的丈夫。他是个沉默是金的男人,接受命运的安排,因而也辛勤工作一生。家里有一个这样的榜样就够了,每天夜里入睡时,我都会枕着他的臂膀,想着他内心的安静与强大多少能感染我一些。

所以我才会一再对自己述说那美之山峦、溪涧澄澈的水流、教堂的钟声、肖邦的美妙琴声、历尽沧桑的舒伯特作品,一如女人头枕着丈夫的臂膀入睡,一夜安眠,而做丈夫的清晨醒来就去辛勤工作,竭尽所能供养他的家人。也许我把一切都想得太理想化了。每个嫁了人的女人都在抱怨自己被婚姻误了一生。至于我自己,一如往昔,我无法妄言自己会跟身旁的男人过一辈子,毕竟我对那样的生活一无所知,至死都对这样的人生一无所知。

我想跟多多聊这些美好的事物，但我得找到一种能推翻他论点的说法才行。我的内心告诉我，多多的看法一定有问题，可又不知该如何反驳他。其实谈论这些人生哲理实在过于大胆，多多的论点也没多高明。他不想告诉我他的观点出自哪位。他已经声明不是从他看的电影中得来的灵感；他拿同学从华盛顿中学寄来的照片让我看时（一定是为了让我嫉妒，有人给他写信而没人给我写），我问他的想法是从哪儿来的，他就是不告诉我。

照片上是他美丽的塔蒂亚娜，还有与她同年级的其他两个更漂亮的女同学，照片有点褪色，上面还有一个男孩，多多说他是马上要拿到法学学位的舍监，还有另一个男孩，非常英俊，满头金发。在我看来，作为多多的朋友，她们的年纪似乎都大了些，塔蒂亚娜看起来就像是个年轻女士，根本不适合多多。可多多现在就像只孔雀那么爱表现，以他们的照片为傲，进门也不看我，目光死盯着远方，简直像极了我在音乐学院时教和声的教授，多多越来越让我想起那位内向又不友善的同性恋教授，举止越来越女性化。但愿上帝能饶恕我心里有如此邪念，可他们实在太像了，我真的不希望他不幸成为那样的人。要是所有内向的同性恋都跟那位教和声的教授一样，那真是太可怕了。那位可怕的教授是那种八卦满天飞，还对男学生特别偏心的人。他当我们女学生是狗，经常当着我们的面，向清洁工小弟送秋波。那个清洁工小弟进教室时,手里拿着畚箕和扫把,是个不学无术的人,可教授盯着他看的样子就好像他是个合唱团女孩。他觉得不学无术的莽汉最有魅力,因为极端的差异才对彼此有吸引力。这男人真可悲呀!

看到多多拿着照片进门时,肮脏念头一时涌上来,我对自己想法如此恶毒感到惭愧。我问多多那个金发男孩是谁,他说他不认识,脸颊却立刻红得像个番茄。我直视他的眼睛,问他为何脸红。他说:"要我说事情的经过实在是难为情。他是全校最帅的男孩,有个女孩说我长得很像他,说等我上高年级时会跟他一样。"嗯,别再这么恶毒了!人们说得有道理,老处女满脑子都是最黑暗的想象。我不该放任自己卷入这类争论,有信念,自己信就够了,别人有什么权利前来审查我的观点?他要去西藏的想法也惹我生气。他说不去一趟西藏,内心将永难平静。他怎么老是想一些不可能的事呢?

我只要能有机会看普拉达海就心满意足了,因为我从没见过海。不过真正能让我获得精神满足的是其他事物。当然啦,要是我可以做梦想一想,那我也会做一些无法企及的美梦。我只想平平淡淡地待在巴列霍斯,遇见一个体面的好男人。我所说的简单朴实之人,就像芭姬的爸爸,每天早出晚归,拼命工作,为子女努力操劳,无怨无悔。我知道自己在奢求无望之物,要是我年轻时没人要，那到了三十五岁就更没人要了，我的额头上将会写着"老处女"三个字。

天晓得老处女死后将会在另一个世界获得什么补偿，或是遭受什么折磨。我没对任何人使过坏，也没有行过善。我不知道上帝会怎样安置我的灵魂。想必上帝很难审判我，因为埃米莉亚这样的老处女，一生平凡无奇，不好也不坏，如同一张白纸。

要是死亡只是如同一次休息，仿佛睡着了一般就好了。有时在完全的黑暗里睁开双眼，放松下视觉，那种感觉很好，不过这种美好感受只能持续片刻，片刻后说不定又是失眠的夜晚，那真是最可怕的折磨。我说休息，指的是入睡，要是死亡就像永远入睡，再也不记得埃米莉亚曾经活过的世界，那可真是上天赐予的福气。

Dieciséis

CARTA DE BERTO, 1933

第16章 | 贝尔托的信，1933年

亲爱的哥哥：

虽然没有你的来信需要回复，但我还是提笔写这封信给你，希望你一切都好。期盼西班牙的好天气能让你的妻子早日康复。我们连她搭的船是否平安抵达都不知道，因为你一如既往，已经很久没来信了。我已经不奢望你在电报里把大大小小的事都详加说明，但是至少得通报大事呀！但从那之后你一行字也没有写来。

我们这里的生活依然艰难，但也还过得去。米塔一切都好，我们家多多长得太漂亮啦，都快满八个月了，像个圆滚滚的小肉球。至于你们家儿子，我们相处得很融洽，小埃克托尔很乖，慢慢融入了这个家，跟我们建立了信任。我怀疑到底是不是你教过他，要想"放屁屁"——用他的话说，得先脱下裤子坐在马桶上，米塔见他有时用完卫生间却没有冲马桶，当她明白是怎么回事时都快笑喷了。你儿子真有教养，一点都不像他老爸。

老实说，我无法原谅你离开这么久却没写过一封信回来。我想你分明是在度假，没有任何事情可做，所以实在看不出你有什么借口不给我们写信。你也知道，有时候人需要收到消息，哪怕只有偶尔的一句加油打气的话，因为今年祸不单行，巴列霍斯又闹旱灾，我一时都不知从何说起。你应该记得1927年发生的事，现在再度发生了。乡下养的牲畜不断死去，银行还是不让贷款。那些贩售去年坏掉的奶酪的家伙趁机赚了一把黑心钱，你都不知道商品价格被哄抬到了什么地步。这不禁让我想起那年我们亏钱的事，都是因为你不听我的，我几乎要拿头撞墙了。我太熟悉这片土地了，知道干旱什么时候会来。真他妈的，要是那年你肯听我的话，事先买下那些奶制品，再加上你和银行经理的交情，我们现在早就财源滚滚了。

今年我又料到了干旱的来临，但是没有哪家银行可以贷到款。现在那些酪农已经记住了1927年的教训，上一季没人要的奶酪，他们如今都敢开天价。说真的，海梅，每次想起当年你犯的错，加上现在的祸不单行，我都会愁上加愁……

唉，还是谈点别的吧，我已经迫不及待想让你看看我们家的小调皮了，他是个小帅哥，每天晚上我都会看着他入睡，看着他跟他妈妈一起睡得无比香甜。生养孩子让她到现在都还没瘦下来。为了孩子，她终于听了我的话，吃得比以前多，也比以前更圆润了。之前为了保持身材，她吃得不多，不过现在要给宝宝喂奶，她才愿意放开了吃，体重总算正常了。你知道我一直都不喜欢瘦巴巴的女人。米塔很担心家里的财务问题，为了让她安心，我不想让她知道我们现在的处境有多艰难。我一早就让她习惯了凡事都给予我信任。

在这种艰难的处境下乘人之危大捞一笔的就是"地方银行"经理，你不认得他，他来这里还不到一年，是个他妈的巴斯克人。他借钱给所有酪农，让他们几个月不用卖任何奶酪也负担得起生活开销，一直挨到价格飙到云霄，再趁机大捞一笔。我看到卢凯蒂那个美国佬的借贷文件了。他的借款年利率只有百分之三，已经是最低的了。老美告诉我利润很少，说他还得把利润分给布宜诺斯艾利斯的合伙人，真是无耻的借口。什么布宜诺斯艾利斯？简直满嘴谎言！我很确定是那个黑帮经理贪掉了一半。

没跟你说，其实去年年底我就找那个经理谈过，因为我已经能预料要是再不下雨，我的乳制品店迟早要关门。我跟他说我的七个长工很快就会失业，他根本无所谓。我求他借点钱给我，这样我好去依然会下点雨的南方跟当地的酪农签约，尽管牛奶运费贵得可以。结果他一毛钱也不借，真是个他妈的吸血鬼。

之前我从没跟你提过这些。跟你说这些坏消息有意思吗？也许你根本不想知道。要是我事业垮了，你会在乎吗？我只是说笑罢了，你别在意。

　　上帝从一处拿走的，会在另一处为你补回来。你必须相信恶有恶报，善有善报，我对此坚信不疑，就算那个巴斯克吸血鬼钱包塞得满满的，七个长工没饭吃，我也无所谓，相信上天自有公道，当那个巴斯克吸血鬼被他的糖尿病折磨到死时，我们还会活得好好的。他现在就不时要去看医生。相信老天爷会拉我一把，海梅，我有信心，因为我没伤害过任何人。我不想将这样的恐慌传递给米塔她们家。一开始还算顺利，我一卖掉小公牛，就买下了乳制品店。在我跟米塔求婚时，米塔她妈从拉普拉塔写信来说，他们真的很开心，说他们相信我会给米塔一个美满的婚姻。你是知道的，他们一直给米塔最好的，他们牺牲奉献供她念书，在吃了那么多苦之后，他们不会让她嫁给一个游手好闲之人。

　　请原谅我这封信写得这么长，但现在才下午四点钟，我已经没事可干了。下星期要带一个英国人去看他刚买的一大片土地，那片地从德拉布尔庄园延伸到胡安乔·卡兰萨牧场。这个英国人有意买下这块地用作牧场，因为地价正在下跌，我想这笔交易差不多已经敲定了，佣金至少能让我撑个半年。今天米塔会在医院值班到六点，我待会儿去接她。我们很幸运，找到了一个能时刻细心照料宝宝的保姆。

　　我不晓得上一封信里有没有跟你提过，我们那时正期待着阿黛拉的到来。她是米塔的妹妹，一家数她长得最高，一头金发，也是你喜欢的那个。她在这里住了一个月，几天前才走。尽管我们很乐意接待阿黛拉，但是再没有比我们一家三口待在一起更让我开心的了。还有一件我最好不该跟你讲的事，因为我不想让你心情低落。海梅，我今天好想念老妈，就仿佛她昨天才离开人世一样，仿佛这些年都不存在，我还坐在灵堂的小角落，睁眼看着你对进来表达悼念的人们致答谢礼。那时你已经是个成熟的男人了，我还是个少年，而现在我已经长大成人，还有了个儿子。尽管如此，我还是没法接受老妈已经跟我们天人永诀，我们再也见不到她的事实。

很抱歉说起这些伤心事，能咋办？今天我特别想念老妈，真的好想拥抱她。我不确定要是她看见我现在这副模样，究竟会不会为我高兴，她要我好好念书得个文凭，这些我都尽心尽力了，海梅，我多想让她看看她有一个多棒的小孙子呀，他的一双眼睛宛似两颗葡萄。海梅，如果你能偶尔写封信给我，我会非常开心。要是旅行归来之前你没有先去探望我们在巴塞罗那的亲戚，我可永远不会原谅你。归来时可得一五一十告诉我他们的近况啊！看看他们是不是长得跟老妈和我们俩很像？要是他们长得像你，那就只好算他们倒霉了，我猜途经马德里时你一定会去些不正经的地方，八成还会坏了那里一半女人的名节。

海梅，我们在这方面是多么不一样啊。自遇见米塔以来，我都忘了还有其他女人的存在，我发誓我是说真的，跟你这样的坏坯子我何必撒谎呢？不过我也觉得你完全有权利找乐子，毕竟这不干我的事。

我刚把笔停了一会儿，因为保姆小安帕罗带着午睡刚醒的小宝宝进来了。六点钟我们要去医院门前，坐在车里等她下班。一路上看到的都是干燥的土地，一片绿叶也没有。等他妈妈一会儿从诊室出来，这个小宝贝的脸蛋立马就会神采奕奕。上帝保佑他妈妈会健健康康地陪他长大，这样他就不会跟我一样不幸，她会好好把他养大成人，给他所有她能提供的教育。米塔书读得多，这方面我可远远不及她。这阵子我经历的困难一点都不能怪她。等一切都步入正轨，我就让米塔辞去医院的工作，没有她那份薪水，我们也会过得好好的。要是下个星期跟英国人的案子搞定了，我巴不得米塔当天就辞掉工作回来照顾家庭。我相信上帝，他清楚哪些人配得上拥有一点好运，要是人世间没有正义，让银行经理那样的人一直吃香喝辣，眼看七个长工丢了饭碗而毫无怜悯之心，那这个世界根本没有天理。我相信老天有眼。

我没有跟任何人提过，也不想让任何人知道，不过阿黛拉回拉普拉塔前夕发生了一件让我很受伤的事。她是星期二离开的，在那之前的星期天下午，我到手球场去打球了，等我回到家时米塔正在跟阿黛拉聊天。她们躺在床上，我停下脚步想听听两人正在聊些什么。一开始我悄悄走到面向阳台的窗户旁边，想看她们是不是睡着了，这样就能尽量不吵到她们，结果却发现她们正在聊天。阿黛拉跟米塔说她不该把所有的薪水都交给我，你懂我的意思吗？她说那是米塔自己挣的钱，没理由全部交给我，顶多拿一半出来当作家用就可以了，真是个他妈的臭婆娘！你要知道，在时局变坏以前，我让米塔每个月想给她妈妈寄多少就寄多少，但是天灾人祸不是我的错，她也是最近才把薪水全额交给我的。

你可能会说，别理那个蠢女孩说的话，但问题是，米塔至少得叫她住嘴，或骂她几句，可是米塔什么话也没说，几乎是默认了她的看法。我没让米塔知道我听到她们的谈话了，不过想必她也感觉到了。她一定注意到了有什么不对劲，但我不会要求她给我个解释，那将会正中她下怀。阿黛拉还说，那天早上我不该给那个救济贫民的修女三比索。这个臭婆娘，她根本不信上帝，或许她啥也不信。我不觉得我哪里错了，米塔是我见过最敏感也最明事理的女人，但她应该反驳那个被她视为姐妹的小騷狗。你难道不觉得米塔是世上最好的女人吗？

我多希望你能快快写信给我讲讲你的旅程，也告诉我我到底该拿这件事怎么办。但你大概会说我的问题跟你有啥关系。至于小埃克托尔，米塔已经准备好明年就让他上学，满七岁就能直接去念小学一年级了，所以现在米塔正在教他所有幼儿园该学会的东西。我想等我儿子开始上学时，就算要当街抢人钱，我也要给他需要的一切，让他接受最好的教育，拿到好学历，哪怕之后他会觉得我这个老父亲跟他的身份地位不相配。有些儿子会忘恩负义，但我不在乎，因为只有这样，他才可以免去他老爸不得不经历的艰苦奋斗。海梅，事实上，我真不希望任何人经历我这种赤手空拳艰苦打拼的人生。

米塔还在继续唠叨要我们搬去拉普拉塔，我可以找份白天的工作，晚上念夜校，然后进法律系。虽然那也是我一直以来的梦想，可是我没办法让她住在父母家，过着寄人篱下、受人恩惠的日子。住在不属于我们自己的家里，领一份仅够糊口的薪水，等我毕业拿到文凭还得花上差不多七年的时间，不，我可不想让她生命最美好的时光都活在饥寒交迫里，更何况我答应过她爸妈，要给她她所需要的一切。现在才想念书已经太迟了，我错过了念书的最好时机。我十五岁就辍学了，真是遗憾，我永远也不明白你当初为何要我做那样的决定。要是你的工厂需要人手，你应该随便就能找到尽忠职守的少年，干吗要把我拉出学校，要我跟你一起在那里打工？难道只是因为你需要某个信得过的人吗？不，海梅，我永远也搞不懂，你怎么可以在我还没有能力打人生这场战斗之前就把我从学校拉出来了呢？然后你又决定卖掉工厂，搬到布宜诺斯艾利斯去生活。你就这么走了。上帝自有公理，可你老是任性，恣意妄为。

算了，再悔恨也无济于事，现在说什么都太迟了，一切都已于事无补。让我生气的只是这么多年过去，你都无声无息，就算只是为了小埃克托尔也好，他老是在问他爸爸怎么样了，他妈妈头痛好了没有？可怜的小家伙，他比他老爸有教养多了，他没给我们惹过任何麻烦。

现在我得花钱买邮票把这封信寄出去了，信还写得这么长。我干吗还花钱寄信给你，反正你又不回信？这封信只会跟其他信一样石沉大海。我不知道自己干吗要写信给你，你又不在乎我。我不觉得你在乎过我。海梅，我今天心情真差，我不觉得我会把这封信寄出去，我不想让你不开心。你要照顾你老婆的身体，家家有本难念的经。我告诉你这一切，是因为我能说的就是这些，尽管没什么好消息。难道你不期待收到我的信吗？要是没收到我任何消息，你也无所谓，对吧？唉，你在我还小的时候，就不管我的死活把我拉出学校，这一点我真的永远都不会原谅你。后来你突发奇想又关掉了工厂，任我自生自灭。我一直跟自己说，你是我唯一的亲人，是我仅有的一位兄长。我也跟自己说，你的所作所为一定有你的理由，但是不管我怎么努力，就是无法原谅你。海梅！我无法原谅你这个该死的自私鬼，还有那些被你满街追着跑的该死的婊子。这封信我丢进垃圾堆里算了，我不会再为你花一毛钱买邮票了。

Heirs of Manuel Puig
c/o Schavelzon Graham Agencia Literaria
www.schavelzongraham.com
First published in Barcelona, Spain in 1971.

本书中文简体版权归属于银杏树下（北京）图书有限责任公司。

著作权合同登记图字：22-2023-031号

图书在版编目（CIP）数据

丽塔·海华丝的背叛 / (阿根廷) 曼努埃尔·普伊格著；吴彩娟译. -- 贵阳：贵州人民出版社，2023.9
ISBN 978-7-221-17718-6

Ⅰ.①丽… Ⅱ.①曼… ②吴… Ⅲ.①长篇小说—阿根廷—现代 Ⅳ.①I783.45

中国国家版本馆CIP数据核字(2023)第130470号

丽塔·海华丝的背叛
LITA HAIHUASI DE BEIPAN

著　者：	[阿根廷] 曼努埃尔·普伊格	译　者：	吴彩娟
出版人：	朱文迅	选题策划：	后浪出版公司
出版统筹：	吴兴元	编辑统筹：	梅天明 朱岳 刘君
特约编辑：	刘君	责任编辑：	黄伟
装帧设计：	汐和 at campus studio	责任印制：	尹晓蓓
出版发行：	贵州出版集团　贵州人民出版社		
地　址：	贵阳市观山湖区会展东路SOHO办公区A座		
邮　编：	550081		
印　刷：	河北中科印刷科技发展有限公司		
经　销：	全国新华书店		
版　次：	2023年9月第1版		
印　次：	2023年9月第1次印刷		
开　本：	880毫米×1092毫米　1/32		
印　张：	13		
字　数：	230千字		
书　号：	ISBN 978-7-221-17718-6		
定　价：	72.00元		

读者服务：reader@hinabook.com 188-1142-1266
投稿服务：onebook@hinabook.com 133-6631-2326
直销服务：buy@hinabook.com 133-6657-3072
官方微博：@后浪图书
版权所有，侵权必究

后浪出版咨询(北京)有限责任公司　版权所有，侵权必究
投诉信箱：editor@hinabook.com　fawu@hinabook.com
未经许可，不得以任何方式复制或者抄袭本书部分或全部内容
本书若有印、装质量问题，请与本公司联系调换，电话010-64072833

el fin